U0898806

Collected Short Stories Volume 1

爱德华·巴纳德的堕落（上）

〔英国〕威廉·萨默塞特·毛姆 著
孔祥立 译

译林出版社

目　录

序　言

这是我短篇小说选的第一卷。在我青年时代早期，也曾写过一些作品，但都不够成熟，我不愿将它们在此付梓出版。其中有几篇也曾出现在某本书中，但那本书早已不再发行，其他还有几篇散落在不同的期刊中，最好都将它们忘掉吧。这个集子的第一篇《雨》是我1920年在香港写成的，但创作的念头早在1916年冬季我穿行于南太平洋诸岛时就有了。最后一篇写于1945年的纽约，故事来源于我当时在报纸上碰巧读到的一则简短随笔，但我把故事发生的时间提前到了1901年——这样的故事我不想再写第二篇。

把若干小说合理排序，然后汇集到一卷书中，是作者必须要处理的最棘手的问题之一。假如众小说的篇幅都相差不多，那就很简单了；或者故事都发生在同一地区（local）（我倒愿意使用locale一词，但牛津词典上说这一拼法有误），那编排起来也是易事。在作者最终呈献给读者的作品中，如果各部分内容的排列有一定规律可循——即便读者对此并不能觉察，那对作者来说，也是让人欣慰的。一部长篇小说的结构无疑是清晰的——开头，中间，结尾，就此而论，一篇结构良好的短篇小说也应如此。

不过，我的短篇小说在篇幅上彼此相去甚远，有些短至一千六百字，有的长达其十倍，其中一篇甚至有两万字之多。我曾在世界绝大多数地方逗留过，在任何一地，倘若找不到可供写上一两篇小说的素材，我会待不上一秒钟。我写过凄惨的故事，也写过幽默的故事，要在其中找到某种平衡颇为艰难，但至少要找到一个合理的方式，把篇幅参差不齐、国家背景不同、人物形象迥异的众多故事融汇在一部集子里，同时要让读者尽可能读得轻松，这似乎实在困难。虽然，让作品可读并非激励作者写作的动力，但一旦落笔，他是渴望自己的作品具有可读性的，为此，他会尽力让作品变得明白易懂。

基于此，在本卷书中，我会在几篇较长的小说之后尽可能放上几篇较短的——有的很短，有的会有五六千字；另外，我会像我经常做的那样，把发生在某一国家的同一地区（local，或 locale）的故事放在一起，通过这种方式，我希望不管把读者带到了多么遥远的地方，他们都能找到自己的方位，而无须从中国一下子跳到秘鲁，然后再跳回来。

雨

快到上床时间了，明天早上醒来就能看到陆地啦！麦克费尔医生点上烟斗，斜靠在船栏上，搜寻着夜空里的南十字星座。在前线待了两年，身上有个伤口久治未愈，他很高兴能到阿皮亚安静地至少住上十二个月。现在他感觉身体好多了，成行已经没有问题。因有些乘客明天将在帕果帕果下船，他们今晚刚刚举行了一场小型舞会，自动钢琴尖厉的音符还萦绕在耳畔，但甲板还是安静了下来。不远处，他看到妻子正坐在一把长椅上跟戴维森夫妇聊天，于是朝她漫步过去。他在灯下坐下，摘掉帽子——这时你能看到，他有着一头赤红色头发，不过脑袋顶部有一块秃掉了；红色的面部皮肤雀斑点点，跟他的赤发倒是相映成趣。这是个四十岁的男人，身材消瘦，脸色萎靡；凡事较真，而又颇为迂腐；说话文静，嗓门很小，带着苏格兰口音。

戴维森夫妇是传教士，跟他们亲近并不是由于趣味相投，而仅仅是在船上交往较多的缘故。有些人没日没夜地在吸烟室打扑克，玩桥牌，酗酒，他们对此都感到不屑，这便成了他们彼此联络的主要方式。麦克费尔夫人不胜荣幸地认为，她与丈夫是戴维森夫妇在船上仅有的乐于交往的人，甚至连羞涩但绝不愚蠢的医生也模糊地觉得这是对自己的恭维，而这不过是因为他长着一颗喜欢争强好辩的头脑——他觉得晚上在船舱里跟人发发牢骚也未尝不可。

“戴维森夫人说，要是没有我们，这次旅行真不知怎么熬过来。”麦克费尔夫人一边说着，一边把自己的假发梳理整齐了，“她说在这条船上就我们两个她还愿意认识。”

“我觉得传教士是个大人物，是不应该摆架子的。”

“不是摆架子，我非常明白她的意思。让戴维森夫妇跟吸烟室那些粗人混在一起，这的确不好。”

“他们的宗教创始者可没这么排外。”麦克费尔医生轻声笑起来。

“我跟你说过多少遍了，不要开宗教玩笑。”他妻子说道，“你这种性格我不喜欢，亚历克，人家最好的东西你从来看不到。”

他用黯淡的蓝眼睛斜瞥了她一眼，没有回话。多年的婚姻生活使他学会了一点：说话时让妻子来收尾更是一种和平之道。他在她之前脱掉衣服爬到上铺，然后躺下来读点书，这样就可以入睡了。

第二天早上，他来到甲板上，马上就要上岸了。他用热切的目光朝岸上看去。那是一片细长的银色海滩，紧紧挨着些山丘，山上长满繁茂的植被。椰子树蓊蓊郁郁，几乎触到了水边。树丛中可看到萨摩亚人居住的草屋和随处可见的小型教堂，散发着亮闪闪的白光。戴维森夫人走过来站在他身边。她身着一袭黑衣，颈上戴着金项链，上面挂着个小小的十字架。这是个身材矮小的女人，暗淡的褐色头发梳理得一丝不乱，不起眼的夹鼻眼镜后面是一双向前突出的蓝眼睛；一张绵羊般的长长的脸蛋，但并不给人愚蠢之感，相反会让人觉得极为机警。她动作敏捷，如鸟儿一样。而她身上最不寻常之处便是她的嗓音，调门高，如金属般没有任何转调；当尖厉单调的嗓音传到你的耳鼓时，像无情的风钻噪音一样，让你的神经不胜其烦。

“这里跟你们那儿一定很像。”麦克费尔医生不自然地轻声笑道。

“我们那儿是低平的岛屿——你知道的，跟这儿不同。那儿是珊瑚岛，这儿是火山岛，还要再走上十天才能到那儿。”

“在这些地方，感觉简直就像在家里的下一条街道上。”麦克费尔医生戏谑道。

“哦，这样说就夸大其词了，不过在南太平洋观看远处的确跟在别处不同，所以到了这儿你的说法也没错。”

麦克费尔医生淡淡地叹了口气。

“我很高兴没在这儿驻扎，”她继续说道，“他们说在这个地方极难开展工作。出入的轮船让居民们没法安生，而且还有一座军港，这对当地人来说可不是什么好事。在我们那个区，没有这类需要解决的问题。当然也有一两个商人，但我们务必让他们规规矩矩的，否则，我们就在地方制造麻烦，他们只能心甘情愿地离开。”

她把鼻子上的眼镜放安稳了，冷冷地凝视着绿色的岛屿。

“传教士在这儿几乎没法工作。我们至少是躲开了，我对上帝充满了无尽的感激。”

戴维森所在的教区由北萨摩亚的一组岛屿组成，各岛屿之间相隔遥远，所以经常要坐上轻舟远行，这时候，他妻子就留在总教区处理布道事务。一想到她布道时的精明强干，麦克费尔医生的心头就不由地下沉。谈起当地土著人的堕落时，她慷慨陈词，滔滔不绝，令人战栗，任何东西都不能让她消声；敏锐的感觉超乎寻常。在他们初识时，她便跟他说：

“你不知道，当我们最初上岛时，他们的婚姻习俗真是让人震惊，我没法跟你描述，不过我可以告诉你妻子，她会转述给你的。”

接下来，他便看到他的妻子和戴维森夫人开始热切地交谈起来——她们的帆布躺椅本来就靠在一起的，一直聊了差不多两小时。他从她们身边来来回回走了几次，以活动一下身体，便听到戴维森夫人愤怒的低语声，还看到妻子嘴巴大开着，脸色苍白，似乎正享受着一种令人惊异的体验。晚上在他们自己的船舱里，她把听来的话完完整整地告诉了他，不过语气减弱了许多。

“啊，我怎么跟你说的？”第二天早上，戴维森夫人欢欣雀跃地问他，“你听过更可怖的事吗？你懂得我不能直接告诉你，是不是？即便你是一名医生。”

戴维森夫人审视着他的神色，显然急于想知道是否达到了自己预期的效果。

“你能想到吗？在我们初到那里时感到心灰意冷。要是我告诉你，那里的任何一个村子都不能找到一个好的未婚女孩，你简直无法相信。”

她极富技术性地运用了“好的”这个词语。

“戴维森先生和我讨论过这件事，我们决定从停办舞会开始——当地人对于舞会是很疯狂的。”

“本人年轻时对这个倒不反感。”麦克费尔医生说道。

“昨天晚上听你邀请麦克费尔夫人跟你跳舞，我就猜得差不多。如果一个男人只跟自己妻子跳舞，这不会产生真正危害——她不愿跟你跳，我对此倒颇感欣慰。在这种情况下，我们最好不要跟人有过多交往。”

“在什么情况下？”

戴维森夫人透过夹鼻眼镜扫了他一眼，没有回答。

“不过在白人之间，情况就不太一样。”她继续说道，“尽管戴维森先生说过，他不明白一个男人怎么能看着自己的妻子向另一个男人投怀送抱呢，我是同意他的——就我而言，自结婚以来一步都没跳过。但当地人跳舞完全是另外一回事，跳舞本来就不道德，而且显然会导致伤风败俗。不过，感谢上帝，我们把它铲除掉了，八年来在我们的教区没有一个人跳舞，这样说我认为没错。”

现在他们来到了港口入口处，麦克费尔夫人也加入了他们的谈话，船转了个急弯后缓缓驶入港湾。这是一个几乎被陆地封闭的大型港口，足足可以装下一支战列舰舰队，四周矗立着高耸陡峭的绿色山丘。近入口处，海面上吹来阵阵清风，市长的花园房子就坐落在这里。旗杆上，星条旗无精打采地耷拉着。他们走过两三座小屋和一个网球场，来到带有仓库的码头前。戴维森夫人指了指离水边两三百码处停泊着的一艘双桅帆船，它将带他们前往阿皮亚。一群热情嘈杂而又欢天喜地的当地人从岛屿的四面八方赶到这里，有些是来看稀奇的，其他是来交换东西的——他们带来了菠萝，大量香蕉，树皮布服装，贝壳项链，鲨鱼牙齿，卡瓦碗，还有战斗独木舟模型。美国船员们穿戴整齐，身材匀称，胡子刮得干干净净，神情率真，夹在当地人群中到处逛着，另外还有一小群政府官员。在行李上岸的空闲时间里，麦克费尔夫妇和戴维森夫人观看着这些人。麦克费尔医生注意到这里的绝大多数孩子和年轻人似乎都患上了雅司病，一种跟慢性溃疡相似的、难看的褥疮；另外他自从医以来第一次见到了象皮病——患者的胳膊巨大而沉重，或拖着一条严重变形的腿。无论男女，腰间都系着印花缠腰布。

"这种服装太不像话了。"戴维森夫人道，"戴维森先生认为法律应该禁止如此穿着。身上什么都没有，就腰间裹着块红色棉布片，你还指望人讲道德吗？"

"相对于气候来说，这样的穿着再合适不过了。"医生擦了把头上的汗说道。

现在他们已经上了岸，尽管还是大清早，高温已让人受不了了。包裹在周围的山丘里，帕果帕果进不来一丝风。

"在我们那些岛上，"戴维森夫人用她的尖厉嗓音继续说道，"我们把缠腰布几乎全部消灭了。几个老人还在穿，但也就那么多了。女人们喜欢上了长罩衣，男人则穿裤子和汗衫。在我们刚到时戴维森在一次报告中讲到，岛上的居民不可能完全信奉基督，除非让每个十岁以上的男孩都穿上裤子。"

戴维森夫人轻快地扫了几眼港口入口上空漂浮的厚重乌云，几滴雨落了下来。

"我们最好避避雨。"她说。

他们跟整个人群一起向一座波纹铁皮大房子赶去，随之瓢泼大雨便如注而下。他们在那里站了些时候，戴维森先生过来加入了他们。整个旅途中，他对麦克费尔夫妇一直彬彬有礼，不过他不像妻子那样善于交游，所以大部分时间都用来读书了。他是个沉默的人，有些郁郁寡欢，但你能感觉到，他的亲和是基督教义强加给他的一份职责。他天性矜持甚至孤僻，相貌奇异，身材高瘦，四肢松垮，脸颊凹陷，颧骨高得古怪；面色惨白，但嘴唇又特别丰满性感，有些让人吃惊。他有着一双黑色的大眼睛，深陷在眼眶里，透着悲凉，而他的两只手长得漂亮，手指粗而长，给他平添了几分力量之感。不过，他身上最不寻常的地方在于他总给人一种强抑怒火的感觉，这让人印象太深了，有些叫人厌恶——跟这样一个人你没法建立任何亲密的关系。

他现在给大伙带来了坏消息：南太平洋诸岛一种严重且经常致人死命的麻疹病已经传播到了这座岛上，他们即将搭乘的双桅帆船上就有一名船员感染了这种病。患者已被送上岸，进了隔离站医院，另外有电报从阿皮亚传来，说帆船不得进入港口，除非可以证实没有其他任何船员被感染。

“这意味着我们在这里必须待到十天以上。”

“不过，我急着去阿皮亚呀！”麦克费尔医生说道。

“那没用。如果船上没有人再感染，白人可以乘坐帆船离开，但当地人三个月内全部禁行。”

“这里有宾馆吗？”麦克费尔夫人问。

戴维森低声笑了笑。

“没有。”

“那我们怎么办？”

“我一直在跟市长交涉。沿海有个商人在出租房屋，我的建议是，等雨稍小我们就过去，看看怎么办。别指望会多舒服，有张床不露天睡觉就感激不尽了。”

但雨丝毫没有停止的迹象，最后他们只好撑开雨伞、披上雨衣出发了。看不到城镇，只有一组办公楼，一两个商店，后面椰子树和大蕉林里几座当地人的房子。他们要找的房子从码头走了五分钟。这是一座两层木屋，两边地上建有宽大的阳台，屋顶由波纹铁皮做成。房东霍恩是个混血儿，妻子是当地人，身边有几个褐色皮肤的小孩；在一楼开了个小卖店，出售罐头食品和棉布。他领他们看的房间几乎没有任何家具，麦克费尔夫妇的房间除了一张破烂不堪的旧床，一挂皱巴巴的蚊帐，一把摇摇晃晃的椅子和脸盆架，再无其他。他们四下里打量了一下，感到很是沮丧。倾盆大雨还在下着，没有停顿下来。

“不是真正需要的行李我就不打开了。”麦克费尔夫人说。

在她开旅行皮箱时，戴维森夫人走了进来。她是个非常活泼的人，为人机敏，周围让人不悦的环境丝毫没有影响到她。

“要是你肯听从我的建议，就拿根针和线到卧室里把蚊帐补一补，”她说，“否则，今晚你连合眼都别想。”

“蚊子很厉害吗？”麦克费尔医生问。

“这是它们的季节。如果你被邀请到市长家参加晚会，你就会看到女士们都会给一个布套，把她们的下肢裹起来。”

“我希望雨能停一停，”麦克费尔夫人说，“如果出太阳的话，我就可以用点心把这里弄舒服一些。”

“哦，你要等太阳出来，那得等很久的。帕果帕果是太平洋地区差不多雨水最多的地方，你看，那些山丘啊，港湾啊，都吸收水汽。不过不管怎么说，一年中的这个季节下雨也是正常的。”

戴维森夫人看了看麦克费尔，又看了看他妻子。两人这边一个那边一个，失魂落魄般不知所措。她噘了噘嘴，看来有必要帮他们一把了，像这种笨人真让她没耐心。她的手痒痒起来，把一切收拾得井井有条才符合她的天性。

“喏，给我针和线，我帮你补蚊帐，你去解行李，一点钟吃午饭。麦克费尔医生，你最好到码头看看你那些重行李有没有放到干燥的地方。你知道当地人都是些什么人，他们很可能会把行李存放在一直下雨的地方。”

医生再次穿上雨衣下楼去了。门口处，霍恩先生正站着跟他们船上的舵手和一个他在甲板上见过几次的二等舱乘客交谈。舵手是个小个子，身材干瘪，全身脏得无以复加。医生经过时，他冲他点了点头。

“治疗麻疹可不是什么好活儿，医生。”他说，“我知道你的住处已经安排妥当了。”

麦克费尔医生觉得他有些放肆，不过他是胆怯之人，不太容易发怒。

“是的，我们在楼上有个房间。”

“汤普森小姐跟你同去阿皮亚，所以我把她带到这里来了。”

舵手用大拇指指了指旁边站着的女子。她大约二十七岁的样子，体态丰满，虽然有些俗气，但也算是漂亮。她穿着白色连衣裙，头戴硕大的白帽子，穿着白棉长筒袜的粗壮小腿从小山羊皮皮靴顶端挤出来。她讨好地朝麦克费尔笑了笑。

“那小子想敲诈我，那么小的房间竟让我一天交一美元半！”她用嘶哑的声音说道。

“我跟你说，乔，她是我的一个朋友。”舵手说，“她顶多一天付一美元，这个价位你肯定会收下她的。”

房东木讷平和，安静地微笑着。

“好吧，斯旺先生，既然你这样说，我想想怎么办。我跟我夫人说说，看看能不能打个折扣。”

“别跟我来那一套。”汤普森小姐说道，“我们现在就搬进来，房间一天一美元，不能再多了。”

麦克费尔笑了笑，对这种无赖般的还价方式他还是很欣赏的，他自己是那种人家要多少就给多少的人，宁愿多付钱也不愿讨价还价。房东叹了口气。

“好吧，就答应斯旺先生吧，我同意了。”

“这还不错。”汤普森小姐道，“斯旺先生，进来喝杯酒吧，那个小旅行包你如果带过来了，里面有上好的黑麦威士忌。医生，你也一起来吧。”

“哦，我想还是不去了，谢谢。”他回答，“我要去看看行李有没有问题。”

他走出去，进了雨中。雨正一阵阵从港口入口处横扫进来，对岸全是模糊不清了。他从两三个当地人身旁走过，他们仅系着缠腰布，头顶撑着一顶巨大的雨伞，走路的姿势很美妙，动作悠然，身体直挺。当他从旁边经过时，他们冲他微笑，用一种奇怪的语言向他问好。

他回来时快到午饭时间了，饭菜已经在房东家的客厅放好。这个房间不是用来住宿，而是为了装饰门面，有一股发霉和阴郁的气息。四周的墙壁上整齐地挂着带花的长鹅绒织品，一盏镀金枝形吊灯从天花板中央垂下来，为了防止苍蝇，天花板贴上了黄色薄棉纸。戴维森没有来。

“我知道他去拜访市长了。”戴维森夫人说，“我想市长留下他共进午餐了。”

一个当地女孩端上来一盘汉堡牛排。过了一会儿，房东过来看了看他们要的饭菜是否已经上齐。

“我看到跟我们一起的还有一个房客,霍恩先生。”麦克费尔医生说道。

“她就要了一个房间。”房东回答，“她自己单独吃饭。”

他用恭恭敬敬的神情看了看两位女士。

“我让她住在楼下，这样就不会碍事了，她不会给你们带来任何麻烦的。”

“她原先也在船上吗？”麦克费尔夫人问。

“是的，夫人。她在二等舱，去阿皮亚，到那里做出纳。”

“哦。”

房东离开后，麦克费尔说：

“我想她一个人在房间里吃饭一定觉得不开心。”

“如果她坐的是二等舱，我想她会开心的。”戴维森夫人说，“真不知道她是哪一个。”

“舵手带她来时，我正好在那里。她的名字叫汤普森。”

“不是昨天晚上跟舵手跳舞的那个女人吧？”戴维森夫人问。

“那一定是。”麦克费尔夫人说，“当时我还想她是谁呢，我觉得她是个放荡女人。”

“不是良善之辈。”戴维森夫人说。

他们开始谈起了其他话题。午饭后,因为早上起得早,觉得有些倦意,便各自分开回去睡觉。醒来后，尽管天色依然灰暗，乌云低垂，雨还是停了。他们沿着美国人修建的海湾公路散了会儿步。

回来后，他们发现戴维森刚刚进来。

“我们可能要在这里待上两周。”他气急败坏地说道，“这件事我跟市长争论过了，但他说毫无办法。”

“戴维森先生渴望赶紧回去工作。”他妻子焦虑地扫了他一眼说。

“我们离开一年了，”他在阳台上来回踱着，“我的任务就是对当地的传教士们负责，不过我非常担心他们会放任自流。他们都是好人——我不想说任何对他们不利的话，虔诚，对上帝充满敬畏之心，是真正的基督徒，他们对基督的信仰让我们国家许多所谓的基督徒脸红。不过遗憾的是，他们干劲不足，他们可以抗争一两次，但不会一直抗争下去。你交给当地传教士一项使命，不管他看起来是多么叫人放心，但最终你会发现他悄悄地胡作非为起来。”

戴维森先生静静地站在那里。由于他身材高挑消瘦，苍白的脸上一双大眼闪烁着，所以给人以深刻的印象。在他举手投足间产生的激情以及低沉而清晰的嗓音映衬下，他的真诚是显而易见的。

“我期待着能把工作给我安排好，我要行动起来，并且立马行动。如果树木已经腐烂，就应把它砍倒，然后投到火里去。”

傍晚茶是他们一天中所吃的最后一餐，餐后已是黄昏。他们坐在阴冷的客厅里，女士们在忙针线活，麦克费尔医生抽着烟斗，传教士给他们讲述了自己在岛上的工作。

“我们刚到那里时，他们毫无罪恶感。”他说，“他们一个接一个地违反戒律，从不知道自己的过错。我想我工作中最困难的部分就是给那些当地人灌输什么是罪恶感。”

麦克费尔夫妇已经知道，戴维森在遇到他妻子之前曾在所罗门斯工作过五年。她之前在中国当传教士，两人相识于波士顿——当时他们都是利用部分假期去参加一次传教士大会。婚后，他们被派到了这些岛屿上，从那后就一直在这里工作。

在跟戴维森先生进行的所有谈话过程中，他身上有一种特质一直在熠熠闪光，那就是他毫不畏缩的勇气。他是一名传教医生，随时都有可能被叫到群岛中任何一个岛上去。雨季中的太平洋动辄狂风暴雨，即便坐上捕鲸船也不那么安全，而来请他的船只常常是一只轻舟，所以非常危险。碰到有人生病或遭遇事故，他从未犹豫过。有十几次，为了救命他从船里往外舀水，舀了整整一夜。戴维森夫人不止一次地认为他失踪了，没希望了。

“我有时求他不要去了，”她说，“或者至少等到天气稳定下来再说，但他从来不听。他这个人很固执，一旦下定了决心，什么都不能阻止他。”

“如果这样做我自己都感到害怕，那我怎么能让当地人相信上帝呢？”戴维森大声说道，“我不害怕，不害怕。他们知道有了麻烦来请我，只要在人力所及的范围我就会去。你想，我为上帝尽责，他会抛弃我吗？风遵照他的圣谕而吹，波浪按照他的旨意而汹涌。”

麦克费尔医生是个胆小之人。在前线时，战壕上方呼啸而过的炮弹他从来都不能习惯；在高级绷扎所做手术，他的手总是颤抖得厉害，他想拼命控制住，结果额头上大汗淋漓，把眼镜都弄模糊了。他望着传教士，身子微微抖动了一下。

“我希望我能够说我从未畏惧过。”他说。

“我希望你可以说你信奉的是上帝。”另一人回应道。

但不知为何，那个晚上，传教士的思绪回到了他和妻子初到岛上的那些日子。

“有时，戴维森夫人和我会相视而泣，泪水从脸颊上滚滚落下。我们日日夜夜无休无止地工作，但似乎没有任何进展。那时要是没有她在身边，我真不知道该会怎样。当我心灰意冷时，当我几近崩溃时，是她给了我勇气和希望。”

戴维森夫人低头看了看手中的针线活，瘦削的脸上有些泛红，两只手微微颤抖了一下，没有开口——她没有把握该说些什么。

“没人帮助我们，我们感到孤独，自己的同胞远隔数千里之遥，周围一团黑暗。当我筋疲力尽、心力憔悴时，她就停下手中的工作，拿出《圣经》给我诵读，直到平和降落到我的身上，就如同睡意降落到孩童的眼皮上一样。最后，她合上书说：‘不管他们自己如何，我们要拯救他们。’我对上帝的信仰又重新变得坚定了，我会说：‘是的，在上帝的帮助下，我要拯救他们，必须拯救他们。’”

他走到餐桌前面，仿佛那是一张诵经台。

“你看，他们的天性是如此堕落，几乎没法让他们看清自己的邪恶。他们觉得自然而然的行为，在我们看来只能是罪恶的。这不仅仅是通奸、说谎、偷窃，还有裸露身体、跳舞、不去教堂，女孩袒胸露乳、男子不穿裤子也是如此。”

“你怎么做的呢？”麦克费尔医生不无诧异地问。

“我制定了罚款制度。如果他们实施了邪恶行为就要惩罚他们，这一点必须让他们明白——罚款显然是唯一的办法。如果不到教堂就得罚款，跳舞要罚，穿着不当也要罚。我有一张事项清单，违反任何一项都要罚钱或罚苦力。最后，我终于让他们明白了。”

“不过他们有没有拒绝交钱呢？”

“不交怎么行！”传教士道。

“要想跟戴维森先生抗衡得需要很多勇气。”他的妻子绷紧了嘴唇说道。

麦克费尔医生眼睛里充满了困惑，他看了看戴维森。他的话让他感到惊讶，不过他不愿把自己的不以为然表达出来。

“切记，我最后的杀手锏就是剥夺他们的教会成员资格。”

“他们在意吗？”

戴维森笑了笑，轻轻摩挲着自己的手掌。

“那样他们就没法销售自己的干椰子肉了，打了鱼也分不到，这就差不多意味着他们会被饿死——是的，他们非常在意。”

“给他讲讲弗雷德·奥尔森的事。”戴维森夫人补充道。

传教士用兴奋的眼睛盯着麦克费尔医生。

“弗雷德·奥尔森是一个丹麦商人，到岛上多年了，跟其他商人一样非常有钱。我们刚到时，他不是很开心。你知道，他的所得都采用了很独特的方式。他用自己喜欢的东西来偿付当地人，用货物和威士忌跟他们交换干椰子肉。他有一个当地妻子，不过他明目张胆地背叛她，另外他还是个酒鬼。我给他机会来纠正自己的行为，但他根本不听，还嘲笑我。”

当说最后几个字的时候，戴维森的声音低了下去，然后沉默了一两分钟，沉默得让人心情沉重、不安。

“两年后，他就完蛋了。他变得一无所有，二十五年攒得的一切全部散失殆尽。他终于屈服于我，最后像个乞丐一样来到我面前，恳求我给他一笔回悉尼的路费。”

“我真希望你能看看他来见戴维森先生时的样子。”传教士的妻子说道，“他以前是个帅气而强壮的人，人长得肥硕，声音洪亮，不过现在整个人都小了一半，全身颤巍巍的，突然变成一个老人了。”

戴维森心神不定地凝视着外面的夜色。又下雨了。

突然，一个声音从楼下传来，戴维森转过身诧异地望着妻子。是留声机的声音，尖锐而吵闹，呲啦呲啦地放出断断续续的乐曲。

“那是什么？”他问。

戴维森夫人把夹鼻眼镜按了按，使之更安稳些。

“二等舱的一名乘客也住在这里，我想声音是从她那里发出来的。”

他们安静地听了一会儿，很快又听到了跳舞声。然后，音乐声停下了，传来起瓶塞的砰砰声和抬高的欢快的说话声。

“我猜她是在跟甲板上的朋友举行告别会。”麦克费尔医生说，“船十二点出发，是不是？”

戴维森没有回答，而是看了看表。

“准备好了吗？”他问妻子。

她站起来，把手里的针线活折叠了一下。

“是的，我想是这样。”她回答。

“现在上床太早了，是吧？”医生说。

“我们还有很多东西要读。”戴维森夫人解释道，“不管在哪里，晚上睡觉前我们都要读上一章《圣经》，并通过注释做一番研究，还要细细地讨论，这对人的大脑来说是个完美的训练。”

两对夫妇互道了晚安。只剩下麦克费尔夫妇时，有两三分钟的时间两人都没说话。

“我去把扑克拿过来。”医生最后说。

麦克费尔夫人充满疑虑地看了看他。跟戴维森夫妇的谈话让她有些不安，她觉得还是不玩扑克的好，因为戴维森夫妇随时都可能过来，但她不愿意把这话说出来。麦克费尔医生把扑克拿来了，她注视着他把牌洗好——虽然带着些模模糊糊的负罪感。楼下继续传来狂欢声。

第二天天气已经晴好，在帕果帕果闲滞两周已成定局，麦克费尔夫妇决定随遇而安。他们步行到了码头，从行李箱中取了几本书。医生拜访了海军医院的外科主治医生，然后跟他一起查了病床，还给市长留下了名片。在路上他们碰到了汤普森小姐。医生摘下帽子，而她大声欢快地向他道了早安：“早上好，医生！”她的穿着与昨天相同，一袭白裙，闪亮的高跟白靴，沿靴筒顶部往外挤突的粗腿与周围的异国风情有些格格不入。

“我得说，她穿得不够得体。”麦克费尔夫人说道，“在我看来，她的样子极端下贱。”

回到房子后，他们看到她正在阳台上跟房东深色皮肤的孩子们玩耍。

“去跟她说句话。”麦克费尔医生小声对妻子说，“她在这儿就一个人，对她不理不睬有些不厚道。”

麦克费尔夫人有些迟疑，但她习惯了按照丈夫的要求去做。

“我想咱们都是这里的房客。”她走过去，有些傻里傻气地开口道。

“困在这么个小镇真是太糟糕了，是不是？”汤普森小姐回答道，“他们跟我说，在这里有间房住就够幸运了。我不知道自己怎么会住在一个土著人家里，有些人没办法才会这样，真搞不懂这里为什么连一家旅店都没有。”

她们又交流了几句。汤普森小姐是个大嗓门，说话喋喋不休，显然是个爱闲聊的主儿。不过麦克费尔夫人能聊的话题实在少得可怜，很快她就说：

“哦，我想我该上楼了。”

薄暮时分，当他们坐下来喝傍晚茶时，戴维森走进来说：

“我看到楼下女子那里坐着几个水手，不知道她跟他们怎么混熟的。”

“她不会太挑剔的。”戴维森夫人道。

无所事事、漫无目的的一天过去后，他们都感到有些厌倦。

“要是天天这样待上两周，真不知道最后会怎样。”麦克费尔医生说。

“我们只能把一天分成几块，来做不同的事。”传教士回答，“我要拿出几个钟头来学习，几个钟头来锻炼——在雨季，老天下不下雨你不要去管。另外，我还要用几个钟头来娱乐。”

麦克费尔医生疑虑地看了看他的伙伴，戴维森的计划让他感到了压力。这次他们吃的还是汉堡牛排，这似乎是厨师会做的唯一一道菜。这时留声机又响了起来。一听到这个声音戴维森紧张地跳了起来，不过没说什么话。接着，有男子唱歌的声音传上来——汤普森小姐的客人们在唱一首著名歌曲，随之便是她自己沙哑而高亢的嗓音，喊叫声、大笑声响成一片。楼上的四个人正要说话，却不由自主地停下，去听楼下酒杯的叮当声、拖拽椅子发出的刺耳的声音。显然来了更多的人——汤普森小姐在举行一场晚会。

“不知她是怎么把他们招来的。”传教士跟麦克费尔在谈医学方面的事，麦克费尔夫人突然插话道。

这句话表明她的思绪跑到了哪里，戴维森脸上的抽搐也证实了一点：尽管他们谈论的是科学问题，他满脑子想的却是同一回事。医生在讲述他在佛兰德斯前线的从医经历，戴维森甚感无趣，突然间，他大叫一声站了起来。

"怎么啦，阿尔弗雷德？"戴维森夫人问。

"毫无疑问！我竟然从未想到，她是从伊韦雷来的。"

"不可能。"

"她是在檀香山上的船，这是明摆着的。她到这里来是做生意。这里！"

他带着满腔怒火说出最后两个字。

"伊韦雷是哪里？"麦克费尔夫人问。

他把忧郁的目光转向她，声音因恐惧而颤抖了。

"檀香山的瘟疫区，红灯区——人类文明的耻辱。"

伊韦雷地处檀香山的城市边缘。黑暗中走过几条港口小巷，穿过一座摇摇晃晃的桥梁，来到一条坑坑洼洼、沟壑纵横的偏僻道路上，这时周围会突然明亮起来。道路两旁都是停车场，有灯光耀眼的低档酒吧，每个里面都传来嘈杂的自动钢琴声，还有理发店和烟草店。空气中流淌着浮躁喧嚣和寻欢作乐的气息。这条道路将伊韦雷一分为二，你随便向左或向右拐进一条狭窄小巷都能发现你已到了伊韦雷。这里有成排的小房子，整齐干净，涂着绿漆，房子间的道路宽阔而笔直。在设计上，它跟一座花园城市无异；不过，尽管规整体面，洁净有序，但不无讽刺的是，一提到它人们就会痛恨得咬牙切齿，因为在寻欢逐爱上没有任何地方比这里更自成体系，有章可循。照明的路灯样子颇为罕见，如果没有从两边开着的窗户透出的光，路上就变得暗淡了。男人们四下里晃悠，观察着坐在窗口的女人。她们要么在读东西，要么在做针线，大多时候都没注意到这些过客，跟所有国家的那类女人相似。"过客"有美国人，港口船上的水手，炮艇士兵，醉醺醺的酒鬼，驻扎在岛上的黑人、白人兵团士兵，还有三三两两结伴而行的日本人、夏威夷人、穿长袍的中国人，以及戴着滑稽帽子的菲律宾人。他们没有一个在说话，似乎被压抑住了——欲望是叫人伤心的东西。

“这是太平洋地区最亟需处理的丑事。”戴维森言辞激烈地叫道，“传教士鼓动反对了多年，最后当地的新闻部门开始报道这件事，但警方拒绝介入。你知道他们持有什么观点吗？他们说罪恶是不可避免的，既然如此，最好的办法就是集中管理。实际情况是，他们从中得到了好处，得到了好处！酒吧主给他们钱，暴徒给他们钱，那些女人自己也出钱给他们。最终他们只能撤出了。”

“我在檀香山时，曾有报纸送到船上，我读到过。”麦克费尔医生说。

“就在我们到达的那一天，伊韦雷连同它的邪恶和耻辱，一起被连根拔起，所有人都受到了司法审判。不知为何我没有立马认出那个女人。”

“既然你谈到了这件事，”麦克费尔夫人说，“我想起来了，我看到她是在起锚前的几分钟上的船，我记得当时还想她时间卡得倒是挺准的。”

“她怎么能到这里来！”戴维森愤怒道，“这种事我是不能容许的。”

他大步向门口走去。

“你干什么去？”麦克费尔问。

“你以为我要干什么？我要阻止这件事，我不能让这座房子变成、变成一个——”

他在寻找一个合适的字眼，以免冒犯了两位女士的耳朵。他两眼放出怒火，苍白的脸色因情绪的爆发变得更白了。

“下面听起来好像有三四名男子，”医生说，“现在过去你不觉得有些莽撞？”

传教士轻蔑地看了他一眼，一句话没说便冲出了房间。

“如果你认为戴维森先生会因个人安危而不敢履行自己的职责，那你对他就太不了解了。”截维森夫人说道。

她紧张地握着双手，高高的颧骨上有些发红，倾听着楼下即将发生的一切。他们都在侧耳听着，先是听到戴维森嘎吱嘎吱冲下木楼梯的声音，接着门砰地被摔开了。歌声突然停了下来，但留声机仍播放着刺耳低俗的乐曲。戴维森的说话声传了过来，接着是重物跌落的声音，音乐戛然而止——是他把机器扔到了地板上。他们又听到戴维森在说话，但听不清在说什么，然后是汤普森小姐响亮的尖叫声，再以后便是嘈杂的喧闹声，仿佛几个人一起在声嘶力竭地叫喊。戴维森夫人急促地喘了口气，把两只手攥得更紧了。麦克费尔犹豫地看了看她，又看了看妻子。他不想到楼下去，但不知道她们是否希望他去。这时，又似乎传来了扭打声——现在比刚才听得清楚些了，可能是戴维森被赶出了房间，接着听到门被重重关上的声音。周围一下子安静下来，他们听到戴维森上了楼回到自己房间去了。

"我想我该去看看他。"戴维森夫人说道。

她站起来出去了。

"如果需要我，打电话就行。"麦克费尔夫人说。戴维森夫人离开后，她又说："我希望他没受伤。"

"他干吗多管闲事呢？"麦克费尔医生道。

静默了一两分钟，两人突然跳了起来，因为留声机又挑衅般地响起来了，有人在用嘲弄的语调、嘶哑的嗓音大声背诵一首下流歌曲的歌词。

第二天，戴维森夫人面色苍白，身形疲惫，她抱怨说头疼，整个人看上去苍老而萎顿。她跟麦克费尔夫人说，传教士昨晚一夜没睡，一晚上都是在可怕的烦躁中度过的，凌晨五点就起来出门去了。他被人泼了啤酒，衣服都弄脏了，发出了臭味。谈到汤普森小姐时，她眼里闪烁着忧郁和愤怒。

"她昨天侮辱了戴维森先生，她会为此备感懊悔的。"她说，"戴维森先生有一颗慈悲的心，不管谁遇到了麻烦去找他都能得到安慰，但对于邪恶他会毫不迁就。如果有谁激起了他的正义怒火，他将变得非常可怕。"

"哦，他要怎么样呢？"麦克费尔夫人问。

"我不知道，不管怎样，我绝不会为那个女人着想的。"

麦克费尔夫人身子颤抖了一下，这个小个子女人的行为举止里显然透露出一种令人惊异的自信和得意。那天早上，她们一起出了门，肩并肩地沿着楼梯下去。汤普森小姐的门开着,她们看到她穿着一件破旧睡衣,在用平底锅做饭。

“早上好！”她喊道，“戴维森先生今天早上好些了吗？”

她们昂着头从她身边走过，没说一句话，好像这个人不存在一般。不过她突然嘲弄地哈哈大笑起来，她们的脸一下子红了，戴维森夫人猛地转过身来。

“你竟然有胆量跟我说话！”她厉声叫道，“如果你对我无礼，我会叫人把你从这里赶走。”

“哎哟，是我邀请戴维森先生来做客的吗？”

“别理她。”麦克费尔夫人小声地匆匆说道。

她们继续往前走，直到听不到她说话了才停下来。

“她真是厚颜无耻，厚颜无耻！”戴维森夫人突然发作道。

愤怒简直要让她窒息了。

回去路上,她们又碰到她正朝港口走去。她把所有的服饰都穿戴上了,大白帽子上插着俗艳的花朵，真是丢人现眼！从她们身边经过时，她冲她们欢快地叫喊起来，而两位女士对她怒目而视，冷若冰霜，旁边站着的几个美国水手见此咧开嘴笑了。刚一进门，雨又落了下来。

“我想她的漂亮衣服可要完蛋喽！”戴维森夫人恨恨地冷笑道。

她们的午餐吃到一半的时候戴维森才回来。他全身湿透了，但他不愿换衣服，只是一声不吭地闷坐着，吃了一口饭就止住了，凝视着外面斜飘的雨水。戴维森夫人告诉他她们两次碰到了汤普森小姐，戴维森没有回话，但他愈加紧蹙的眉头表明他已听到了。

“你不觉得我们应该让霍恩先生把她赶走吗？”戴维森夫人问道,“我们不能让她侮辱我们。”

“不过她好像也没地方可去了。”麦克费尔说。

“她可以跟当地人一起住。”

“在这样的天气，当地人的小屋住起来一定不会舒服。”

“我在那种小屋住过多年。”传教士说。

一个矮小的当地女孩端进来一盘炸香蕉——这是他们每天都要吃的甜点，戴维森转过身对她说：

“去问问汤普森小姐何时方便，我要见见她。”

女孩羞怯地点点头出去了。

“你见她干什么，阿尔弗雷德？”他妻子问。

“那是我的职责所在，在我采取行动之前，我会把每个机会都给她。”

“你不知道她是怎样的人，她会对你无礼的。”

“让她对我无礼吧，让她对我吐口水好了。跟所有人一样，她也有一颗不朽的灵魂，我要尽我所能拯救她。”

戴维森夫人耳朵里还回响着那个贱人的嘲笑声。

“她太过分了！”

“相对于上帝的怜悯也太过分吗？”戴维森的眼睛突然明亮起来，声音也变得温软柔和了，“绝非如此。罪人之恶可能比地狱自身还要厚，但耶稣基督的慈爱依然能够降临到他们身上。”

女孩带回了消息。

“汤普森小姐向您表达了敬意，说只要不是‘营业’时间，她随时欢迎戴维森先生前来。”

几个人听了都沉默着没说一句话，麦克费尔医生迅速收拢起浮现在嘴角上的笑意，他知道如果他觉得汤普森小姐的厚脸皮很好玩的话，他妻子会跟他恼的。

他们一声不响地吃过了午饭。饭后两位女士站起来拿起了针线活，麦克费尔夫人开始织另外一条羊毛围巾——从战争爆发到现在她已经织了无数条。医生点上烟斗，而戴维森仍坐在椅子里，心不在焉地盯着眼前的桌子。最后他站起身来，一句话不说走出了房间。他们听到他下了楼梯，又听到敲门后汤普森小姐发出挑衅的声音：“进！”

他在那里待了一个小时了。麦克费尔医生看着外面的降雨，不由地烦躁起来。这里的雨水跟英国不同。在英国，雨水是轻柔的，飘飘洒洒地落到大地上，而这里的雨水冷酷得有些让人害怕，让人感受到透着恶意的自然的原始力量。这里的雨不是倾盆而下，而是从天上直接流下来，如洪水般冲到地面上。雨水打在波形铁的房顶上，就那么一直“啪啪”地响着，震耳欲聋，似乎带着狂暴的情绪。有时，雨水连连，无休无止，你先是忍不住要尖叫，随之又变得软弱无力，仿佛骨头都松软了，这时你便苦不堪言、绝望透顶。

传教士回来了，麦克费尔转过头看着他，两个女人也抬起了头。

“我已经仁至义尽了，我规劝她忏悔自己，不过她是个邪恶的女人。”

他停下来，麦克费尔医生看到他两眼黯淡，苍白的脸紧绷着，神色严峻。

“我主耶稣曾用皮鞭把高利贷者和货币兑换商从上帝圣殿赶走，现在我要拿过那把皮鞭了。”

他在房间里来回踱着，嘴唇紧紧抿着，黑色的眉毛拧在了一起。

“即使她逃到天涯海角，我也不会放过她。”

他突然转过身来，大步走出了房间。他们听到他又下楼去了。

“他干什么去？”麦克费尔夫人问。

“不知道。”戴维森夫人把夹鼻眼镜摘下来擦了擦，“他履行圣职时我从不过问。”

她接着又叹了口气。

“怎么啦？”

“他总把自己搞得筋疲力尽，从不知道放松自己。”

他的行为产生的最初结果，麦克费尔医生是从他们的房东那里听来的。他从小卖店门口经过时，房东叫住了他，然后来到门廊上跟他说话。房东肥胖的脸上忧虑重重。

“戴维森先生责怪我把房间租给汤普森小姐，”他说，“不过，我当时根本就不知道她是什么人。有人要租房，我只关心他能不能付得起房租。她的房租是提前一周付的。”

麦克费尔医生不想承担什么责任。

“不管怎么说，房子是你的，你能让我们住进来，我们已经感激不尽。”

霍恩满腹疑虑地看着他，不清楚麦克费尔在多大程度上站在传教士一边。

“传教士都是一伙儿的，”他吞吞吐吐地说，“他们可以为一名商人倾尽全力，也可能会关他的店，并一走了之。”

“他要你把她赶走吗？”

“没有。他说只要她规规矩矩的，就不会要求我那样做。我保证她不再接待客人，我刚去她那里告诉她了。”

“她什么反应？”

“她把我骂了一顿。”

房东的两条腿在破旧的帆布裤子里扭来扭去，他已经发现汤普森小姐是个难缠的主顾。

“唔，好吧，我猜她还是会走的。要是一个客人都没有，我想她不会留在这里。”

“她没地方可去。只有一家当地宾馆，而当地人现在是不会接待她的，传教士们目前也不会惩罚她。”

麦克费尔医生向外面看了看，雨还在下。

“啊，别指望放晴了，没用的。”

晚上等他们在客厅里坐下来，戴维森谈起了他最初上大学的那些日子。当时由于没有生活来源，他只能靠在假期干些零活来完成学业。这时楼下静悄悄的，汤普森小姐正一个人待在自己的小房间里。突然，留声机开始响起来——是挑衅，还是掩饰孤独？没人跟唱，机器传出的是忧伤的调子，似乎在寻求帮助。戴维森没有注意到，他的长篇轶事刚讲到了一半，正用同一个调子讲下去。留声机继续响着，唱片放了一张又一张，夜晚的静寂似乎让汤普森小姐感到不安。

这个晚上闷热得让人透不过气来，麦克费尔夫妇上床后迟迟无法入眠。他们并排躺着，两眼圆睁，听着蚊帐外面蚊子冷酷的嗡嗡声。

“什么声音？”麦克费尔夫人突然低声问。

他们听到一个人的说话声——戴维森的声音——正从木制隔板传过来。语调平稳，语气诚恳、坚定，他正在祈祷，为汤普森小姐的灵魂祈祷。

两三天过去了。现在当他们在路上碰到汤普森小姐时，她不再用嘲讽的口吻问候他们或冲他们微笑，而是把头仰得高高的，涂脂抹粉的脸上看上去有些郁郁不乐，眉头紧锁，对他们视而不见。房东告诉麦克费尔说，她曾试着到别处寻找住处，但没成功。每天晚上，她一张张地播放着唱片，那显然不过是强作欢颜罢了，其中的拉格泰姆音乐①似乎是一种单步舞曲，节奏破碎、旋律忧伤，听了让人产生绝望之感。礼拜天她又开始播放音乐时，戴维森请霍恩去阻止她，因为这是安息日呀！唱片从留声机上拿掉了，整个房子也安静下来，只有雨水打在铁皮屋顶上发出持续的啪啪声。

“我觉得她有些紧张，”第二天房东对麦克费尔说，“她不知道戴维森先生想干什么，这令她感到惶恐。”

那天早上，麦克费尔瞥了她一眼，他注意到她倨傲的神情已经变了，看上去有些无可奈何。房东瞄了他一下。

“我想这件事你不知道戴维森先生是怎么做的吧？”他大胆问道。

“不知道，我不知道。”

霍恩的这个问题问得颇不寻常，麦克费尔自己也觉得传教士的工作充满了神秘。

他的感觉是，传教士在那个女人周围正精心地、有条不紊而又出其不意地编织着一张网，等一切就绪就会突然把绳子收紧。

---

① 拉格泰姆音乐，1890—1915 年在美国流行的一种音乐。

“你告诉她后她怎么说？”

“她什么也没说，我只是把他要我说的话跟她讲了，然后就走了。我想她可能要哭了。”

“我毫不怀疑，孤独让她烦躁。”医生说，“还有这场雨，会让任何人都变得神经质的。”他暴躁地继续说道：“这个鬼地方，雨难道不停了吗？”

“雨季总是下个没完没了，今年的降水已有七千多毫米。你知道，这是港湾地形造成的，整个太平洋的降水好像都被吸过来了。”

“这该死的港湾地形！”医生道。

他挠了挠被蚊子叮咬的地方，觉得特别想发泄一通。当雨住天晴、太阳出来，这个地方便变得跟蒸笼一般，酷热潮湿，烈日当头，让人呼吸困难，这时你会产生一种奇怪的感觉，似乎随处都在滋长着野蛮和暴力。当地人素以孩子般的快乐和单纯闻名，这个时候他们的文身和染发使他们看上去有了几分邪恶。当他们光着脚板啪踏啪踏地紧跟在你身后的时候，你会本能地转过身，觉得他们随时都会冲上来，将一把匕首刺进你的肩胛骨之间。你说不清他们那两只相距遥远的眼睛里潜藏着怎样的阴暗念头——他们有些像画在神庙墙壁上的古埃及人，散发着极古老的恐怖气息。

传教士来了又走了，忙忙碌碌，麦克费尔夫妇并不知道他在忙些什么。霍恩告诉医生说他天天去见市长，有一次他还提到了市长。

“他看起来好像非常果决，”传教士说，“不过涉及实质问题就会缺少意志力。”

“我想那意味着他不会严格按照你的要求去做。”医生开玩笑道。

传教士没有笑。

“我希望他做正当的事，这个是不需要人劝的。”

“不过，什么是正当事因人而异。”

“要是一个人的脚患上了坏疽病还犹豫着要不要截肢，你会对他有耐心吗？”

“坏疽倒是一种实质问题。”

“是坏问题吗？”

戴维森的行动他们很快就清楚了。四人刚刚吃过午饭，尚未各自去午睡——酷热的天气迫使两位女士和医生每天中午都要睡上一觉，戴维森对这种怠惰的习惯简直无法容忍。门砰地开了，汤普森小姐走了进来。她四下里打量了一下，径直朝戴维森走过去。

“你这个下三滥，卑鄙小人！你跟市长说我什么了？”

她气急败坏，唾沫乱飞。在她停下来的片刻，传教士推过来一把椅子。

“不想坐一坐吗，汤普森小姐？我一直想再跟你谈谈。”

“你这个卑劣的杂种！”

她破口大骂起来，污言秽语，粗鄙不堪。戴维森用冷峻的眼神看着她。

“你爱怎么骂就怎么骂，我无所谓，汤普森小姐，”他说，“不过我请你记住这里还有两位女士。”

她愤怒地抑制着泪水，脸通红浮肿，似乎要抽泣了。

“怎么啦？”麦克费尔医生问。

“有人刚过来，说我必须乘坐下一班船离开。”

传教士的眼神闪烁了一下，不过看上去仍面无表情。

“目前情况下，你别指望市长同意让你留在这儿。”

“是你干的好事！”她扯着嗓门叫道，“你骗不了我，是你干的。”

“我不想欺骗你，那是我敦促市长采取的唯一可行的举措，这也符合他的职责。”

“为什么不能放过我？我没做损害你们的事。”

“你尽管放心，即使你那么做，我也根本不会恨你。”

“你认为我愿意继续住在这个破地方吗？连个城镇都算不上。我才不稀罕这鬼地方！”

“要是那样，不明白你还有什么可抱怨的。”他回答。

她说不出话来，愤怒地大叫了一声，冲了出去。房间里出现了片刻的宁静。

“我很欣慰,市长最终还是采取了行动。”戴维森最后说,“他为人软弱,优柔寡断。他说不管怎样她只在这里停留两周;她去了阿皮亚后,那就到了英国管辖区,跟他没有关系了。”

传教士突然站起来,大步走到了房间的另一端。

“掌权者试图逃避责任,这种做派真可怕。按照他们的说法,似乎恶魔逃出了视野就不再是恶魔了一样。那个女人只要在这里待着就是件丑闻,驱赶到别的岛也于事无补,最后我只能直截了当地说出来了。”

戴维森的眉毛低垂,结实的下巴向前伸着,看起来暴躁而坚定。

“你那是什么意思?”

“我们教区对华盛顿并非完全没有影响。我跟市长讲,如果有人投诉他在这里的管理方式,对他是没有好处的。”

“那她何时必须离开?”医生停顿了一下问。

“从悉尼起航到圣弗朗西斯科的客轮预定下周二到这里。她必须坐这班船离开。”

那是在五天之后。

现在,如果没有更合适的事情做,大多数上午医生都在医院度过的。第二天,他从医院回来上楼时,房东叫住了他。

“不好意思,麦克费尔医生,汤普森小姐病了,你过来看一下好吗?”

“当然可以。”

霍恩把他领进了房间。她正百无聊赖地坐在椅子里,没有读书也没有做针线,而是目不转睛地盯着前方。她依然穿着她的白裙子,戴着插着花的硕大帽子。麦克费尔还注意到,她涂着脂粉的脸上今天有些黯淡、发黄,目光呆滞。

“听说你病了,我很难过。”他说。

“唔,我实际上没病,这样说只是想见你一下,我必须乘坐一班前往圣弗朗西斯科的轮船离开这里了。”

她看了他一眼，他注意到她的眼神像突然受到了惊吓，两只手痉挛性地一张一合。房东站在门口，听着他们说话。

“这我知道了。”医生说。

她稍稍喘息了一下。

“我觉得我现在去圣弗朗西斯科不大方便。昨天下午我去找市长，但没见到他，只见了秘书。他告诉我只能搭乘那班船，到那里没别的船了。我一定要见到市长，所以今天早上我就在他家房子外面等他，他出来后我就跟他说了。他不愿跟我说话——我承认，但我不想让他轻易把我打发掉。最后他说只要雷夫·戴维森愿意，他不反对我在这里继续待到去悉尼的下一班船过来。”

她停下来焦虑地看了看麦克费尔医生。

“我不知道我到底该做什么。”他说。

“哦，我想你不会介意问问他的。我向上帝发誓，如果他允许我留下来，我别的什么都不干，就待在屋里——要是他觉得这样合适的话，不就是两周嘛。”

“我问问他。”

“他不会同意的，”霍恩说，“他让你周二搬走，你最好还是接受吧。”

“告诉他我会在悉尼找到工作的，马上会的——我意思是说，这个要求不高。”

“我会尽力的。”

“请尽快告诉我，好吗？不管怎样，得不到消息我无法安心做任何事。”

这不是让医生感到开心的差事。从性格上说，他会用间接的方式来处理这件事。他把汤普森小姐跟他说的话告诉了妻子，让她先跟戴维森夫人讲一讲。传教士的态度有些反复无常，让这个女子在帕果帕果停留两周也许没什么问题，但对于这个策略产生的结果他没有把握。传教士直接找他来了。

“我夫人跟我讲那个汤普森和你谈过了。”

麦克费尔医生被直接问到了脸上——羞涩的男人被迫敞开心扉时总是有所怨气的，他感到自己的怒火正一点点升起，脸变得通红。

“我看不出她去悉尼和去圣弗朗西斯科有什么不同，只要她保证在这里规规矩矩的就行了，现在这样强求她有些过于严厉了。”

传教士用冷峻的眼神盯着他。

“那她为何不愿回圣弗朗西斯科呢？”

“我没问。”医生有些不耐烦地回答，“我认为一个人管好自己的事就行了。”

这或许不是一个圆熟的回答。

“市长命令她乘坐离岛的第一班船离开，他只是履行了自己的职责，我不会干预的。她留在这里是个危险。”

“我觉得你太严厉，太专横。”

两位女士有些惊讶地看着医生，不过并不担心他们会吵起来，因为传教士温和地笑了。

“让你如此看待我，真是太抱歉了，麦克费尔医生。相信我，因为那个不幸的女人，我的心在流血，我在尽我的职责而已。”

医生没有回答，阴沉着脸朝窗外望去。这一次雨停了，已经可以看到港湾对岸树丛里的当地人村落中的小屋。

“我想趁着雨停出去一下。”他说。

“不要因为我不能遂你心愿就怨恨我。”戴维森苦笑了一下说，“我非常尊敬你，医生，如果你觉得我这个人不好，我会感到歉疚的。”

“我毫不怀疑，你是自我感觉太好了，所以能够心平气和地容忍我的意见。”他回击道。

“这个倒是对的。”戴维森轻声笑起来。

麦克费尔医生失礼了，而且白忙活了一场，这让他对自己有些恼怒。下楼时，汤普森小姐正在门口等着他，门半开着。

“哦，”她问，“跟他说过了吗？”

“说了，很抱歉，他不愿意。”他回答说，因为觉得尴尬不敢去瞧她。

她突然呜咽起来，他飞快地瞄了她一眼。由于恐惧，她的脸色变得苍白了，这让他一下子惊慌起来，就在刹那间他有了主意。

“还是不要放弃希望。我觉得他们对待你的方式是可耻的，我要亲自去见市长。”

“现在吗？”

他点点头，她的脸上露出了喜色。

“呀！你真是好人。如果你帮我说话，我肯定市长会让我留下的。在这里我不会做任何不该做的事。”

麦克费尔医生也不太清楚自己为何决心要向市长求助。对汤普森小姐的事他本是极不关心的，不过传教士令他恼怒，他的脾气一直在郁积着。他在市长家里见到了市长本人。这是个魁梧英俊的人，做过水手，一把花白的牙刷似的胡须，穿着笔挺的白色斜纹布制服。

“我来见您是为了一个跟我们同住一起的女人，”他说，“她的名字叫汤普森。”

“我想关于她我已经听得够多了，麦克费尔医生。”市长笑眯眯地说，“我命令她下周二离开这里，我只能这样做。”

“我想问问能否破一次例，让她待到从圣弗朗西斯科来的船抵达这里，这样她就可以乘船前往悉尼了。我保证她会行为良好的。”

市长继续笑着，不过眯起了眼睛，神情变得严肃起来。

“我很愿意帮你，麦克费尔医生，不过命令既然发出了，就必须得执行。”

医生尽可能合理地分析了整个情况，市长的笑容完全消失了，他闷不做声地听着，目光躲躲闪闪。麦克费尔看出来他的话白说了。

“给任何女士带来不便我都感到很抱歉，不过下周二她必须坐船离开，只能这样了。”

“不过那到底有什么要紧的呢？”

“对不起，医生，对于我的行政行为我不希望有人要我做出解释，除非是有关当局。”

麦克费尔用犀利的目光看了他一眼。他记得戴维森曾给他暗示过，对市长他使用过胁迫手段，而从市长的态度里，他读出了明显的尴尬。

“戴维森是个该死的好事者！”他怒道。

“不瞒你说，麦克费尔医生，对戴维森先生我不能说对他评价很高，不过我必须得承认，他是出于自己的职责跟我指出，让汤普森小姐这种性情的女人留在这里是危险的，这里的当地人当中驻扎着很多士兵。”

他站了起来，麦克费尔医生也不得不跟着起身。

“我得请你原谅，我还有个约会。请代我向麦克费尔夫人致意。”

医生垂头丧气地离开了。他知道汤普森小姐在等着他，不想亲自告诉她事情没成，于是从后门直接进了房子，然后蹑手蹑脚上了楼梯，似乎要隐藏什么。

晚饭时他一言不发，局促不安，而传教士兴高采烈，眉飞色舞。麦克费尔医生感觉到，他的视线不时落在自己身上——带着胜利者的好心情。他突然想到戴维森已经知道他拜访市长一事，并且知道他没成功，不过他到底怎么得知的呢？这个人的能力中包含着一些邪恶的东西。饭后他看到霍恩站在阳台上，好像要跟他聊几句，便向他走过去。

“她想知道你有没有见到市长。”房东低声道。

“见到了，不过他不肯做，非常抱歉，我已无能为力了。”

“我知道他不会，他们不敢对抗传教士。”

“你们在谈什么呢？”戴维森友好地问道，过来加入了他们的谈话。

“我在说至少还有一星期去不了阿皮亚。”房东说。

霍恩离开后，两个人又回到客厅，戴维森先生每顿饭后的一小时都要放松一下。很快他们便听到怯怯的敲门声。

“进来！”戴维森夫人尖声叫道。

门没开，她站起来开了门，他们看到汤普森小姐站在门槛处。她的样子看起来变化极大，不再是在路上讥讽她们的那个招摇轻佻女子，而变成了一个面容忧伤、紧张兮兮的女人。她的头发一贯是精心梳理的，现在乱糟糟地堆在脖颈上。穿的是破旧的、散发着不良气息的卧室拖鞋、短裙和衬衣。她站在门口不敢进来，眼泪正顺着脸颊汩汩而下。

“你想干什么？”戴维森夫人厉声问道。

“我可以跟戴维森先生说句话吗？”她哽咽着说。

传教士站起来向她走过去。

“进来吧，汤普森小姐。”他热心地说，“需要我为你做点什么？”

她走进了房间。

“哎，我为前几天跟你说的话——为我做的一切——感到抱歉，我想我当时有点儿喝多了，请原谅。”

“唔，没什么。我想我的心胸足够宽阔，可以容得下几句难听的话。”

她走到他跟前，完全是一副卑躬屈膝的样子。

“你把我打败了，我已无牌可出。你不会让我去圣弗朗西斯科吧？”

他的和蔼一下子消失了，声音突然变得尖锐而严厉。

“你为何不愿回到那里？”

她在他面前蜷缩着。

“我的亲友们都住在那儿，我不希望他们看到我这个样子，别的地方你让我去哪都行。”

“你为何不想回圣弗朗西斯科？”

“我告诉你了。”

他向前探了探身，盯着她，两只大眼睛发出犀利的光，似乎要穿透她的灵魂。然后，他突然喘了口气说：

“收容院！”

她尖叫一声，跌倒在他脚下，抱住了他的腿。

“不要把我送到那里，我向上帝发誓我要做一个好女人，我会把一切都放弃掉。”

她开始喋喋不休地胡乱恳求起来，泪水哗哗地从涂着脂粉的脸颊上滚落。他弯下腰托起她的脸，逼着她看着自己。

“是不是因为那个地方——收容院？”

“他们抓住我之前我就溜了。”她喘息道，“如果警察逮住我，我将被判上三年。”

他松开了手，她一下子瘫在了地上，痛苦地呜咽着。麦克费尔医生站了起来。

“现在一切都改变了，”他说，“既然你知道了这个情况，就不要让她回去了。再给她一次机会，她想翻开新的一页。”

“我是要给她一个从未有过的好机会。如果她感到悔恨，就让她接受惩罚吧。”

她误解了他的话，抬起头，呆滞的眼睛里闪烁出希望的火花。

“你放过我了？”

“不，周二你得坐船去圣弗朗西斯科。”

她惊恐地叹息了一下，接着发出低低的嘶哑的尖叫声，简直不是人的声音。接着，她发疯般地把头撞向地面，麦克费尔医生跳过去把她拉住了。

“别这样，你不可以这么做。还是回到房间躺一会儿吧，我去给你拿点药。”

他帮她站了起来，半拖半拉地送她下了楼梯。他恼怒于戴维森夫人和自己的妻子，因为她们在那里无动于衷，一点忙都不帮。房东正站在楼梯平台上，在他的帮助下，医生把汤普森小姐扶上床躺着。她一直悲啼哭叫不止，几乎神志不清了，他便给她打了一针。再次上楼时，他觉得全身发热、筋疲力尽。

“我让她躺下了。”

两个女人和戴维森还坐在他离开时的位置上，这段时间他们不可能有什么活动和交流。

“我在等你，”戴维森用一种陌生、冷淡的声音说道，“我希望你们都跟我一起为这个犯下错误的姐妹的灵魂祈祷。”

他从书架上取下《圣经》，然后坐在刚吃过晚饭的餐桌旁。桌子还未收拾，他把茶壶推到一边，开始用洪亮、深沉、有力的嗓音给他们诵读耶稣基督审判通奸女子的那一章。

“现在，跟我一起跪下来，让我们为我们亲爱的姐妹——莎蒂·汤普森的灵魂而祈祷。”

他开始了滔滔不绝、激情洋溢的祷告，恳求上帝施恩于那个罪孽深重的女人。麦克费尔夫人和戴维森夫人跪下来，闭上眼睛。医生感到惊诧尴尬、局促不安，也跪了下来。传教士的祈祷狂放而流畅，他自己都极受感动，讲着讲着泪水便顺着脸颊滑了下来。屋外，无情的雨水还在飘落着，不止不歇，带着强烈的人类般的恶意。

最后他终于停了下来，停了一会儿说道：

“现在我们再重复一遍主祷文。”

重复完之后，他们都跟着他站了起来。戴维森夫人面容苍白而安宁，她感到舒适、平和，而麦克费尔夫妇突然窘迫起来，不知道下一步该做什么。

“我下去看看她怎么样了。”麦克费尔医生说。

敲门后霍恩给他开了门，汤普森小姐正坐在一把摇椅里，轻轻地抽泣着。

“你在做什么？”麦克费尔大声叫道，“我跟你说了要躺着。”

“我没法躺，我想见戴维森先生。”

“可怜的孩子，你认为那有用吗？你绝不能动摇他的。”

“他说过如果我请他来他就会来。”

麦克费尔给房东打了个手势。

“去把他叫来。”

房东上楼时两人默不作声地等着，很快戴维森进来了。

“抱歉让你过来。”她面色忧郁地看着他说。

“我一直等着你来请我，我知道我的祈祷上帝会答复的。”

他们相互凝视了一下，她的目光便转移开了，说话时也不敢正眼看着他。

“我过去是个坏女人，我想忏悔。”

“感谢上帝，感谢上帝，他听到我们的祷告了。”

他转向两位男人。

“让我独自跟她待会儿，告诉戴维森夫人我们的祈祷上帝已经答复了。”

他们走了出去，随手关上了门。

“哎呀！”房东叹息道。

那天晚上麦克费尔医生迟迟不能入睡，忽然听到传教士走上楼来，他看了看表，是凌晨两点，不过传教士仍没有立即上床，因为透过房间之间的木制隔板能听到他还在大声祈祷。最后他终于精疲力竭，酣然睡去。

第二天早上再见到他时，他的样子让医生惊异。他的脸色比平时更加苍白疲倦，不过眼睛里闪烁着神圣的火花，看上去似乎有些欣喜若狂。

“我想让你过一会儿下去看看莎蒂，”他说，“我不敢说她的身体好些了，但她的精神却已有所改观。”

医生觉得自已软弱无力，紧张兮兮。

“昨天你跟她待到很晚。”他说。

“是的，她无法忍受我离开她。”

“你看起来很开心嘛！”医生怒不可遏道。

戴维森的眼睛里闪现出狂喜。

“我得到了莫大恩宠，昨天晚上，我有幸让一个迷失的灵魂回到了耶稣的怀抱。”

汤普森小姐斜靠在摇椅里，床没有整理，房间乱成一团。她没有心绪打扮，只穿着一件脏兮兮的晨衣，头发胡乱打成一个结。脸上用湿毛巾擦了一把，哭泣让整张脸都肿胀了，皱纹密布，人看起来无精打采。

医生进门时她有气无力地抬眼看了看，惊惧而伤心。

“戴维森先生在哪里？”她问。

“如果你找他，他很快就到。”医生不悦道，“我来看看你怎么样了。”

“哦，我想我没事了，你不用担心。”

“吃什么了吗？”

“霍恩拿来了咖啡。”

她忧虑地看着他。

“你认为他会很快下来吗？我觉得有他在身边，好像感觉就没那么糟糕了。”

“你周二还走吗？”

“是的，他说我必须走。请让他马上过来，你帮不上忙，现在只有他能帮我。”

“那好吧。”医生说。

接下来的三天，传教士把几乎所有的时间都花在了莎蒂·汤普森那儿，只是吃饭时才跟别人在一起。麦克费尔医生注意到他吃得很少。

“他把自己弄得太疲惫了，”戴维森夫人心疼道，“如果他不注意的话，身体会垮掉的，但他就是不肯宽待自己。”

她面色苍白，告诉麦克费尔说她昨晚一夜未眠。从汤普森小姐那里上楼后，戴维森一直在祈祷，直到筋疲力尽为止。即使这样他也没睡多久，一两个小时后就起床穿上了衣服，然后沿着港湾踱步。他做了些奇怪的梦。

“今天早上他跟我说，他梦到了内布拉斯加州的山丘。”戴维森夫人说。

“那很奇怪。”麦克费尔医生应道。

他记得坐着火车横穿美国时曾透过车窗看见过那些山丘——圆圆的，滑溜溜的，像是人皮肤上一颗颗巨大的痣——兀立在平原之上。麦克费尔医生还记得它们留给他的印象是很像女人的乳房。

戴维森得不到休憩他本人也无法忍受，但只要有一件美妙乐事就可以让他重新振作起来。他要把那个不幸女人心底隐藏着的残余罪恶连根拔起，他跟她一起读《圣经》，一起祈祷。

“太好啦！”一天晚餐时他跟他们讲，“真正的再生！她的灵魂曾黑如夜晚，但现在却变得跟新雪一样纯净洁白，相形之下我自己是那样卑微、怯懦。她对自己的全部罪恶所做的忏悔如此美好，我连她外套的摺边都比不上。”

“你还有决心把她送回圣弗朗西斯科吗？”医生问，“在美国监狱里待上三年，我想你应该是打算这样救赎她的。”

“啊，不过你不明白吗？这是必需的。你认为我的心不在为她流血？我爱她正如爱我的妻子和姐妹。她在监狱的每一天，我都会承受她正在遭遇的痛苦。”

“一派胡言！”医生不耐烦地叫嚷道。

“你不明白是因为你视而不见。她是有罪的，所以必须为此受苦。我知道她将遭受哪些，她将忍受饥饿、折磨和羞辱。我希望她接受这种人世间的惩罚，以便向上帝进献。我希望她能愉快地接受这些，上帝是非常怜悯仁慈的。”

戴维森的声音兴奋得颤抖，这番话带着激情从他嘴里叽里咕噜地冒出来，几乎没法说得清楚。

“每天我都跟她一起祈祷，离开后继续祷告，我全身心地投入其中，这样上帝或许就能赐她以巨大的恩惠。我希望把渴望受罚的强烈愿望植入到她的心中，这样到头来即便我放她离开她都不愿意。我想让她感觉到，牢狱中的痛苦惩戒是在上帝脚下向他表达感激——是上帝把自己的生命献给了她。”

日子慢悠悠地过去了。整个房子的人都在关注着楼下可怜的、备受折磨的女人，都生活在一种不自然的兴奋当中。她如同一个血腥的邪神崇拜的受害者，正被准备着送去参加野蛮的仪式。恐惧让她麻木，她已无法忍受戴维森离开她的视线。只有他在身边，她才有了勇气，她对他的依赖已到了盲从的地步。她长时间地哭泣，然后诵读《圣经》，进行祈祷。有时她会感到疲惫和厌倦，这时她真渴望审判快快到来，因为这样她就可以从正遭受着的痛苦中解脱出来——一种直截了当的、实实在在的解脱。她现在所遭遇的不清不楚的恐惧让她受够了。罪过让她抛掉了所有的个人虚荣心，头发蓬乱，衣冠不整，身着俗艳的晨衣在屋子里乱窜。睡衣四天没脱了，长筒袜也没穿。屋子里杂乱无章，而室外雨水仍残忍地落个不停。你会觉得天上的水分必定倾空了，但大雨依然如注，直刷刷地重重地击打在铁皮屋顶上，一遍又一遍，让人疯狂。到处湿漉漉、黏糊糊的，墙上和门口的皮靴上都长了霉斑。一个个不眠夜里，蚊子愤怒地嗡嗡嗡地吟唱着。

"雨哪怕停上一天也不会这么糟糕。"麦克费尔医生说。

他们都在盼着星期二的到来，到时从悉尼来的前往圣弗朗西斯科的船就到了。压力让人窒息。就麦克费尔医生而言，也想着早点摆脱那个不幸的女人，这个愿望似乎已将他的同情和怨气驱散干净。既然不可避免那就接受好了，他认为船走后他的呼吸会更自由些。莎蒂·汤普森将由市长办公室的一名职员护送上船。这个人星期一晚上来拜访汤普森小姐，告诉她第二天上午十一点做好准备时，戴维森正陪着她。

"我来看看一切是否都准备好了，我本人会陪着她上船。"

汤普森小姐没有开口。

当麦克费尔医生吹灭蜡烛小心地爬进蚊帐时，他松了口气。

"唉，感谢上帝，一切都结束了，到明天这个时候她就离开了。"

"戴维森夫人也会开心的，她说'他把自己都折磨成鬼了'。"麦克费尔夫人说，"她还说她已经变成另一个人。"

"谁？"

"莎蒂。我想这绝不可能的，这让人感到羞辱。"

麦克费尔医生没有答话，很快就睡着了。他疲乏不堪，睡得比平时都香。

第二天早上，他被放在他胳膊上的一只手弄醒了，便一下子坐了起来，看到是霍恩站在床边。霍恩把手指放在嘴边示意他不要大声说话，并做手势让医生跟他走。他平常穿破旧的帆布工作服，但今天赤着脚，仅系着当地人常穿的印花缠腰布，突然有了一副野蛮人的样子。麦克费尔医生下床时看见他身上刺着密密的文身。霍恩又给他打了个手势，示意他到阳台上去。麦克费尔医生下了床跟他出去了。

“不要弄出声音，”他小声说道，“有人找你，穿上外套和鞋，快！”

麦克费尔医生第一个念头是汤普森小姐发生了什么事情。

“怎么啦？需要带治疗仪器吗？”

“快，请快些！”

麦克费尔医生悄悄回到卧室，拿了一件雨衣披在睡衣上，又穿上一双橡胶底的鞋。然后他来到房东处，两人蹑手蹑脚地下了楼。通往大路的门开着，路上站着五六个当地人。

“怎么啦？”医生重复道。

“跟我来。”霍恩说。

他走出门，医生在后边跟着，当地人陆续走在后面。他们穿过大路，来到了海岸边。医生看到一群当地人正在水边围着什么东西站着。他们快步走过去，约有几十码的距离。看到医生过来，当地人让开了一个小口，房东把他往前推了推。这时他看到，一个可怕的东西一半躺在水里，一半在岸上——那是戴维森的尸体。麦克费尔医生弯下腰，把尸体翻了过来，他不是一遇到紧急情况便惊慌失措的人。喉咙整个切开了，右手里还拿着这个事件的执行工具——剃须刀。

“身体已经凉透了，”医生说，“一定死了一些时间了。”

“刚才一个年轻人在上班的路上看到他躺在那儿，就过来告诉了我。你认为是他自己干的吗？”

“是的，得让人去报警。”

霍恩用当地话说了句什么，两个年轻人就离开了。

“在他们到来之前不要动他。”医生说。

"他们不能把他带到我的房子去，我不能让他进我的房子。"

"按照当局说的做，"医生厉声说道，"实际上，我想他们会把他运到停尸间。"

他们在原地等着。房东从他的缠腰布折缝里掏出一支香烟，递给麦克费尔医生。他们一边抽着，一边凝视着尸体。麦克费尔医生想不明白。

"你觉得他为什么这样做？"霍恩问。

医生耸了耸肩。过了一会儿，一名海军军官带着当地警察拿着担架来了，很快又来了几名海军军官和一名海军医生。他们有条不紊地处理好了一切。

"他妻子怎么样？"一名军官问。

"既然你们来了，我回房子再穿点衣服。我想，对她来说这是叫人伤心欲绝的。在给他稍加修饰之前最好不要让她看到。"

"我想那样做是对的。"海军医生说。

麦克费尔回去后，看到他妻子快穿戴好了。

"戴维森夫人对丈夫的情况感到害怕。"他一回来她就跟他讲，"他一整夜都没睡觉，她听到他在凌晨两点离开了汤普森小姐的房间，然后出去了。如果从那一刻起他就一直在四处走动，那肯定会死掉的。"

麦克费尔医生告诉了她发生的情况，让她给戴维森夫人透露一下消息。

"不过他为何这样做呢？"她战栗着问。

"我不清楚。"

"但我不能告诉她，我不能。"

"你必须去。"

她恐惧地看了他一眼，然后出去了，他听到她进了戴维森夫人的房间。麦克费尔等了一会儿，打起精神，开始刮须、洗脸，然后穿好衣服，坐在床上等他妻子。最后她终于回来了。

"她想见你。"她说。

“他们把他送到停尸间了，我们最好下去陪陪她。她情况怎么样？”

“她吓坏了，没有哭，但全身颤抖得像一片树叶一样。”

“我们最好马上过去。”

他们敲门后，戴维森夫人走了出来。她的脸色苍白得厉害，但没有流泪。在医生看来，这种镇静不大合乎情理。他们一言不发，沉默着向大路走去。到了停尸间，戴维森夫人说道：

“让我一个人进去看看他。”

他们都站在一边。一个当地人给她敞开了门，她进去后又关上了。他们坐下来等着。一两个白人走来，小声地跟他们说了些话。麦克费尔医生再一次把他所知道的情况跟他们讲了一遍。最后门轻轻打开了，戴维森夫人走了出来，众人没说一句话。

“我打算回去了。”她说。

她的声音生硬而坚定，眼里的神色让麦克费尔医生感到困惑，苍白的面容异常冷峻。他们慢慢地往回走，一句话都没说，最后来到房子对面的拐弯处。戴维森夫人喘了口气，那一刻他们都停下不走了。这时，一个叫人难以置信的声音猛地传到了耳朵里——那台好久没响的留声机又开始播放了，放的是刺耳嘈杂的拉格泰姆音乐。

“那是什么声音？”麦克费尔夫人惊恐地叫起来。

“还是走吧。”戴维森夫人说。

他们爬上台阶进了大厅。汤普森小姐正站在门口跟一个水手聊天。她身上陡然出现了变化，不再是过去几天里那个畏缩的慵懒模样，而是把自己所有的好服饰都穿戴上了：白裙子，闪亮的白靴，套着长棉袜的一双肥腿从靴筒顶部挤出来；头发是精心梳理的，戴着那顶插着俗艳花朵的硕大帽子；脸上涂了脂粉，眉毛黑得扎眼，嘴唇是猩红的。她把身子直直地挺着，俨然还是他们初识时的那个招摇女人。他们进来后，她突然爆发出嘲弄的大笑。当戴维森夫人不自觉地停下来时，她把攒了一嘴的口水吐了出来。戴维森夫人向后退缩了一下，两颊变得通红，用手捂住脸赶紧离开了，最后快步跑上了楼。麦克费尔医生怒不可遏，把这个女人推回了她自己的房间。

“你到底在搞什么鬼？”他叫嚷道，“把那个该死的机器关掉！”

他冲过去，把唱片扯了下来。她冲他怒道：

“啊，医生，你住手！你到我房间里来到底想干什么？”

“你什么意思？”他喊道，“你什么意思？”

她镇定了下来，但她表情中的嘲讽和话语中的轻蔑与仇恨，没人能够描述。

“你们男人！都是污秽、肮脏的猪！你们都一样，全都一样！猪！猪！”

麦克费尔医生喘了口气，他明白了。

爱德华·巴纳德的堕落

贝特曼·亨特睡得很糟糕。从塔西提岛坐船到圣弗朗西斯科的两周里，他一直在忙着编造一个借口；坐火车的三天，他则在不断重复着要讲的话。眼下再过几个小时就要抵达芝加哥了，他突然疑虑重重起来，平素多愁善感的心再也不得安宁。他不太确定自己是否已经尽了最大努力，而他一向有个好名声：凡事总要付出百分之一百二十的努力。让他心中感到忐忑的是：在一个切乎他本人利益的事件中，他让个人利益战胜了上述好习惯。就他的理解而言，自我牺牲对他有着强大的吸引力，而他在该事件中的无所作为让他产生了一种破灭感，就像一个一心为人的慈善家，为穷人建造了一批理想的住所，到头来却发现自己从中大赚了一笔；在一件善事中，有百分之十是他从中得到的满足感，这种回报是他无法拒绝的，但他觉得自己的美德和清誉却因此受到了损害，这就让他有些尴尬了。贝特曼·亨特知道自己的内心是纯洁的，但他不确定的是，如果他把自己的经历讲给伊莎贝尔·朗斯塔夫听，她那冷冷的灰色眼睛里发出的审视目光到底能让他承受多久，那可是一双精明的充满智慧的眼睛！她用自己的严谨和正直衡量着他人的道德标准，对不符合自己严格规范的行为，她都会用沉默冷对来表达不满，这比任何的责难都更加有效；而且，她的“判决”一旦作出就无法再进行“上诉”，因为她作出的决定绝无可能再进行改变。但贝特曼不会觉得她有什么异常，因为他爱她，不仅爱她美丽的外貌——苗条挺拔的身材，凛然不可侵犯的昂首姿势——还爱她美丽的灵魂。在他看来，她的真实坦直、强烈的荣誉感、无所畏惧的态度，使她具备了他们国家的女人所能拥有的最令人艳羡的优点。他觉得她不仅仅是一个完美的美国女孩，在某种程度上，在她所处的环境里，她的优雅也是非常特别的。他能肯定的是，除了芝加哥没有任何其他城市可以造就出这样一个女孩。不过当想到自己将必然给她的自尊心带来致命打击时，他就感到极端痛苦，而再想到爱德华·巴纳德，一股怒火便在心中迅猛燃烧起来。

但当火车驶进芝加哥，当他看到那长长的街道及两边的灰色房子时，他开始欢欣雀跃了。一想到美国和沃巴什县，想到那里拥挤的人行道、熙攘的交通及喧嚣噪声，他就有些急不可待——终于到家了！他为自己出生在美国最重要的城市而自豪。圣弗朗西斯科是个小地方，纽约缺乏活力，而美国的未来将取决于其经济发展的潜力，所以芝加哥必将以其位置的优越以及居民的活力，成为美国真正的首府。

“我想我将活得足够长久，能够亲眼见证它成为全世界最大的城市。”贝特曼走下月台时心里想。

他的父亲前来接他。父子俩长得同样高挑修长、身材匀称，有着同样精致、严肃的面容和薄薄的嘴唇。两人热烈握手后，一起走出了火车站。亨特先生的汽车在等着他们，两人上了车。亨特先生看到儿子用骄傲、欢快的眼神扫视着街道。

“回来高兴吧，儿子？”他问。

“我是这么觉得。”贝特曼回答。

他的眼睛凝视着外面繁华的街景。

“我想这里的车辆要比你的南太平洋岛屿多一点，”亨特先生问，“你喜欢那里吗？”

“还是给我说说芝加哥吧，爸爸。”贝特曼说。

“你没把爱德华·巴纳德带回来？”

“没有。”

“他怎么样？”

贝特曼沉默了一会儿，他英俊、敏感的一张脸变得黯然了。

“我不想说他，爸爸。”他终于说道。

“那没事，我的儿子，我想你妈妈今天会开心的。”

他们从卢普区[1]繁忙的街道驶出来，沿着湖边前行，直至一幢壮观的建筑前。这是亨特先生几年前自建的，跟卢瓦尔河上的那些别墅毫无二致。当房间里只剩下贝特曼一人时，他立马拨打电话要通了一个号码。通话声传来，他的心狂跳起来。

“早上好，伊莎贝尔！”他欢快地说道。

“早上好，贝特曼。”

“你怎么知道是我的声音？”

“离上次见你的时间并不长嘛，再说，我一直在等你的电话。”

“什么时候可以见你？”

“要是你没有更好的事情做，或许今天晚上你可以跟我们一起吃顿饭。”

“你很清楚我不可能有什么更好的事情。”

“我猜你有满肚子的新消息。”

他觉得自己从她的语气里嗅出了一丝紧张。

“是的。”他回答。

“喏，今晚一定讲给我听。再见！”

她挂断了电话。她可以毫无必要地等上漫长的几个小时来获悉让自己深感忧心的事情，这倒符合她的性格。在贝特曼看来，她的自我约束有种让人钦羡的坚毅。

晚饭时，除了他、伊莎贝尔和她的父母外再无他人，他看着她将谈话导向了一种客客气气的闲聊。他突然想到，一个生活在断头台阴影下的女侯爵，明明知道不再拥有明天，却仍能以这种方式，轻轻松松地将一天的事务处理掉——她精美的五官、贵族般稍短的上嘴唇以及浓密的金发都让人想到她就是一名女侯爵，即便算不上多么闻名，但她显而易见拥有芝加哥人最好的血统。餐厅的设计跟她的柔美容貌十分融洽，这

① 芝加哥的传统中央商务区。

是根据威尼斯大运河畔一座宫殿的样子建造的，伊莎贝尔请来一名英国设计师按照路易十五时期的风格对其进行了布置。优雅的设计使人联想到那位多情的君主，这使伊莎贝尔的可爱增加了几分，同时也从中获得了更加深厚的意蕴。伊莎贝尔有一颗储藏丰富的头脑，所以她的谈话无论多么随意，都不会流于轻率。现在她谈到了和母亲下午去听的音乐会，谈到了一名英国诗人在礼堂做的演讲，谈到了政治形势，以及父亲在纽约花五万美元购买的古代大师的绘画作品。听着她的侃侃而谈，贝特曼备感舒心。他觉得自己再一次回到了文明世界，回到了文化和荣耀的中心，至于内心里纠缠着他、触逆着他，喧嚣不止的几个声音，终究安静了下来。

“啊，回到芝加哥还是很好的。”他说。

最后，晚餐结束了，他们走出餐厅。伊莎贝尔对母亲说：

“我带贝特曼到我房间，我们有些不同的话题需要聊聊。”

“好呀，亲爱的，”朗斯塔夫夫人说，“你们聊完后，到杜巴里房间就能找到我和你爸爸。”

伊莎贝尔带着小伙子上了楼，把他领进了给他留下无数美好回忆的房间。虽然他对这里再熟悉不过了，仍抑制不住兴奋地叫喊起来——尽管同样是这个房间过去常常将他的快乐剥夺殆尽。伊莎贝尔微笑着环视了一下。

“我感觉房间设计得很成功，”她说，“关键在于做到了恰到好处。如果不属于那个时代，一个烟灰缸都不能有。”

“我认为正是这样它才会如此完美，跟你所做的一切一样，真是绝妙至极。”

他们在炉火前坐下，伊莎贝尔用平静的、严肃的眼神看着他。

“现在你要跟我说什么？”她问。

“我简直不知道从何说起。”

“爱德华·巴纳德会回来吗？”

“不回来。”

在贝特曼重新开口前，他沉默了很久，这期间两人都想了很多。这是一段难以言说的经历，因为其中很多事情会冒犯伊莎贝尔敏感的耳朵，他是不忍心讲的；但为公平起见，为她公平，同样也为自己公平，他必须将全部真相和盘托出。

一切源于很久以前，当时他和爱德华·巴纳德还在读大学。两人是在一次茶会上遇到的伊莎贝尔·朗斯塔夫——那次茶会是为介绍伊莎贝尔进入社交圈而专门举办的。早在伊莎贝尔还是个小女孩而他们都是长腿男孩时，他们就认识她了。不过她在欧洲待了两年以完成学业，所以当这个可爱的女孩学成归来、他们跟她重新结识时，那是怎样的惊喜和快乐！两个人都无可救药地爱上了她，但贝特曼很快发现，她的眼里只有爱德华。出于对朋友的忠诚，他最终放弃了，只把自己当做她的一个好友。他度过了一些痛苦的时刻，但他不能否认，爱德华配得上这份好运；他极其珍视他们之间的友谊，希望任何事情都不能损害它，所以他小心翼翼，从不暴露自己的真实情感。六个月后，这对年轻人订婚了。不过由于他们还非常年轻，伊莎贝尔的父亲决定至少要等到爱德华毕业后他们才能结婚，就是说，他们还要再等上一年。贝特曼记得，那个冬天快要结束时，伊莎贝尔和爱德华就要结婚了。他还记得，那年冬天的舞会、戏剧晚会及非正式的庆祝活动，他作为永远的“第三人”，一直陪伴在他们身边。他对她的爱并没有因为她即将成为好友的妻子而减少；相反，她的微笑、她对他说过的开心话，以及她情感的秘密一直让他心醉。他甚至有些自得地祝贺自己，因为对于他们的幸福他没有一丝一毫嫉妒之心。这时，发生了意外。一家大银行倒闭了，交易所弥漫着惶恐不安的情绪，爱德华·巴纳德的父亲发现自己破了产。一天晚上他回到家来，告诉妻子说他已一文不名。晚饭后，他走进书房，向自己举起了枪。

一周后，爱德华·巴纳德满脸疲惫、面色苍白地找到伊莎贝尔，请求她跟自己解除婚约。她搂住他的脖子，眼泪夺眶而出。

“不要再难为我了，亲爱的。”他说。

“你以为我会放你走吗？我爱你。”

“我怎么能让你嫁给我？一切都已不可挽回。你的父亲是不会同意的，我现在已身无分文。”

“我在意这个吗？我爱你。”

他告诉了她自己的计划，他要马上去赚钱。乔治·布伦苏米特是他们家的世交，提出让他进入他的个人企业。乔治是个南太平洋商人，他的企业在不少太平洋岛屿都有分支机构。他建议爱德华到塔西提岛待上一两年，在那里有他最好的管理人，他可以在他们手下了解各类贸易的细节。他还承诺一两年后，就把他调到芝加哥来，这是个绝佳机会。爱德华解释完后，伊莎贝尔又开始笑容灿烂了。

“你个傻孩子，你怎么能让我一直痛苦呢？”

“伊莎贝尔，你不是说要等我吗？”

“你难道认为你值得我等待吗？”她笑道。

“啊，这个时候就不要嘲弄我了。我求你对这事认真点儿，它有可能会持续两年时间。”

“不要怕，我爱你，爱德华。等你回来我就跟你结婚。”

爱德华的雇主是个不喜欢拖沓的人，他告诉爱德华，如果他接受他提供的那份工作，就必须在本周内从圣弗朗西斯科坐船出发。这样，爱德华就只能跟伊莎贝尔度过最后一个晚上了。晚饭后，朗斯塔夫先生说他要跟爱德华谈一谈，然后领他进了吸烟室。朗斯塔夫先生欣然接受了女儿告诉他的安排，爱德华想象不出他还要跟他做哪些神秘交流。他看到朗斯塔夫先生面露尴尬，这让他十分困惑。他支支吾吾、东拉西扯，最后终于脱口而出了：

“我想你听说过阿诺德·杰克逊。”他皱着眉头看着爱德华，说道。

爱德华有些犹豫，他所知道的情况他不想承认，但他的真实天性又使他不得不如此。

“是的，我听说过，不过那是很久前的事了，我想我不会在乎的。”

“芝加哥很少有人没听说过阿诺德·杰克逊。”朗斯塔夫先生悻悻地说道，“即使有人没有，也很容易找到乐意告诉他的人。你知道他是我太太的弟弟吗？”

“是的，这个我知道。”

“当然，我们已经多年没有联系了。当年他稍有能力后就马上离开了这个国家，我想国家也不愿意见到他。我们知道他住在塔西提岛。我给你的建议是，要跟他保持距离。如果你听到关于他的任何情况，告知我们，我和我太太会很高兴的。”

“当然可以。”

“我就跟你说这些，我想你现在想去见见女士们了。”

很少家庭没有一个败家子，家人都恨不得把他忘掉——当然如果邻居们也同意的话。倘若一两代人之后，他的离经叛道被赋予了迷人的浪漫色彩，那家人们就倍感幸运了。不过败家子在世时，要是他的古怪离奇不能被“不是别人跟他作对，是他自己跟自己过不去”这样一句话宽恕，那么对他的家人来讲，一个安全的也是唯一可行的办法就是保持沉默——要知道，那个时候，酗酒和滥交并不比犯罪好到哪里去。这正是朗斯塔夫夫妇对待阿诺德·杰克逊的态度。他们从不去谈论他，甚至连他住过的街道都要绕开。他们都是善良之人，不想让他的妻儿跟着他遭罪，所以多年来一直支持他们。不过他们觉得，他们应该到欧洲去生活。他们做了一切努力来擦除对阿诺德·杰克逊的记忆，但也意识到，他的故事在公众眼里一直新鲜如初，如同当时丑闻乍泄、震惊了世人那一刻一样。阿诺德·杰克逊这样一个败家的玩意儿让任何家庭都受不了——他本来是一位富有的银行家，在教派里也声名卓著，还是一个慈善家，广受众人钦仰，这不仅仅是因为他的亲属缘故（他有着芝加哥的贵族血统），还由于他自身具有的正直人格。但突然一天，他因诈骗而被捕。法庭揭露，他的欺诈行为不是因为突如其来的诱惑而导致，而是有意为之，是有步骤有计划的——阿诺德·杰克逊其实是个恶棍！当他被送去监狱服刑时，几乎所有人都认为他能轻易逃脱这七年牢狱之灾。

在这最后一晚的最后分离时刻，一对情人少不了柔情缱绻，山盟海誓，伊莎贝尔泪眼迷离，但爱德华炽热的爱情让她的心灵得到了些许慰藉。这是一种奇怪的感觉，他的离去让她心碎欲裂，但他对她的爱慕又让她开心不已。

这是两年多前的事了。

从那时起，他就写信给她，已经写了二十四封之多，因为一个月写上一次。他所有的信件跟那些情人信札并无区别，充满了甜美欢乐和柔情蜜意，有时又是幽默的，特别是最近的信更是如此。起初，他在信里倾注着思乡之情——他是那样强烈地渴望回到芝加哥、回到伊莎贝尔的身边；而伊莎贝尔呢，她不无焦虑地写信给他请求他坚持下去。她担心他会放弃这个机会然后飞身回来，她不希望她的爱人没有一丁点儿的忍耐力，于是她引用了下面的话给他：

> 我不配如此爱你，亲爱的
> 假如我不更爱我的荣誉。①

但不久，他似乎安定下来了。看到他一天天热情饱满地把美国人的行事方式引入到那个被世界遗忘的角落，伊莎贝尔倍感欣慰。不过她是了解他的，他至少要在塔西提岛待上一年；一年结束后，她希望能够尽量影响他、劝阻他回家——把生意之事彻底学好显然更为可取，既然他们能够等上一年，再等一年也不是不可以。她跟贝特曼反复谈论过这件事（他们一直是最慷慨的朋友，在爱德华离开的最初几天，她一个人简直无所适从），他们两人都认为，爱德华的前程胜过一切。让她心安的是，她发现随着时间的推移，他没有再表达回来的意思。

---

① 英国诗人理查德·洛夫莱斯的诗句。

“他很优秀，不是吗？”她冲贝特曼叫道。

“他是个正派人，百分百的正派人。”

“从他信里的字里行间我能读出来，他不愿待在那里，但他还是坚持下来了，因为……”

她的脸上泛起了一丝红晕，贝特曼郑重地笑了笑——笑得如此迷人，然后替她把话说完了：

“因为他爱你。”

“这让我感到如此自卑。”她说。

“你是极好的，伊莎贝尔，极好的，完美无瑕。”

不过，第二年也在一点点过去。伊莎贝尔依然每个月收到爱德华的来信，但不久，他就不再谈论回来之事，这似乎有些奇怪。按照他信中所写，他似乎必然要定居在塔西提了，而且，他在那里过得身心舒展。她感到惊异，然后就把他所有的信反复读了几遍，这次是真正从“字里行间”读的，她发现了一个原来没有注意到的变化，这让她感到迷惑。后期的信跟最初的信一样充满甜蜜和柔情，但语气有了变化。对信中的幽默之处，她有些模模糊糊的疑忌——对那种说不清道不明的东西，她有着女性本能的不信任。现在，她竟从中发现了一丝轻浮，这使她困惑不解。她不确定现在给她写信的爱德华跟她熟识的那个爱德华是否是同一个人。一天下午——就在前一天她刚刚收到来自塔西提的又一封信，她正和贝特曼驾着车，他对她说：

“爱德华有没有告诉你他何时起航？”

“没有，他没说。我想他可能跟你说过什么了。”

“一个词儿都没有。”

“你知道爱德华是怎样的一个人，”她笑着回答，“他没有时间观念。下次你写信时如果想到这件事，就问问他考虑何时回来。”

她说得如此轻描淡写，只有贝特曼这种感觉敏锐的人才能从中听出她的强烈意愿。他轻声笑了笑。

“好的，我问问他，真想象不出他怎么想的。”

几天之后再跟他见面时，她注意到他遇到了困扰。自从爱德华离开芝加哥后，他们在一起的时间很多，他们对他都忠诚无二，如果谁想谈一谈这个缺席的人都能找到心甘情愿的倾听者。如此一来，伊莎贝尔就熟悉了贝特曼脸上的每一个表情。现在他再怎么掩饰，在她的强烈的直觉前也无济于事。从他烦乱的表情她似乎已经得知跟爱德华有关，她得让他说出来，否则她将不得安宁。

“情况是，”他终于说道，“我通过间接的渠道打听到，爱德华已不再为布伦苏米特先生和他的公司工作了。昨天，我找到个机会问了布伦苏米特先生本人。”

“哦？”

“爱德华差不多一年前就离开他们了。”

“真奇怪，他竟然没有提及过。”

贝特曼犹豫了一下，但话已到了这个份儿上，就只好说完了，这让他觉得极为尴尬。

“他被解雇了。”

“老天，为什么？”

“他们好像警告过他一两次，最后告诉他必须离开。他们说他懒惰而且无能。”

“爱德华？”

他们沉默了一会儿，然后看到伊莎贝尔哭泣起来，他本能地抓住了她的手。

“哦，亲爱的，不要不要，”他说，“你这样我受不了。”

她如此紧张不安，手放在他手里没有缩回来，他试着去安慰她。

“真不可思议，是吧？这不太像爱德华。我还是觉得一定是哪地方出了问题。”

她一句话没说，过了一阵子再开口时，她有些犹豫。

“你有没有感觉到他最近的信有些古怪？”她的视线转向一边问道，眼睛里泪光闪烁。

他不太确定该如何回答。

“我注意到有些变化，”他承认，“他以前的那种严肃认真劲儿似乎没有了，那都是我颇为欣赏的。人们几乎都把那些重要的东西——哦，看得无所谓。”

伊莎贝尔没有回答，她有些茫然、心神不定。

“他或许在回信里会告诉你什么时候回来，我们等着就行了。”

他们两人又收到了爱德华的来信，但仍没有提及返程之事；不过他写信时，可能没收到贝特曼的问讯，下封信或许就会有消息了。下封信寄来了，贝特曼把刚刚收到的信拿给伊莎贝尔，不过朝他的面孔瞥了一眼她就看出他有些惊慌失措。她认真地读了一遍，嘴唇轻咬着又读了一遍。

“这封信很奇怪，”她说，“我看不太懂。”

“很可能会让人觉得他在戏弄我。”贝特曼脸红道。

“好像是这样，不过肯定不是有意的，这根本不像爱德华说的话。”

“他没提回来的事。”

“如果我对他的爱不是抱有如此坚定的信心，我会觉得……我简直理不清了。”

就在这时贝特曼提出了一个计划，这个计划他下午时就酝酿好了。他父亲创建了一个生产各类车辆的公司，他现在是该公司的合伙人。公司即将在檀香山、悉尼和惠灵顿组建经销处，贝特曼提出由他代替已提议好的经理前去这几个地方。他可以从惠灵顿返回，这样他必须得经过塔西提，就可以见到爱德华了。

“这里面的谜团我要亲自去解开，这是唯一的办法。”

“啊，贝特曼，你怎么这么好呢！”她大声叫道。

“你要知道，除了让你快乐，在这个世界上我再无他求，伊莎贝尔。”

她看了看他，把手伸给他。

“你太好了，贝特曼。我知道全世界没有一个人能像你这样。我怎么感激你呢？”

“我不需要你的感激，我只希望允许我帮助你。”

她垂下了眼睛，脸上微微有些红晕。她对他太熟悉了，以至都忘记了他长得是那么英俊。他的身材跟爱德华一样挺拔、匀称，不过他皮肤发暗，脸色苍白，而爱德华面色红润。当然她知道他是爱自己的，这让她颇为感动，对他也就格外温柔。

现在，贝特曼·亨特正是从这次旅行回来的。

在这次旅行中，他花在公务上的时间要比预期长一些，这样就有了很多时间来考虑他的两位朋友。他得出的结论是，阻碍爱德华回家的不会是什么大不了的事情；或许是他的自尊心使然：自尊让他决定务必取得个人成功后再去迎娶自己心仪的新娘，不过此类自尊问题是需要理性对待的。伊莎贝尔并不快乐，爱德华必须跟他一起回到芝加哥，然后跟她立马结婚，他可以在亨特电机汽车公司为他寻求一个职位。贝特曼心在滴血，但一想到虽然牺牲了自己却能为这世上他最爱的两个人找到幸福，他就狂喜不已。他是永远不会结婚了，他要做爱德华和伊莎贝尔的孩子的教父，多年后等他们两个人都离开了人世，他就会告诉她的女儿，很久很久之前，他是多么爱她的母亲。当这些画面出现在脑海时，贝特曼的眼帘被泪水浸透了。

因打算给爱德华一个惊喜，他没有发电报告知他要来的消息。最后在塔西提登陆后，他让一个年轻人带他前往花儿酒店——年轻人说他是店主的儿子。想到他的朋友见到他这个最预料不到的访客时一定会吃惊不浅，他就咯咯笑起来。他走进了年轻人的办公室。

“顺便问一下，”他一边走一边说，“能告诉我在哪里可以见到爱德华·巴纳德先生吗？”

“巴纳德？”年轻人问，“我好像知道这个名字。”

“他是个美国人，个子很高，浅褐色头发，蓝眼睛，来这里两年了。”

“当然，我现在知道你是说谁了，你说的是杰克逊先生的侄子。”

“谁的侄子？”

“阿诺德·杰克逊先生。”

“我想我们谈的不是一个人。”贝特曼冷冷地回答道。

他感到震惊，阿诺德·杰克逊在这里显然无人不知，他应该是顶着自己的污名住在这里的，真是奇怪，但他实在想象不出那个冒充他侄子的人是谁。朗斯塔夫夫人是他唯一的姐姐，而他从来没有一个哥哥或弟弟。年轻人在他身边流利地说着带异国腔调的英语，贝特曼斜着眼瞥了他一眼，注意到刚才忽视的一点：这人身上有着明显的本地人血统，他的举止里便不由地增添了一丝倨傲。他们到达酒店后安排好了房间，然后贝特曼要求立即带他前往布伦苏米特公司所在地。公司地处海岸，面朝潟湖。八天的海上航行后，又站在了坚实的陆地上，让人感到开心，他沿着阳光大道缓步向水边走去。到了要找的地方，贝特曼把自己的名片交给一名管理人员，然后有人带着他穿过了一个高耸的、谷仓一样的房间（一半是商店，一半是仓库），进了一间办公室，里面坐着一名戴着眼镜的矮胖、秃顶男子。

“请问在哪里可以找到爱德华·巴纳德先生？我知道他曾在这个办公室待过一些时间。”

“的确如此，不过我不知道他现在到哪里去了。”

“我想他是带着布伦苏米特先生的一封特别推荐信到这里来的，我跟布伦苏米特先生很熟。”

胖男子用机警、狐疑的目光打量了一下贝特曼，然后冲仓库里的一名年轻男子喊叫起来。

“亨利，你说说巴纳德去哪了，你知道吧？”

“他在卡梅隆商店工作，我想。”一个声音传来，那人根本就懒得动脚过来。

胖男子点了点头。

“你出门后左拐走三分钟，就能找到卡梅隆商店了。”

贝特曼犹豫了一下。

“我想我应该告诉你，爱德华·巴纳德是我最好的朋友，当我听说他离开了布伦苏米特公司时，我感到非常诧异。”

胖男子眯起了眼，直至变成了一条线，他审视的目光让贝特曼感到很不舒服，他觉得自己脸红耳赤起来。

“我猜是因为布伦苏米特公司和爱德华·巴纳德先生在某些问题上看法不同造成的。”他回答。

贝特曼不喜欢这人的言行，于是不无尊严地站起来，向他道了声“打扰”便告别而去。离开时他有一种奇怪的感觉，觉得刚才拜访的这个人了解很多情况，但不愿意告诉他。他按照他指示的方向走去，很快就找到了卡梅隆商店。这是一个商人开的销售店，跟他一路走来所看到的五六家商店相似。他进门后碰到的第一个人正是爱德华：他穿着衬衣，正在裁量一段贸易棉布。看到他从事的工作如此低微着实让贝特曼吃了一惊，不过他刚一出现，爱德华就抬头看见了他，并惊喜地大叫起来：“贝特曼！真没想到在这里见到你！”

他从柜台上方伸过胳膊紧紧地抓住他的手，言行举止中没有丝毫的难堪，尴尬的只是贝特曼。

“先等等，我把这个包打好。”

他极娴熟地用剪刀划过布匹，然后叠好，装进了一个包裹，递给一个皮肤黝黑的顾客。

“请在服务台结账。”

然后，他笑嘻嘻地转向贝特曼，眼睛里放出光芒。

“你怎么到这里来了？哇！见到你我真是高兴，坐下吧，老朋友，放松点儿！”

“不能在这里谈，跟我到酒店去，我想你可以离开吧？”

贝特曼有些担心地补充道。

“当然可以离开，在塔西提这里不是什么都正经八百的。”他冲对面柜台后面的一个中国人喊道：“阿梁，老板来时告诉他我从美国来了一个朋友，我们出去喝一杯。”

“好的。”中国人咧开嘴笑道。

爱德华披上一件外套，戴上帽子，陪着贝特曼走出了商店。贝特曼试着用玩笑的口吻开始他们的交流。

“没想到你在卖布,把那三尺半破布卖给一个油腻腻的黑鬼。”他笑道。

“布伦苏米特解雇了我，你知道的，不过我想这个也没什么特别的。”

爱德华的坦率在贝特曼看来让人惊讶，但他觉得现在谈论这个话题不够明智。

“我想在这个地方你挣不了大钱的。”他有些干巴巴地说道。

“我想不会，但维持生活是够了，我对此已很满意了。”

“两年前你不会这样想的。”

“智慧随着年龄而增长。”爱德华快活地回答道。

贝特曼扫了他一眼。爱德华穿着一件破旧的帆布裤子，脏兮兮的，戴着顶当地样式的大草帽，比以前消瘦了很多，皮肤晒成了深黑色，但整个人还是比往常更耐看，这是肯定的。但他身上看上去有什么东西让贝特曼感到不安。他走路的样子很活泼，这是以前没有的，举止中透着一股漫不经心，一些平常的事物也让他兴高采烈。这些本来无可指责，但让贝特曼迷惑不解。

“谁知道到底什么鬼东西让他如此快活！”他心里想。

他们进了酒店，在阳台上坐下。一个中国男孩给他们端来鸡尾酒。爱德华急切地想听到来自芝加哥的所有消息，连珠炮似地向他的朋友发问。他表现出的兴趣是自然和真诚的，但奇怪的是，在众多话题中，他的兴趣却没有分别。他想知道贝特曼的父亲情况怎样，也想了解伊莎贝尔在忙些什么，对两件事上的热情程度根本难以区分。谈起伊莎贝尔，他没有丝毫的尴尬，她这个未婚妻就如他的妹妹一般。贝特曼尚未猜透爱德华的准确意思，他发现话题已转向了自己的工作和父亲近来营造的建筑上，他决心把话题扭转到伊莎贝尔身上。正在寻觅机会，他看到爱德华热诚地挥了挥手。一个人来到阳台上，正朝他们走来，不过贝特曼是背向他的，所以没有看到。

“过来坐坐。”爱德华快活地说道。

新来者走了过来。这是名很高很瘦的男子，穿着白色工装裤，留一头好看的鲜黄色卷发，脸长而瘦削，高高的鹰钩鼻，嘴型漂亮，表情丰富。

“这是我的老朋友贝特曼 · 亨特，我跟你提起过。”爱德华说，嘴唇上一直笑意盈盈。

“很高兴见到你，亨特先生，我过去认识你的父亲。”

陌生人伸出手，友好地紧紧握住年轻人的手，直到这时爱德华才提到他的名字。

“阿诺德 · 杰克逊先生。”

贝特曼脸色刷地白了，他感觉到自己的手变得冷冰冰的。这就是那个伪造者，那个罪犯，伊莎贝尔的舅舅！他不知道该如何开口，只想把自己的慌乱掩盖起来。阿诺德 · 杰克逊冲他眨眨眼睛，看着他。

“我想我的名字你是熟悉的。”

贝特曼不知道说“是”还是“不是”，更让他难堪的是，杰克逊和爱德华似乎都被他逗乐了。一个躲之不及的人却不得不在岛上相遇，真是糟透了，尤其是他发现自己被嘲弄了。或许是他过早地得出了结论，因为杰克逊没有停顿，又补充道：

“我知道的，你跟朗斯塔夫夫妇非常友好，玛丽·朗斯塔夫是我姐姐。”

现在贝特曼心里想，阿诺德 · 杰克逊是否认为自己不知道芝加哥无人不晓的那个最大丑闻呢？但杰克逊把手放在了爱德华肩上。

“我不能坐了，特迪，”他说，“我很忙，不过你们两个小家伙最好晚上过来，我们一起吃饭。”

“好的。”爱德华说。

“你真是太好了，杰克逊先生。”贝特曼淡然道，“不过，我在这里只能停留很短时间，明天我的船就走了，你知道。我想你会原谅我的，我不能赴约。”

“哦，别胡说了。我请你们吃当地菜，我妻子是极好的厨师。特迪会带你来的，早点过来好看看日落。如果你们愿意，也可以在我那里临时睡一晚。”

“我们当然去，”爱德华说，“晚上船一来酒店里吵死了，我们可以在你的房子里聊聊天。”

“我不会让你走的，亨特先生。”杰克逊用最大的热诚继续说道，“我要听听关于芝加哥和玛丽的所有消息。”

贝特曼还没来得及再开口，他已点点头离开了。

“在塔西提是不可以拒绝人的，”爱德华笑道，“再说，你也可以品尝一下岛上最佳的美食。”

“他说他妻子是个好厨师，是什么意思？我刚好知道他妻子在日内瓦。”

“做妻子的那也过于遥远了，是吧？”爱德华说，“他很久没见到她了，我想他说的是另一位妻子。”

贝特曼很久没有说话，脸色阴沉，双眉紧锁。不过当他抬头看到爱德华欣喜的眼神时，他的脸一下子变成了紫红色。

“阿诺德 · 杰克逊是个卑鄙的流氓。”他说。

“我非常担心他是。”爱德华笑道。

“我不明白，一个体面人怎么能跟他有任何交往。”

“或许我不是个体面人。”

“你跟他见面多吗，爱德华？”

“是的，很多。他收养我做他的侄子。”

贝特曼向前倾了倾身，用探寻的目光注视着爱德华。

“你喜欢他吗？”

“非常喜欢。”

“难道你不知道——这里的人都不知道吗？他是个伪造者，是个罪犯，他应该被驱逐出文明社会。”

爱德华注视着一个烟圈，它正从他的雪茄烟上袅袅升起，静静地漂浮在芳香的空气中。

“我也觉得他是个十足的恶棍，”他最后说，“我不能自以为是地认为，他对自己行为的忏悔就让人有了宽恕他的借口。他是个诈骗犯，是个伪君子，但你无法离开他，我从来没遇到过一个更让人愉快的伙伴，他教会了我所知道的一切。”

“他教会你什么了？”贝特曼吃惊地嚷道。

“怎样生活。”

贝特曼大声讥笑起来：

“真是个好师傅！是他教会了你扔掉赚钱的大好机会，整天站在一个小杂货店的柜台后面谋生吗？”

“他其实有着完美的人格，”爱德华不急不恼地微笑道，“或许今晚你就知道了。”

“我是不会跟他一起吃饭的——如果你指的是这个，什么也别想让我走进那个人的家门。”

“帮帮我吧，贝特曼。我们这么多年来都是好友，我求你帮忙你是不会拒绝的。”

爱德华现在的语气有了贝特曼不熟悉的特点，它是那样温柔，那样具有说服力。

“如果你这样说，爱德华，我一定去。”他微笑道。

贝特曼又想到，尽量去了解一下阿诺德·杰克逊也未尝不可，他对爱德华显然有着支配性影响——既然要打仗就需要把握战争的各个要素。他跟爱德华交谈越多，越发现他身上有了一个变化。直觉告诉他需要小心行事，他决定在更清楚地弄懂真相之前不要暴露此行的真实目的。他开始漫无边际地谈论一些话题，从旅行本身到旅行的收获，从芝加哥的政治到共同的朋友，还谈到了一起度过的大学时光。

最后爱德华说他得回去工作了，并建议五点来接贝特曼，然后一起驾车前去阿诺德·杰克逊家。

“顺便说一下，我也希望你能住在这家酒店，”贝特曼走出花园时对爱德华说，“据我所知，这是此地唯一像样的酒店。”

“我不这么想，”爱德华笑道，“对我来说这个酒店过于豪华了，我在城外租了间房子，既干净又便宜。”

“如果我没记错的话，在芝加哥时这些对你来说都是无所谓的。”

“哼，芝加哥！”

“我不明白你这是什么意思，爱德华，芝加哥是世界上最伟大的城市。”

“我知道。”爱德华说。

贝特曼飞快地瞥了他一眼，但脸上不动声色。

“你什么时候回去？”

“我也经常在考虑。”爱德华笑道。

这个回答以及回答方式让贝特曼有些踌躇，他正要让他再做些解释，一辆汽车从身边开过，爱德华朝混血司机挥了挥手。

“拉我一段，查理。”他说。

他冲贝特曼点点头，然后朝前面几码处停下的汽车跑去，把贝特曼一个人撇在后面，整理着一大堆迷茫不解的思绪。

爱德华坐着一辆年老牝马拉的摇摇晃晃的轻便马车回来接他，他们沿着海边的一条大道向前驶去。道路两旁是成片的椰子和香草种植园，不时看到黄色、红色、紫色的巨大芒果掩映在葱郁的绿叶之间；时而还可瞥见水平如镜的蓝色潟湖，以及长着高大棕榈树的优美小岛。阿诺德·杰克逊的房子坐落在一座小山上，只有一条路通上去，所以他们解下母马拴在一棵树上，把马车停在路边。对贝特曼来说，似乎只能随遇而安了。

不过在他们向房子走近时，一个高挑、端庄的当地女子过来迎接他们，爱德华同她热情握手，然后把贝特曼介绍给她。

“这是我的朋友亨特先生，我们跟你们一起吃饭，拉维娜。”

“好的，”她粲然一笑道，“阿诺德还没回来。”

“我们到海边洗个澡，请给我们几条缠腰布。”

女子点点头，进了房子。

“那是谁？”贝特曼问。

“哦，她是拉维娜，阿诺德的妻子。”

贝特曼咬紧了嘴唇，没说什么。过了一会儿，女子拿着一包缠腰布出来了，递给爱德华，然后两个男人沿一条陡峭的小径爬下去，走向海边的一片椰子林。他们脱掉衣服，爱德华教给他的朋友怎样把被他们称作缠腰布的红色贸易棉布条扭成一条非常合身的游泳裤。很快，他们就在温热的浅水中扑腾开了。爱德华兴致极高，又叫又唱，笑声不断，好像一个十五岁的少年，贝特曼从来没见过他如此快乐。后来两人在海滩上躺下来，点上支烟，呼吸着清新的空气——他的轻松惬意让人迷醉，贝特曼不由地吃了一惊。

“你似乎发现生命本身就是巨大的快乐。”他说。

“是的。”

他们听到了轻轻的脚步声，转过头来看到阿诺德·杰克逊正向他们走来。

“我想我应该下来把你们两个小伙子带回去。”他说，“你洗得开心吗，亨特先生？”

“非常开心。”贝特曼回答。

阿诺德·杰克逊没有再穿整洁的工装裤，而只是在腰上系上了缠腰布，再无其他衣着，走路都是赤脚来的。他的身体已被太阳晒成了深褐色，长长的淡黄色卷发及苦行僧般的一张脸使身着当地人服装的他看上去颇不寻常，不过没有一丝一毫的忸怩作态。

“如果你们洗好了，我们就上去吧。”杰克逊说。

“我还要穿上衣服。”贝特曼说。

“怎么，特迪，你难道没给你的朋友带一条缠腰布吗？”

“我想他还是想穿衣服。”爱德华说道。

“我当然要穿衣服。”贝特曼看到他还没穿上衬衣，爱德华就已把缠腰布系好准备出发了，便冷冷回应道。

“不穿鞋，难道你不觉得路面不好走吗？”他问爱德华，“我觉得路上岩石有些多。”

“哦，我已习惯了。”

“从城里回来系上缠腰布会很舒服。”杰克逊说，“假如你要留在这里，我强烈建议你接受它，这是我见过的最绝妙的服饰之一：凉爽、方便、廉价。”

他们向房子走去，杰克逊把他们带进了一个粉刷过的开顶大房间，里面已摆好了饭桌。贝特曼注意到吃饭时间定在了五点钟。

“伊娃，过来见见特迪的朋友，再跟我们碰一个，喝杯鸡尾酒。”杰克逊喊道。

然后他把贝特曼领到一个低矮的长长的窗子前。

“看那，”他用一个生动的手势说，“好好看。”

窗子下面便是椰树林，沿地势陡直地延伸下去，直至潟湖边。在黄昏的余晖中，潟湖的色彩柔和而变幻莫测，宛如鸽子的胸部一般。稍远处的小小港湾里有成片的当地人房舍。一条快船在后面礁石的映衬下，投过来极为清晰的侧影，几个当地人正在捕鱼。更远处便是浩瀚平静的太平洋。二十英里之外的一切灵动而缥缈，如同诗人编织的想象。这就是这个叫做莫里阿岛的岛屿令人窒息的美丽。到处都是那么妙不可言，贝特曼站在那里，感到局促不安。

“这样的地方我从未见过。”他终于说道。

阿诺德·杰克逊在他前面驻足凝视着，眼睛透出梦幻般的柔和，精瘦沉思的面孔庄重异常。贝特曼迅速看了他一眼，再一次感受到他内心强烈的悸动。

“美啊！”阿诺德·杰克逊喃喃道，“很少能这样跟美丽面对面。亨特先生，好好欣赏一下吧，以后就见不到这些了。这一刻将转瞬即逝，但它会留在你的心里，永远不会磨灭——因为你感受到了永恒。”

他的嗓音低沉而洪亮，似乎要把最纯粹的理想主义从胸中吐出来。贝特曼不得不强行提醒自己跟他说话的人是个罪犯，一个无情的骗子。不过，这时爱德华仿佛听到了什么声音，一下子转过身来。

“这是我的女儿，亨特先生。”

贝特曼跟她握了握手。她漆黑的迷人眼睛和红润的嘴唇随着笑声颤动着，皮肤是褐色的，一头乌黑的卷发如波浪般从肩上倾泻下来。她只穿着一件衣服，是哈伯德大妈[①]式的粉色绵料长罩衣，光着双脚，戴着一个用白色馥郁的花朵编成的花冠。真是个可人的尤物，宛如波利尼西亚春天的女神。

她有些羞涩，但也不比贝特曼的羞涩多出多少。对他来说，整个情形让他颇为尴尬。看着这个精灵般的窈窕女子挥舞着调酒器娴熟地调制着鸡尾酒，不能让他的内心得到一点轻松。

“让我们尽情享受一下吧，孩子们！”杰克逊说。

她把酒倒好，笑意粲然地给每人递上一杯。贝特曼对自己调制鸡尾酒的精巧技艺一向自负，现在呷了一口，惊讶地发现酒味极好。杰克逊看到客人由衷露出的赞叹神色，哈哈大笑起来。

“不坏，是吧？是我亲自教给孩子的。以前在芝加哥，我觉得全城的调酒师没有一个能跟我相提并论。我在坐牢时假如无所事事，就考虑设计新的鸡尾酒调制法来自娱自乐，不过说真的，什么酒都比不上干马提尼。”

贝特曼突然觉得自己的幽默感似乎遭到了重创，他感到自己的脸先

① 西方童话中的人物。

是变红，接着又变得苍白。不过，在他还没想好要说的话时，一个本地男孩端进来一大碗汤，大伙便坐下来吃饭。刚才的话似乎引起了阿诺德·杰克逊心中一连串的回忆，因为他开始谈论起狱中的日子来。他娓娓叙说着，毫无怨恨情绪，好像是在一所异国大学讲述他的人生经历。他把贝特曼当做自己的听众，这让贝特曼先是感到迷惑，接着感到慌乱了。他看到爱德华正凝视着他，眼睛里闪烁着快乐，他的脸一下子变得通红，因为他突然想到杰克逊是在愚弄他，不过很快就觉得有些荒谬，他知道杰克逊没必要这样做。他又开始愤怒起来，阿诺德·杰克逊是厚颜无耻的，只能用这个词来形容他；他的冷酷无情，不管假定与否，都让人无法忍受。晚饭还在进行，贝特曼被劝着吃各式饭菜，有生鱼及他叫不上名字的食物。出于所受的教养，他只能大口吞咽着，不过他惊异地发现饭菜真的非常美味。这时意外发生了，对贝特曼来说，这是整个晚上最让人羞窘的事。他的面前放着一个小小花冠，为找到话题，他大着胆子谈起花冠来。

“这是伊娃给你做的，”杰克逊说，“我想她是由于过于羞涩没有亲自交给你。”

贝特曼用手拿起花冠，对女孩礼貌地说了几句感谢的话。

“你得把它戴上。”她羞红了脸，微笑着说道。

“我？我可不想戴。”

“这是这个国家的美好风俗。”阿诺德 · 杰克逊说。

他前面也有一个，他拿起来戴上了，爱德华也跟着这样做了。

“我想我的穿着不适合这个。”贝特曼忐忑道。

“你要缠腰布吗？”伊娃飞快地问道，“我马上去拿一条。”

“不了，谢谢。我还是现在这样舒服些。”

“教给他怎么戴，伊娃。”爱德华说。

这时，贝特曼恨起他最好的朋友来。伊娃从桌子旁站起来，笑嘻嘻地把花冠戴在他的黑发上。

“你戴上太合适了，”杰克逊夫人说，“花冠适合他吗，阿诺德？”

“当然适合。”

贝特曼每个毛孔都在流汗。

“天黑了，很遗憾吧？”伊娃说，“我们本来可以给你们三个一起照张相的。”

贝特曼对天色已晚感激不尽。他觉得，自己身穿蓝色西装，衣领高耸——是那样整洁得体，绅士十足——而头上顶着个古怪花冠，样子一定愚蠢至极。他不由得怒火中烧，因为他有生以来从未像现在这样自我克制过，而表面上却又谦恭有礼。他对那个老家伙感到愤怒，你看他——高坐在上座上，半裸着身体；一脸的圣人模样，黄发也漂亮，上面却戴着个花冠，整个人的样子真是荒诞至极。

晚餐结束了，伊娃和她母亲留下来收拾餐桌，而三位男士在阳台上坐下。天气是煦暖的，夜晚盛开的白花使空气中弥漫着清香。一轮圆月轻移在晴朗的夜空，在宽阔的海面上照出一条光的通道，伸向永恒世界的无垠王国。阿诺德·杰克逊开始讲起话来。他的声音浑厚而富有音乐节律。他讲到了本地人及这个国家的古老传说，讲到了过去发生的离奇故事和探险未知世界的危险经历，谈到了爱情与死亡，憎恨和复仇；他还讲到了发现遥远岛屿的探险家，在岛上定居并娶了大酋长女儿的水手，以及在银色沙滩上度过丰富人生的赶海人。贝特曼起初感到羞辱和恼怒，满脸阴沉地听着，但很快，阿诺德语言中的某种魔力掌控了他，他坐在那里听得入了迷——浪漫的海市蜃楼遮蔽了普通日子的光线。他忘记了阿诺德·杰克逊有一副如簧巧舌，忘记了他正是靠着他的巧舌从轻信的民众身上骗得了大量金钱，忘记了也是那副舌头让他差一点就逃离了刑事惩罚吗？没有人比他更辩才无碍，没有人对层层推进的表达方式有着更敏锐的感觉。突然，他站了起来。

“好了，你们两个小家伙很久没有见面，我应该留下你们单独聊一聊。如果你们要睡觉，特迪会告诉你房间在哪儿。”

“哦，不过我没考虑在这里过夜，杰克逊先生。”贝特曼说道。

“你会发现这里更舒服，而且保证明天早上及时叫醒你。”

阿诺德·杰克逊跟他有礼貌地握了握手，神情庄重得如同一个穿着法衣的主教，然后离开了他的客人。

“如果你想回帕皮提，我当然会开车送你。”爱德华说，“不过，我建议你今晚留这儿，明天一大早开车回去，路上的感觉非常棒。”

接下来的几分钟两人都没说话。贝特曼在想怎样展开那个话题，白天发生的一切让他觉得形势更加紧迫。

“你何时回芝加哥？”他突然问道。

“我不知道，或许永远都不回去了。”

“你到底什么意思？”贝特曼叫道。

“我在这里很开心，再做出改变不是很愚蠢吗？”

“老天！你不可能在这里过一辈子的。在这里人不是活着，是当活死人。哦，爱德华，趁着还不太晚，赶紧走吧。我觉得这里出了什么问题，你已经鬼迷心窍、屈服于邪恶的势力了，你只需要扭转一下自己就行。当你完全摆脱了这里的环境，你会感激众神，你会像一个摆脱了毒品的瘾君子，那时会明白过去的两年你呼吸的都是有毒的气体。当家乡清新的空气再次涨满你的心胸，你想象不出会有多么欣慰。”

他说得很快，由于情绪激动，众词语连滚带爬地冲了出来。他的声音充满了真诚和关爱，让爱德华备受感动。

“你如此关心我，真是太好了，老朋友。”

“明天跟我走吧，爱德华。你到这个地方来就是个错误，这里的生活不属于你。”

“既然你谈到了这样那样的生活，你认为我们怎样才能从生活中获得最美好的东西？”

“这个嘛，我认为不可能有第二个答案，只能通过履行职责，通过辛勤劳动，以及完成国家和身份所赋予的全部义务。”

“那回报呢？”

“回报就是他意识到自己实现了心中梦想。”

“在我听来有些怪异。”爱德华说。在轻柔的夜色中，贝特曼看到他在微笑。“我恐怕你认为我已经可悲地堕落了。在我看来，现在有些东西——我想说——是我三年前不能容忍的。”

“你是从阿诺德·杰克逊那里学来的？”贝特曼讥讽道。

“你不喜欢他是吧？也许你也不想那样，我刚到这里时也是如此，跟你一样对他抱有成见。他其实是个非常了不起的人，你自己也看到了，他毫不掩饰曾经坐牢的经历，我不清楚他是否为此、为他的罪行感到懊悔，我只听他抱怨过出狱时健康受到了损害。我想他根本不知道什么叫悔恨，跟道德不道德毫不搭界。他接受一切，也接受自己，他是个慷慨、善良的人。”

“对别人的钱，”贝特曼插嘴道，“也总是如此。”

“我发现他是个很好的朋友。觉得一个人不错就去接受他，这有什么不正常吗？”

“那结果就是你变得是非不分。”

“不，对是非的界限我跟以前一样清楚，不过对于好人坏人的区别我倒是有些迷惑了。阿诺德·杰克逊是个做好事的坏人，还是做坏事的好人？这个很难回答。也许我们过于强调人和人之间的分别了，也许我们中最好的人都是些有罪者，最坏的人却是圣人，谁知道呢？”

“你绝不可能让我相信黑就是白，白就是黑。”贝特曼说。

“我肯定不能，贝特曼。”

贝特曼不明白，即便如此同意自己的说法，他的嘴唇上仍闪过一丝微笑。爱德华沉默了一会儿。

“今天早上我跟你见面的时候，贝特曼，”他说，“我似乎看到了两年前的自己，同样的衣领，同样的鞋子，同样的蓝西装，同样的精气神儿，也是同样的毅然决然。上帝！我当时是那样活力四射，这地方让人昏昏欲睡的生活方式刺激了我的血液，我四下里走动，发现到处都有发展自己及事业的可能，这里有钱可赚。在我看来，从这里用麻布袋装上干椰子肉运到美国榨油是荒谬的，本地生产会节约更多，这里劳力便宜，还能减少运费。我已看到岛上建了大片工厂。另外，我觉得他们的榨油方式极其不当，我发明了一种机器，可以切开果壳挖出果肉，速率达到每小时两百四。这里的港口不大，我计划扩建一下港口，然后创建一家辛迪加公司来购置土地，建两到三座酒店，也给那些临时居民造些房屋。我还有一个改进轮船服务的计划，以便吸引来自加利福尼亚的游客。二十年后，这里就不再是一个半法国化的慵懒的帕皮提小城，而是一个了不起的美国城市，你能看到十层的建筑和有轨电车，还有电影院、歌剧院、股票交易所，以及一名市长。"

"继续说呀，爱德华，"贝特曼激动地从椅子上跳起来叫道，"你有的是想法和能力，哇，你将成为澳大利亚和美国之间这块区域最有钱的人。"

爱德华温和地轻声笑了笑。

"不过，我并不想成为最有钱的人。"他说。

"你是说你不想要钱，不想要大把的钱吗？多达百万计的钱？你知道有那么多钱你都能干什么吗？你知道它有多大魔力吗？如果你自己不在乎，想想你可以做哪些事，你能给人类事业的发展开拓新的渠道，你能为成千上万的人提供就业。我脑袋晕了，你的话让我产生了幻觉。"

"那坐下吧，亲爱的贝特曼，"爱德华笑道，"我切割椰子果的机器是一直不会开机的；就我而言，有轨电车也永远不会在帕皮提空荡荡的街道上行驶。"

贝特曼重重地跌坐在椅子里。

"我不明白你在说什么。"他说。

"我只是随便这么想想，我其实慢慢地喜欢上这个地方了——它是那样安逸休闲，这里的人心情舒畅，脸上笑容灿烂，我在想我以前从来没有那样过，我开始读些东西。"

"你总在读东西。"

“我以前阅读是为了应付考试，是为了在交谈时不被驳倒，是因为课堂要求，在这里读书是为了快乐。我学习如何讲话，你知道交谈是生活中最大的快乐之一吗？但交谈需要悠闲，而我以前总是过于忙碌。逐渐地，原来生活中对我极为重要的一切开始显得琐碎、庸俗。匆匆忙忙有什么用？苦苦奋斗又有什么用？现在我觉得芝加哥是个黑色、灰暗的城市，如石头般冷酷无情——就像一座监狱，混乱永无止息。人忙忙碌碌到底有什么价值？每个人都享受到最美好的生活了吗？那不是我们来到这个世界上的初衷吗？难道就整天急匆匆去上班，连续工作到黑夜，再急着赶回家吃饭，饭后到剧场看场演出？我的年轻时代不是要这样度过吗？青春如此短暂，贝特曼。当我年纪大了，我还有什么可期待的？依然早上从家里赶到办公室，工作到晚，再匆忙回家吃饭、看演出吗？如果你发了大财，这或许也值得——但我不知道能不能发财，这因人而异；假如你发不了财，那还值得吗？我希望生活更有意义，贝特曼。”

“那你在生活中看重什么？”

“恐怕你要笑话我了，贝特曼，我看重的是真、善、美。”

“你不觉得在芝加哥就可以得到那些？”

“有些人或许可以，但我不行。”爱德华一下子站了起来，“我跟你说，一想到以前的生活，我就感到恐怖。”他猛地大嚷起来，“想到曾经逃离的危险，我吓得浑身发抖。直到来到这里，我才明白我拥有自己的灵魂，如果我还是个富人的话，也许永远都失去它了。”

“我不明白你为何这样说，”贝特曼愤然道，“我们过去常常谈到的。”

“是的，我知道，但那跟同聋哑人谈和声差不多，我再也不回芝加哥了，贝特曼。”

“那伊莎贝尔呢？”

爱德华走到阳台边上，向前探着身，出神地望着具有魔力般的朦胧夜色。不过等他转过身面对贝特曼时，他脸上露出了浅浅的微笑。

“对我来说，伊莎贝尔过于美好了，好过我无数倍。我爱慕她胜过我见过的任何女人。她有一颗优秀的头脑，心灵同她的容貌一样迷人，对她的活力和抱负我充满钦仰，她天生就是生活的成功者，我完全配不上她。”

“她并不这样想。”

“但你必须告诉她，贝特曼。”

“我？”贝特曼叫道，“我最不愿干这种事。”

爱德华背对着可人的月光，看不清他的脸，他是否又在微笑呢？

“对她做任何掩饰都没用，贝特曼。她很机敏，五分钟就能对你了解个底翻天。你最好马上跟她开诚布公地谈谈。”

“我不懂你什么意思。当然我会告诉她见过你了。”贝特曼生气道，“老实说，我不知道该跟她说什么。”

“告诉她我没成功；告诉她我不仅贫穷，而且甘于贫穷；告诉她我被解雇了，因为我既懒惰又怠慢；告诉她你今晚看到的一切，还有我跟你说过的所有话。”

就在一刹那间，贝特曼似乎突然明白了，他一下子跳起来，带着无可抑制的慌张盯着爱德华。

“老天！你难道不想跟她结婚了？”

爱德华严肃地看着他。

“我永远不会请求她给我自由。如果她希望我信守承诺，我会尽最大努力做一个优秀、忠诚的丈夫。”

“你希望我把这个消息传递给她吗，爱德华？哦，我不能这样做。太可怕了。她从未想过你不想跟她结婚。她爱你，我怎么能让她承受这样的羞辱？”

爱德华又笑起来。

“你为什么不跟她结婚，贝特曼？你爱她多年了，你们极其般配，而且你会让她幸福的。”

“不要跟我这样说话，我受不了。”

“我退出对你是好的，贝特曼。你比我更适合。”

爱德华的语气里有什么东西让贝特曼迅速抬起头来，但爱德华的眼神是郑重的，没有任何笑意。贝特曼心慌意乱，不知道该说什么。他不知道爱德华是否怀疑他来塔西提有着特别的目的。尽管他清楚这件事糟糕至极，但无法阻止内心深处的狂喜。

“如果伊莎贝尔写信给你终止你们的婚约，你怎么办？”他缓缓问道。

“挺过去。”爱德华说。

贝特曼心里如此激荡以至没听到他的回答。

“我希望你换上件普通衣服，”他有些恼怒地说，“你在做一个极其重大的决定，你现在身上的奇装异服也过于随意了。”

“你放心，我裹缠腰布、戴玫瑰花冠跟穿燕尾服、戴高礼帽一样庄重。”

这时贝特曼脑子里闪过另一个念头。

“爱德华，你这样做不是为了我吧？我不能确定，但这会给我的将来产生重大影响。你不是为了我而牺牲自己吧？这是我无法承受的，你知道。”

“不是的，贝特曼。我在这里学会了不干傻事，也不多愁善感。我希望你和伊莎贝尔幸福，我不会为此感到丝毫的难过。”

这个回答让贝特曼感到了一丝凉意。对他来说这是具有些许讽刺意味的——他不应该为自己扮演了一个高尚者的角色而感到歉疚。

“你是说你乐意将你的人生虚度在这里吗？这简直跟自杀无异。想想我们大学毕业时你的远大志向，再看看你现在心甘情愿做一个廉价商店的售货员，这是多么可怕。”

“哦，我只是目前在做那个，我需要积累丰富的有价值的经验。我头脑中已有另一个计划：阿诺德·杰克逊在帕莫塔斯有一个小岛，离这里大约有一千英里，是一块环潟湖陆地。他在那里种了椰子树，他答应把它送给我。”

“他为何这样做？”贝特曼问。

“因为如果伊莎贝尔跟我解除了婚约，我就跟他女儿结婚。”

“你？”贝特曼如遭五雷轰顶，“你不能跟一个混血儿结婚，你不会如此疯狂的。”

“她是个好女孩，性情甜美温柔，我想她会让我幸福的。”

“你在跟她谈恋爱吗？”

“我不知道，”爱德华沉思道，“我爱她跟爱伊莎贝尔不同，我爱慕伊莎贝尔，我想她是我见过的最优秀的女孩，跟她相比我一点儿都不好。跟伊娃我不觉得如此，她如同一朵奇异美丽的花朵，必须遮挡起来，以免遭受凛冽寒风的侵袭。我想保护她，而没人会想到保护伊莎贝尔。我想她爱我是爱我这个人，而不是爱我会成为的那个人。无论发生什么，我都不能让她失望，她适合我。”

贝特曼沉默了。

“我们明天早上必须早点离开这里，”爱德华最后说，“真的该睡觉了。”

这时贝特曼开口了，声音痛彻肺腑。

“我感到如此困惑，不知道该说些什么。我来这里是因为我认为出了问题，原以为是你没有达成自己的心愿，由于失败所以羞于回去。我从未预料到会是这个样子。我极其抱歉，爱德华，我感到如此失望。我本来以为你能成就一番大事业，而你却以这样可悲的方式浪费了自己的才华和青春，也浪费了你的大好机遇。”

“不要伤心，老朋友，”爱德华说，“我没有失败，相反我成功了。你想象不到我对生活抱有怎样的热情，在我看来生活是多么充实、多么重要。当你跟伊莎贝尔结婚时，你会想到我的。我将在自己的珊瑚岛上建一座房子，然后住在那里，看护着我的树林，用无数年来一直沿袭的古老方式采集果实——在花园里，我将种上各类花草；另外，还要去捕鱼。工作很多，会让我忙个不停，而又不会让我感到枯燥。我将拥有我的书籍、伊娃和孩子们，当然我希望首先能够拥有无以穷尽的海天风光，拥有清新的黎明，以及美丽的日落，还有浓郁而美妙的夜色。就在不久前还是一片荒原的土地上，我将开垦出一座花园，并进行一些创造。岁月将在不知不觉中悠然逝去，当我成为一个老人，回首往事时，我希望自己度过的是一个快乐、单纯、平和的人生；与此同时，我也将以个人微不足道的方式生活在美丽当中。你认为知足常乐无关紧要吗？要知道，一个人若失去了灵魂，即使得到了全世界，他也不会从中获益多少。我想我已经拥有了自己的灵魂。”

爱德华把他领进了一个放着两张床的房间，自己上了其中一张。十分钟后，贝特曼从他均匀的、孩子般平静的呼吸中得知，他已睡着，但贝特曼没去睡——他脑子里仍纷纭扰攘，不得安宁，直到曙色爬进了窗户，他才如幽灵一般，悄无声息地溜进房间，然后上床睡着了。

贝特曼把漫长的故事给伊莎贝尔讲完了。除了他认为可能会伤害她，或者使自己听起来可笑的内容，他都毫无保留地讲述给她听。他没讲自己被迫戴着花冠坐在桌旁吃饭，也没讲只要她给予爱德华自由，他就打算跟她舅舅的混血女儿结婚。不过，或许伊莎贝尔的直觉比他了解的更敏锐，在他讲述过程中，她的眼神变得愈加冷峻，嘴唇绷得更紧。她不时地紧盯着他，如果不是那么专注地叙述，他或许就惊讶于她的表情了。

“那个女孩什么样子？”在他讲完时她问道，“阿诺德舅舅的女儿，你说她和我有什么相似处吗？”

对这个问题贝特曼感到吃惊。

“我从没想过这个问题。你知道除了你我从来没注视过任何人，我也想不出有任何人跟你相似，谁会跟你长得一样呢？”

“她长得好看吗？”伊莎贝尔对他的回答轻声笑了笑，问。

“我想是的，也许有些人会说她很漂亮。”

“哦，这个无所谓，我认为我们无需再关注她。”

“你打算怎么办，伊莎贝尔？”他这时问。

伊莎贝尔低头看了看手，上面仍然戴着订婚时爱德华送给她的戒指。

“我不会让爱德华解除我们婚约的，因为我觉得这对他将是个刺激。我要给他以鼓励，如果说有什么东西能够驱使他获得成功，那就是让他意识到我爱他。我已尽了最大努力，一切已经无可挽回，不承认事实只能是我性格上的缺陷。可怜的爱德华，他是他自己而不是任何人的敌人。他是个可爱的好小伙，但他缺少什么东西，我想那就是意志力。我希望他开心。”

她把戒指摘下来放在桌子上，贝特曼望着她，心跳快得几乎让他无法呼吸。

“你是完美的，伊莎贝尔，你真的是完美的。”

她笑了笑，然后站起来，把一只手伸向他。

“我怎么感谢你为我做的一切呢？”她问，“你帮了我大忙，我知道我可以信任你。”

他抓住她的手握住了，她看起来从来没有这么漂亮过。

“哦，伊莎贝尔，我能为你做的远不止这些。你知道，我只请求你允许我爱你，并为你效劳。”

“你如此坚强，贝特曼，”她叹了口气说，“你让我获得了一种美好的信心。”

“伊莎贝尔，我喜欢你。”

他简直不知道灵感是怎么降临的，突然把她揽在怀里；而她没做任何抗拒，冲他的眼睛微笑着。

“伊莎贝尔，你知道吗？从见到你的第一天起我就想着跟你结婚了。”他动情地大声叫道。

“那你究竟为何没向我求婚呢？”她回答。

她爱他！他简直不敢相信这是真的。她把可爱的嘴唇伸向他接受他的吻。就在他把她拥在怀里时，他脑海中出现了一幅画面：亨特电机汽车公司的规模越来越大，市场重要性不断提高，最后的占地面积达到一百英亩之巨；他们将要生产数以百万计的汽车，收集多得难以计数的名画，将使纽约的所有汽车公司和名画收藏家黯然失色；那时的他会戴着一副角质眼镜吧？伊莎贝尔在贝特曼的美妙拥抱下，兴奋地叹了口气，因为她看到了即将入住的精美房屋，里面摆满了古典家具，想到了她要举行的音乐会，想到了那些舞者，想到了只有最有教养的人士方可参加的宴会。

“可怜的爱德华。”她叹息道。

檀香山

聪明的旅行者仅在想象中旅行。一名法国老人（一个真正的萨瓦人）曾写过一本叫做《在自己房间里旅行》的书，这本书我没读过，也不知道它的内容怎样，但书名却激发了我的想象力。若以这种方式，我就可以环游世界了。壁炉架旁的一幅画将带我前往白桦林密布、到处是白色穹顶教堂的俄罗斯。伏尔加河宽广无垠，疏落的村庄尽头和葡萄酒店里，留着络腮胡须的男子穿着粗糙的羊皮袄坐地啜饮。我站在拿破仑第一眼看到莫斯科的小丘之上，俯视着偌大的城市；然后走下山去，见到比我的众多朋友更为亲切的人——阿廖沙、沃伦斯基，还有其他十几个。不过，我的视线落在一件瓷器上，在它上面我嗅到了来自中国的辛辣气味。我坐上一把由人抬着的轿椅，沿着狭长的堤道穿过荒野，或者绕过绿树掩映的山峦。抬轿者跋涉在明媚的晨光里，相互愉快地交谈着，修道院低沉的钟声不时传来，遥远而神秘。北京的街头有着各色人等，人群不时散开，以便让迈着优雅步子前进的骆驼队伍通过；它们来自蒙古戈壁滩，运来了皮革和奇异的药物。英国伦敦，冬日午后，浓云低垂，光线暗淡得让人心情悒郁，不过你可以远眺窗外——你能看到珊瑚岛海岸上紧簇的椰子树；阳光下，你走在洁白如银的沙滩上，眼睛晃花了，无法直视；头顶上八哥鸟发出大惊小怪的叫声，海浪永无休止地拍打着礁石。如此等等，都是最美妙的旅行，是你在壁炉边进行的旅行，因为这时候你不会错失所有的想象。

但有人喜欢在咖啡里放盐，他们说这样的咖啡更浓郁，有种新的风味，所以独特而迷人。同样，在某些充满浪漫氛围的情景中，你一定体验过头脑突然清醒过来的感觉，这是难免的，但也增加了特别的趣味。你期待某件事尽善尽美，到头来得到的却不止是美善本身，而是要复杂很多。这正如一个伟人性格中的缺陷——人们对他的崇拜会因此而减少，但也使得他的整个人格更为迷人。

我本来没打算前往檀香山，那里距离欧洲实在过于遥远，我到达那儿是在一次漫长的旅行之后。旅行从圣弗朗西斯科开始，当我第一次看到这个如此奇怪、让人产生美好联想的名字时，我简直不敢相信自己的眼睛。我不知道头脑中对心所期是否已有清晰描述，但我的所见所闻却让我惊讶不已。这是一座典型的西方城市。棚户房跟石头大厦紧紧相连，破旧的木屋跟装有玻璃壁面的时髦商店互为比邻；福特、别克和帕卡德汽车排列在路边；商店里的商品琳琅满目，尽是美国文明的必需品；每隔两座房子便有一家银行，每五座房子就有一家轮船公司的代理处。

大街上人头攒动，人种多得难以想象。美国人对天气毫不关心，穿着黑外套，浆硬的领子高耸着，戴的是草帽、呢帽或圆顶礼帽。肯纳卡人皮肤呈浅褐色，头发卷曲，只穿衬衣和裤子，而混血人系着耀眼的领带，脚蹬漆皮靴，潇洒十足。日本男子脸上挂着顺从的微笑，身着白色帆布裤子，整洁而得体，而穿着本民族服装背着婴儿的日本女人，在身后一两步远的地方跟着；还有穿着鲜艳僧服的日本小和尚，脑袋光光，像是有趣的玩偶。此外还有中国人：中国男人身材肥胖，广有资财，却古怪地穿上了美国人的衣服；而女人们个个妩媚动人，黑发梳理得齐整紧密，让你觉得永远都不会蓬乱，穿的是白色、灰蓝色，或黑色的干净的束腰外衣和裤子。最后是菲律宾人，男人戴着巨大的草帽，女人们穿着袖子宽大蓬松的鲜黄色薄棉布服装。

这是东西方交汇的地方，时尚与古老相融合，即使找不到你所期待的浪漫，你仍能拥有极有趣的收获。在这里，所有的陌生人住在一起，语言不同，思想相异，信奉着各自的神祇，价值观也彼此有别，却有两个相同的情感：爱与饥饿。不知为何，当你观察他们的时候，你能产生一种印象：他们的活力是那样非同寻常。虽然空气如此轻柔，天空如此湛蓝，你会觉得，一股火热的激情像悸动的脉搏般在人群中跃动着，不过其中的缘由我并不知晓。拐角处，当地警察拿着白色的警棍站在岗台上指挥交通，看上去体面十足，但体面只是表面上的，表面往下稍稍深入的地方，便充满神秘和幽暗，让你惊恐不安，心跳都暂停了，如同你正处在黑夜中的森林，突然传来一阵低沉的、连续的击鼓声，周围的寂静也一下子跟着震颤起来。你期待着去了解正在发生的事情，但我也不得而知。

如果说我强调了檀香山的不协调，在我看来，正是这一点才使我要讲的东西有了意义。这是一个关于原始迷信的故事。我惊讶地认识到，在一个文明社会里——一个即使算不上高度发达但也相当精致的社会里，这样的迷信也是应该存在的。我无法否认这样一个事实：这类令人难以置信的情况应该——至少我们认为应该——出现在比如说打电话的过程中，或者出现在电车上，或者日报上。那个在檀香山给我带路的朋友身上也存在着这样的不协调，从一开始我就感觉到了，这也是他身上最显著的特征。

这是一个叫温特的美国人，我从纽约一个熟人那里给他带来一封介绍信。他的年龄介于四十到五十之间，个子高而消瘦，一头稀疏的黑发，两鬓已经花白，一张瘦削的脸庞轮廓分明；眼神明亮，大大的角质眼镜让他显得一本正经，但也使他看上去非常有趣。他出生在檀香山，他的父亲开了家大型商店，销售针织品以及时髦人士所需要的物品，从网球拍到防水油布等，生意非常兴隆。因此当温特拒绝进入这个行当而宣布要做一名演员时，他的父亲勃然大怒，想来也是可以理解的。我的朋友在舞台上花了二十年，有时待在纽约，但大部分时间都花在了找工作的路上，因为他的天赋实在有限。他并不愚蠢，最后终于得出结论，他最好还是留在檀香山销售袜子吊裤带，而不是到俄亥俄州的克利夫兰演些小角色，于是他放弃了舞台进入了生意圈。我想在遭受了多年的危险经历后，他完全喜欢上了现在的奢侈生活：开着一辆大型车，住在高尔夫球场附近的漂亮房子里。我肯定，因为他是个能力出众的人，所以能把企业管理得井井有条；但他没法跟艺术完全摆脱关系，既然不能再演戏了，他就开始绘画。他把我领进他的画室，给我展示他的作品。画作一点不坏，但距离我对他的期待尚有一些差距。他只画静物，其余什么都不画，都是些小尺幅的画作，大约有 8×10 英寸大小。他画得非常精细，极尽优雅，显然他对细节有着很大的热情。他的水果作品让你想到基尔兰达约[①]的绘画，在你有些惊讶于他的耐心之时，又不由得被他的灵巧所吸引。按照我的想象，他没能成为一名成功演员，细加考量的话，是因为他身上能够吸引观众的特质既不显著，也不丰富，不能让他走完自己的演艺道路。

他用这些“专有产品”招待了我。带我在城里转悠时，他的语气里透着些嘲讽的味道。在他心里，美国任何一个地方都不能跟檀香山相比，不过他也很清楚自己的态度有些滑稽。他开车带我看了不同的建筑，当我对建筑物适当地表达赞美时，他便得意起来。另外，还带我看了富人区。

“那是斯塔布斯家的房子，”他说，“建这座房子花了十万美元，斯塔布斯家是这里最好的四个家庭之一。斯塔布斯的父亲是七十年前以传教士的身份来到这里的。”

他稍微犹豫了一下，然后透过那双大的圆镜片眼镜看着我，眼睛眨巴着。

“这里最好的家庭都是传教士家庭，”他说，“如果你的父亲或祖父没有让一个异教徒信奉基督，那你就算不上一个标准的檀香山人。”

“是这样吗？”

“你了解《圣经》吗？”

“很了解。”我回答。

“其中有一章说，父亲吃了酸葡萄，子女的牙齿也发酸。我想在檀香山是不同的，父亲们给肯纳卡人带来了基督教，但他们的孩子却离开了这里。”

---

① 意大利文艺复兴时期的著名画家。

“天助自助者。”我嘟囔道。

“当然如此。这里的当地人接触到基督教时，只能拥抱它，因为他们别无选择。国王们赏赐给传教士土地以示对他们的尊重，而传教士们还要通过在‘天国’积累的财富来购置土地，这肯定是笔好投资。有一个传教士放弃了自己的‘活计’——我称其为‘活计’并没有侮辱的意思——而变成了一名地产商，不过，这仅仅是一个例外。大部分情况是，他们的经济事务由孩子们来管理。哦，一个父亲五十年前来此传教真是件好事啊！”

他看了看手表。

“呦，表停了，该去喝杯鸡尾酒了。”

我们沿着一条两边盛开着红色木槿花的路况极好的大道回到了城里。

“你去过联盟酒馆吗？”

“还没有。”

“我们去那儿。”

我知道这是檀香山最著名的地方，带着强烈的好奇心，我跟着去了酒馆。到那儿需要从国王大街穿过一个狭窄的过道，过道两旁是些服务处，那些口渴的人们可以到酒馆，也可以在此喝上一杯。酒馆是一个宽敞的四四方方的房间，有三个入口。柜台从一面墙壁伸展到另一面，对面的两个角落被隔成了两个小单间。据传说，当年这样建造是为了让卡拉卡瓦国王喝酒时不被随从们看到。想想在这样一个小小隔间里，一个皮肤黝黑的君主曾和罗伯特·路易斯·史蒂文森①一起痛饮过，很有意思。酒馆里有一幅他的肖像油画，镶嵌在鲜亮的金黄色画框里，还有两幅维多利亚女王的版画。墙上挂着十八世纪的古老线雕铜版画，其中一幅挂在王尔德②的剧照之后，老天才知道这样的挂法是何道理。此外还有二十年前的《图片报》和《伦敦新闻画报》圣诞增刊，各种威士忌、杜松子酒、

---

① 苏格兰著名作家。

② 英国十九世纪著名剧作家、诗人、散文家。

香槟和啤酒广告，以及棒球队和当地交响乐团的照片。

进酒馆后，里面已经相当拥挤。几名商人站在柜台边谈着什么，角落里两个肯纳卡人在喝酒，两三个店主模样的人正摇着骰子。其余人显然来自海上：流动货船的船长，大副，以及工程师。柜台后面两个混血调酒师在忙着调制檀香山鸡尾酒——酒馆正是以该酒出名，他们穿着白色服装，身材肥胖，皮肤黝黑，胡子刮得干干净净，头发浓密而卷曲，有着大而明亮的眼睛。

温特似乎认识一大半人。当我们走向柜台时，一个独自站着、戴眼镜的矮胖男子要请他喝一杯。

“不了，船长，你跟我喝过了。”温特说。

他向我转过身。

“我希望你认识一下巴特勒船长。”

这个小个子男人跟我握了握手，我们开始交谈起来，不过周围的环境让我分心，我没怎么注意他，每人要了杯酒后就分开了。当我们回到车里离开时，温特对我说：“碰到巴特勒我很高兴，我想让你跟他认识认识，你觉得他这个人怎么样？”

“我想我对他根本不了解。”我回答。

“你相信超自然力量吗？”

“我相信，但我不能完全确定。”我微笑。

“一两年前，他曾碰到过一件非常离奇的事，你应该让他给你讲讲。”

“哪种事？”

温特没有回答我的问题。

“我自己解释不了，”他说，“但情况是确切无疑的，你对这类事情感兴趣吗？”

“比如哪一类？”

“符咒，魔力，以及所有这类东西。”

“我碰到的人没有不感兴趣的。”

温特停顿了一下。

“我想我不会告诉你的，你应该听他亲自说说，这样你就能做出自己的判断了。你今晚怎么安排的？”

“我啥事没有。”

“那这样吧，天黑前我跟他联系一下，看看能不能到他船上去。”

温特跟我讲了些关于他的情况。巴特勒船长整个一生都是在太平洋上度过的，他以前的状况比现在要好得多。起初他是加利福尼亚沿海一艘客轮上的大副，后来做了船长，不过他后来失掉了船只，几名乘客也葬身海底。

“我猜是酗酒的缘故。”温特说。

当然展开了一场调查，他失掉了自己的执照，后来就越发远离了这个领域。他在南太平洋漂泊了几年，不过现在，他在负责管理一条在檀香山及周围岛屿之间航行的小型纵帆船。船主是一名中国人——在他看来，船长没有执照就意味着不必付给他高昂的薪水，但由一名白人来管理船只总是有些优势的。

现在既然知道了他的情况，我就尽量准确地回忆一下他是怎样的一个人。我记得他戴着一副圆眼镜，镜片后面有一双溜圆的蓝眼睛——他的形象慢慢地重新浮现在我眼前了。他身材不高，体型肥胖，没有一点轮廓，脸圆如满月，鼻子周围肥腻腻的；浅黄色的头发很短，脸膛红润，胡子刮得干净；手圆鼓鼓的，关节处尽是小坑，而两条腿又粗又短。这是个快活的人，所经历的悲惨遭遇在他身上似乎没有留下任何痕迹。虽然到了三十四五岁的年纪，他看起来要年轻很多。但不管怎样，我对他只是大致留意了一下，现在知道了他所经历的不幸后——在我看来显然这个灾难毁掉了他的一生，我向自己保证，下次再见到他时一定好好观看他一番。观察不同人的不同情绪反应是件非常奇妙的事。有的人能够直面可怕的战争、临死前的恐惧和难以想象的恐怖，而心灵不会受到任何伤害；而其他一些人，看到月亮浮动在荒凉的大海上，或者听到小鸟在灌木丛里歌唱，都会引起内心的震动，以至整个人都发生了变化。这归因于人性格上的优缺点、想象力匮乏或者性情不稳定吗？我不知道。当我在想象中再现当时沉船时的情景，想到那些溺水者的尖叫和恐怖，想到他后来在调查过程中承受的折磨，想到因亲友逝去而悲痛欲绝的人们，想到报纸上他一定会读到的严厉文字，想到他所遭遇的羞惭和耻辱，我震惊地回忆起另一个画面：巴特勒船长，如同一个在校男生般，正用毫不掩饰的下流语言谈论着那些夏威夷女孩，谈论伊韦雷红灯区，谈论他的那些成功冒险；在此过程中，他不时地哈哈大笑着，而原来人们认为他再也笑不出了。我记住了他闪亮的白牙——这是他最好的特征。他开始引起了我的兴趣，想到他的样子、他的快乐和满不在乎，我忘记了他以前的特别经历，为此，我要去见他——我想见他，如果可能的话，我要看看能否更多地了解他是怎样的一个人。

温特做好了必要的安排，晚饭后，我们向海边走去。纵帆船派来的小船已在等着我们，我们划起浆，船出发了。帆船在港口里面某处停泊着，离防波堤不远。我们划到帆船一侧，听到了尤克里里琴的声音。我们顺着梯子爬了上去。

“我猜他在船舱里。”温特在前面领着路，说道。

船舱很小，破破烂烂，肮脏不堪。一侧有一张桌子，周围是一圈宽阔的长椅，上面睡着些乘客——坐这样的船旅行真是荒唐，我想。一盏石油灯发出微弱的光，一个当地女孩在拉尤克里里琴，巴特勒半躺着斜靠在椅子里，头枕着她的肩膀，一只胳膊揽住她的腰。

“别让我们打搅了您，船长。”温特开玩笑道。

“进来吧。”巴特勒站起身跟我们握手，“要喝点什么？”

这是个温暖的夜晚，从开着的舱门可以看到夜空里无数的繁星，而天空依然近乎蓝色。巴特勒船长穿着一件无袖汗衫，露出肥白的胳膊，裤子脏得让人难以置信。他光着脚，卷发上戴着一顶非常破旧、形状全无的毡帽。

“让我给你们介绍一下我的女友，是不是个大美人？”

我们跟这个漂亮人儿握了手。她的身材比船长还要高出许多，美丽的容貌即使哈伯德大妈也不能掩盖——那是上一代传教士为宣扬礼仪而强行灌输给当地人的形象，尽管他们并不情愿。面对她的美貌，人们只能猜测，随着年龄的增长，她将在一定程度上变得臃肿，但至少目前她是优雅、灵活的。她褐色的皮肤细腻光洁，眼睛奕奕有神，一头乌发又浓又密，编成粗粗的辫子缠在头上。当她笑着向人致意时，是那样自然迷人，露出的牙齿细小、均匀而洁白。她当然是一个令人销魂的可人儿。显而易见，船长疯狂地爱着她，他不想把目光从她身上移开，每时每刻都想挨着她。这是很容易理解的，但令我感到惊奇的是，女孩看上去显然也在爱着他——她眼睛里闪烁的光芒不会骗人，微微张开的嘴唇也仿佛充满了爱的渴望。这是令人兴奋的，甚至有些让人感动，我不由得这么觉得。一个陌生人跟这样一对热恋中的人有什么相干呢？我希望温特没有把我带到这里来。在我看来，这个脏兮兮的船舱现在已经变了模样，对于这段极致恋情，它似乎承担了一个再合适不过的背景角色。我想我永远都不会忘掉那艘纵帆船，它停泊在远离世界、挤满船只的檀香山港口，头顶上是一片浩瀚的灿烂星空。我还会记住那些在夜间一起航行的情人们——在无限空旷的太平洋上，他们正从一个绿色的多山岛屿驶向下一个。想到此，浪漫如一阵轻柔的风缓缓拂过我的脸颊。

但巴特勒是全世界最不可能让你联想到浪漫的人，他身上很难看出有什么东西能够产生爱情。穿着现在的衣服，他比以往任何时候更显得矮胖，而圆眼镜使他的圆脸盘看上去更像是一个拘谨的胖娃娃，更让人联想到倒霉的助理牧师。他的谈话里掺杂了最离奇的美国精神，要不走样地转述这些东西而不失去生动性我绝无信心，所以后面我要用自己的话来讲述他的故事。更重要的是，尽管他话语温和，但说出的每句话都要带上咒骂语。这些虽然仅让那些过于规矩的人感到不舒服，但要印成文字未免显得粗俗。他是个醉心于欢乐的人，这也许可以解释他为何能在情场上几乎无往不胜，因为女人很多时候都是轻率的生物，假若男人们对她们总是一本正经，她们会厌烦致死，而对那些让她们开心大笑的小丑，她们则毫无抵抗力——她们的幽默感是肤浅的。以弗所的女神狄安娜为了那个坐在礼帽上的红鼻子喜剧演员，打算把她的谨慎抛到九霄云外。我意识到巴特勒船长是个有魅力的人，假如我不知道他经历过不幸的沉船遭遇，我会认为他的一生都是无忧无虑的。

一进门我们的主人就按响了铃声，一名中国厨师进来，端来更多的酒杯和几瓶苏打水。威士忌和船长的空酒杯已在桌子上放好。当我看到这名中国人时，我确实吃了一惊，这肯定是我见过的长相最丑陋的一个人。他身材矮小，但长得结实，拖着一条瘸腿；穿着汗衫和裤子，裤子原先是白色的，现在已是脏兮兮的了；蓬乱的粗硬灰发上戴着一顶破旧的粗呢猎鹿帽。一般的中国人戴这种帽子会显得奇怪，但他让人觉得荒诞。他宽大的、四四方方的脸平坦得像被重拳击打过，上面密布着深深的天花坑，不过最让人反感的是他脸上明显的兔唇，因从未进行过手术修复，上唇朝着鼻子的方向裂开，裂口处露出一颗尖尖的黄牙，真是吓人！他走了过来，嘴角叼着一个烟头，不知为何，这让他的神情看上去充满了邪恶。

他倒好了威士忌，打开一瓶苏打水。

“不要加水，约翰。”船长说。

他没说什么，给我们一人递过来一杯酒，然后出去了。

“我看到你在注意我的中国佬。”巴特勒肥胖、发光的脸上咧开了嘴笑道。

“我讨厌在黑夜里碰到他。”我说。

“他肯定相貌不佳。”船长说——不知为何，他似乎是带着一种特殊的满意的语气在说这番话。“不过，我要告诉世人的是，他有一点不简单，只是你每次看到他时需要提前喝上一杯。”

不过我的视线落在了桌子上方悬挂着的一个葫芦杯[1]上，便站起来看。我一直在寻觅一把古老的葫芦杯，而这一个是除博物馆外我见过的最好的。

“这是一个岛上的酋长送我的，”船长看着我说，“我为他做了件善事，他要送我一个好东西。”

“他真的送给你了。”我回答。

我在想能不能小心地让巴特勒船长出个价钱，我难以想象他会珍视这么个东西。这时，他似乎明白了我的想法，说：“这个我一万美元也不卖。”

“我猜他不会，”温特说，“卖掉它无异于犯罪。”

“为什么？”我问。

“当然如此。”

“那给我们讲讲。”

“天还早呐。”他回答。

等到天明显不早了，他满足了我的好奇心，与此同时，我们也灌进了大量的威士忌。巴特勒船长给我们讲述了他以前在圣弗朗西斯科和南太平洋的经历。最后，女孩睡着了，她蜷缩着躺在椅子里，脸枕着自己褐色的胳膊，胸口随着呼吸轻微地起伏着——睡眠中的她看起来有些忧郁，但充满神秘和美丽。

他是在群岛中的一个岛屿上碰到她的，他摇摇晃晃的旧帆船就穿行在群岛之中，什么时候需要运货了便立即前往。肯纳卡人几乎不愿工作，所以勤劳的中国人、精明的日本人便从他们手里抢走了生意。她的父亲有一块狭长的土地，种上了芋头和香蕉；另外还有一条船，用来打鱼。他跟纵帆船上的大副有远亲关系，一次，大副带着巴特勒到了他家那座破旧的小木屋，度过了一个闲散的夜晚。他们带去了一瓶威士忌和尤克里里琴。船长不是个拘谨的人，一看到这个美丽女孩便迷恋上了她。他的当地话并不利索，但很快让女孩战胜了自己的羞怯感。他们整个晚上

① 用葫芦制成的瓢器。

都在唱歌跳舞，一个晚上快要结束时，她已坐到他身边，而他在用胳膊搂着她的腰了。他们碰巧要在岛上多驻留几日，船长绝不是急性子的人，也就不愿缩短停留时间。日子悠悠，他在这个舒适的小港过得怡然自得。早上他围着帆船游上一圈，晚上再游一圈。岸上有一家杂货店，水手们在那里可以喝杯威士忌，他则跟店主——一个混血儿——玩克里比奇牌，度过白天中最痛快的时光。晚上，大副和他就到女孩家里，唱一两首歌，或讲讲故事。是女孩的父亲提出让他把女孩带走的，他们友好地谈起这个问题；女孩偎依在他身边，手放在他的身上，不时用温柔的、笑意盈盈的眼神扫他一眼，催促他带自己离开。他爱她，他也是个喜欢家庭的人。有时海上的生活是有那么一点枯燥的，在那条旧船上有这么一个美丽的小人儿将是件开心事；另外他也的确有着实际的需求，他意识到旁边有个人就可以给自己缝缝补补，显然是有用处的。他厌倦了让一个中国佬来帮他洗东西——他会把所有的一切撕成碎片，而当地人能洗得更好。在檀香山登岸时，船长会隔三差五地到一家时尚的帆布西装店摆摆阔，这不过是确定个价钱的问题。女孩的父亲希望他能拿出二百五十美元，而船长并非节俭之人，一时拿不出这笔钱，但他平素慷慨大方惯的，而且女孩就在身边——她温软的脸正贴在自己脸上，他不愿意讨价还价。他提出先付一百五十美元，然后三个月后再付其余一百。这个晚上，大家发生了很多争执，而最终没有达成一致意见。这事让船长恼怒起来，晚上也没有平常睡得好。可爱的女孩一直出现在他的梦境里，每次醒来，他似乎都感觉到她柔软性感的嘴唇正贴在自己嘴唇上。凌晨时他还在咒骂自己，因为上次在檀香山打牌时，他整个晚上都牌运不佳，以致身上的现金已所剩无几。如果昨天晚上他跟女孩还像往常一样相爱的话，那现在这个早晨他一定疯狂地思慕她的。

“听我说，巴纳纳斯，”他对大副说，“我必须去找那个女孩，你去告诉她父亲我今晚带钱过去，让他安排一下。我想我们天一亮就起航。”

我不知道大副怎么会有这样古怪的名字[①]。他本名叫惠勒，不过即便拥有那样一个别号，他身体里的血液也不应该是白色的。他身材高大匀称，但有发福趋势，肤色要比一般的夏威夷人深得多；他的年龄不再年轻，浓密的卷发已变得灰白；上门牙也换成了金牙——对此他颇感自豪。他的眼睛明显是斜的，这让他的神色看上去有些忧郁。船长是喜欢戏谑的人，这便成了他源源不断的幽默源泉，总不客气地拿他这个缺陷开开玩笑，因他注意到大副对此是在乎的。巴纳纳斯跟大多数本地人不同，是个沉默寡言的人，要不是巴特勒船长脾气好、不会不喜欢什么人，他一定不会受到他的待见。船长喜欢和一个能交流的人出海，他本来就是个爱讲话、好交游的人——让一个“传教士”日复一日地跟一个闷葫芦喝酒、生活，真让人受不了，所以他用尽一切办法想让大副活跃起来，毫不客气地开他玩笑，但最后逗笑的只有自己，这就没什么意思了。他终于得出结论：无论在醉酒还是清醒之时，对于一名白人来说，巴纳纳斯都不是一个合适的伴侣。不过，他是一个好水手——船长很精明，知道有一个可资信赖的大副是多么重要，出海时，他经常什么都不用做，而只是躺在床上睡觉，睡到酒醒为止，想想还是不错的，因为巴纳纳斯毕竟让人放心。但他在社交上一窍不通，而找到一个可以交流的人终究是件快乐的事，那个女孩就不错；再说，上岸时他也不能老是喝得醉醺醺的——如果他记住回到船上时有个可爱的小女孩在等他。

他去找他的杂货商朋友，两人倒上一杯杜松子酒，他开口向他借钱。一名船长是可以为杂货商帮上一两个忙的，两人低声（个人事务没必要让所有人知道）交谈了一刻钟后，船长把一叠钞票塞进了屁股口袋。那天晚上，女孩跟着他上了船。

巴特勒船长努力去实现当初因某些缘由而做出的决定，他所期待的结果最终出现了。他没能戒酒，但他不再过量饮酒。分开两三周后和小伙伴们待上一晚，他感觉非常开心，而等他回去再跟他的小女孩团聚时

① “巴纳纳斯”对应的英文单词意思是“香蕉”。

他同样感到快乐，他想到她一定正安然地睡着，可不是！当他回到船舱俯身看着她，她会睁开惺忪的睡眼，向他伸开双臂。天哪！这是多么幸福的事！他发现自己开始攒钱，因他平时是个大手大脚的人，在女孩看来，他这样做是对的。他送给她一些银背毛刷来梳理她的长发，还送了一条金项链，以及可戴在手指上的再造红宝石。呀！活着是多么美好！

一年过去了，整整一年他对她都没有任何厌倦。他不是一个善于分析自己情感的人，但这件事太令人惊异了，让他也不得不加以留意。那女孩身上一定有极其迷人的地方，他不由地看到自己现在比以往任何时候都更加迷醉于她，有时一个念头会进入他的脑海：跟这个女孩结婚也许不错。

后来有一天，大副没来吃饭，也没来喝傍晚茶。对于他的缺席，第一顿饭时他没在意，但到了第二顿他便问中国厨师：

"大副去哪了？他不来喝茶？"

"没看到他。"中国人说。

"他没生病吧？"

"不知道。"

第二天巴纳纳斯又露面了，但比往日更加忧郁。午饭后，船长问女孩他怎么了，女孩笑了笑，把漂亮的肩膀耸了耸。她告诉船长说，巴纳纳斯喜欢上她了，他为此感到痛苦，因为她数落了他一顿。船长性情宽厚，对此并不嫉妒，让他极感有趣的是巴纳纳斯竟然也会爱上别人——他那样一个"斜眼儿"谈恋爱的机会实在渺茫。傍晚茶端上来后，他跟以往一样欢快地同他开玩笑。他故意说得模模糊糊，这样他就不能确定自己已经知道了一切，但还是颇为巧妙地打击了他几下。女孩并不像他自己认为的那样觉得那些话多有趣，后来求他不要再说了。他对她的认真劲儿感到吃惊，她说他不了解他们这个民族，这里的人心中一旦有了激情就可能会无所顾忌，这让她有些害怕，而他觉得这太荒唐了，哈哈大笑起来。

“如果他来骚扰你，你就吓唬他说要告诉我，他就不会再干了。”

“我想还是辞了他好。”

“我们现在过得很好,暂时不要这样。一个好水手我一眼就能看出来。要是他还不放过你，我就揍扁他。”

或许女孩的女性智慧非同寻常，她知道如果一个男人已经做出了决定，再同他争论将毫无用处，因为这只能增加他的固执，所以她没再说话。这样，当这艘破烂的纵帆船在平静的海面上，在那些可爱的岛屿之间缓慢行驶时，一幕黑色的、紧张的情景剧正在上演，而对此，肥胖的小个子船长一无所知。女孩的排斥激怒了巴纳纳斯，让他最终失去了理智，只剩下了野蛮的欲望。他不再温柔或快活地向她表达爱意，而是充满了邪恶和粗暴，而她对他的轻蔑也已转变成了憎恨。当他向她苦苦哀求时，她报以愤怒、刻薄的嘲讽。不过，这一切都在悄无声息中进行着，过了一段时间，当船长问她巴纳纳斯是否还在骚扰她时，她没有把实话说出来。

不过一天晚上，在檀香山，他紧赶慢赶才回到船上——帆船黎明就要起航。巴纳纳斯白天上岸喝了些当地烈酒，已经喝醉了。船长划着小船靠近帆船，一个声音突然让他惊住了。他顺着梯子爬上去，看到巴纳纳斯正暴跳如雷，拼命地撬着舱门，并咒骂道如果女孩不给他开门，他就杀死她。

“你究竟在搞什么鬼？”巴特勒大叫道。

大副放开了把手，用凶狠、仇恨的目光看了他一眼，一言不发地转身走了。

“站住，你在门上干什么了？”

大副没有答话，他恼怒地看着他，脸上阴郁而无奈。

“我警告你不要跟我玩什么鬼花样，你这个肮脏的斗鸡眼黑鬼。”船长叫道。

他比大副要矮上一英尺，根本不是他的对手，但他熟悉跟当地船员交往的方式，手上总戴着一个指节钢环以备急用——这或许不是一个绅士可以用上的物件，但巴特勒船长显然并非绅士，也没有同绅士交往的习惯。巴纳纳斯还没搞清船长的意图，船长的右胳膊已经挥了过来，戴着钢环的拳头干净利落地砸在了他的下巴上，他跌倒在地，就像一只公牛倒在了长柄斧下。

“这会让他记住的。”船长说。

巴纳纳斯一动不动躺在地上，女孩打开舱门走了出来。

“他死了吗？”

“没有。”

他喊来几个人，吩咐他们把他抬到他自己的床铺上去。他满意地摩挲了一下手，镜片后面的蓝色圆眼睛里闪烁着光芒。女孩很奇怪地沉默着，用胳膊搂住他，似乎要保护他使他免遭无形的伤害。

两三天后巴纳纳斯才重新站起来。当他从船舱里出来，他脸上撕开了一个口子，肿了起来，透过黝黑的皮肤能看到青灰色的瘀伤。巴特勒看他正准备沿甲板溜走，便叫住了他。大副走过来，没说一句话。

“听我说，巴纳纳斯，”他扶了扶鼻梁上的眼镜——因天热鼻梁已变得湿滑，说道，“我不会因为这件事辞掉你，但你要知道，我出手时会出手很重。这个你别忘了，不要再搞歪门邪道。”

然后他伸出手，朝大副好心情地粲然一笑——这是他最迷人的表情。大副接住伸过来的手，肿胀的嘴唇抽搐了一下，然后咧开嘴笑了，带着几分凶恶。这件事在船长看来就完全过去了，所以当三个男人坐下来吃饭时，他依然就巴纳纳斯的长相开着玩笑。巴纳纳斯吃得费力，肿胀的脸因疼痛变得更加扭曲，人看起来很是冷淡。

那天晚上，当船长坐在上层甲板上抽烟时，他觉得自己全身颤抖了一下。

“这样一个晚上怎么会颤抖呢，莫名其妙。”他嘟囔道，“或许得了轻感冒，今天一天都感觉有些怪。”

上床时他服了些奎宁，第二天早上他觉得好些了，但有点儿疲倦，好像刚从放荡行为中休息过来一样。

“我想是我的肝出了问题。”他服了片药说道。

那天他食欲不佳，黄昏时感觉很不舒服，就试了他知道的另一个治疗方法——喝两三杯威士忌——不过似乎仍没有多大用处。第二天早上，他照了照镜子，发现不大对劲。

“到檀香山时还是不好的话，我就给登比医生打个电话，他肯定会帮我治好的。”

他现在茶饭不思，四肢无力，晚上虽然睡得不错，第二天仍毫无精神，浑身筋疲力尽。这个一向精力充沛的小个子男人一想到要卧病在床就受不了，所以挣扎着下了床。几天后，他发现全身的疲惫已让他无法承受，于是决定不再起来。

“巴纳纳斯会管好船的，”他说，“他以前就做得不错。”

他想到以前有多少次，他跟他的小伙子们在天黑后一声不吭地躺在床上，大家竟然一句话都没有。想到这里他微微笑了，那是在他遇到女孩之前。他冲女孩笑了笑，紧握着她的手。她感到困惑和焦虑，他看出她在为他担心，便试图安慰她：他有生以来从未生过病，至多一周后，他就能恢复如初了。

“我希望你能解雇巴纳纳斯，”她说，“我有种感觉，他在背后捣鬼。”

“他可是极好的水手，我不会解雇他，要不没有人开船了。好水手我一眼就能认出来。”他的蓝眼睛现在变得黯淡了，眼白全成了黄色，不过依然透出光来：“你不会认为他要给我投毒吧，小女孩？”

她没有回答，不过她跟中国厨师谈过一两次，对船长的饮食也格外留意。现在他吃得很少，她要使出全身力气才能劝他一天喝上两三次汤。他显然病得很重，体重迅速下降，面容苍白憔悴。他身体感觉不到疼痛，但日趋虚弱，也越来越无精打采，一日比一日消瘦。这个时候返航需要差不多四周时间，等他们到达檀香山时，船长有点儿为自己担心了。他在床上躺了两周多，感觉身体实在虚弱，无法去看医生，便叫人送信请他到船上来。医生给他做了检查，但找不到病因，体温完全正常。

“听我说，船长，”他说，“我对你毫不隐瞒，我不知道你得的什么病，这样检查也不管用，你最好还是到医院来，我们对你进行观察治疗。你的身体器官没什么问题，这个能看出来，我觉得你在医院住上几周就能痊愈了。”

“我不能离开船。”

中国雇主们都是怪人，他说，如果离开船的话他的雇主就可能解雇他，这是他无法承受的。只要坚守在岗位上，他的合同就能保护他，他有一个一流的大副。再说，他也不能离开他的女孩。没有比她更好的护士，如果有人能够帮他恢复健康，那个人就是她了。每个人都终究不得不面对死亡，他只希望能过上一段平静的日子。他不愿听从医生的劝告，最后医生也只好让步了。

“我给你开个药方，”他疑虑道，“看看能不能管用，不过你最好卧床一段时间。”

“下床也没什么可担心的，医生，”船长说，“我只是感觉很虚弱，就像一只猫。”

对于医生的药方，他颇不以为然，医生自己其实也不相信。当剩下他一人时，他用雪茄烟把药方点着了，这让他找到了一点乐趣——他必须找个乐子，因为雪茄在嘴里味同嚼蜡，他抽烟只是让自己相信他还没到连烟都抽不了的地步。那天晚上，他的两个担任流动货船船长的朋友听说他病了前来看他。他们一边喝着威士忌、吸着菲律宾雪茄，一边谈论着他的病情。其中一人想起来，他一个大副曾患过同样奇怪的病，全美国没有一名医生能治得了，但他在报纸上读到一则专利药品广告，觉得试一试也未尝不可。服了两瓶药后，那人就完全恢复了健康。不过疾病让巴特勒船长的头脑变得清醒起来，这种奇怪的感觉以前从来没有过。在他们谈话过程中，他似乎能读懂他们的心中所想——他们认为他不久就要死了。在他们离开后，他感到有些恐慌。

女孩看出了他的惧意，现在她的机会来了。她原先一直竭力劝他让一名本地医生过来看看，但他断然拒绝了，现在她再去恳求他。他眼神疲惫地听着，有些犹豫。美国医生都不能说出他的病因，真是滑稽！但他不想让她觉得他感到害怕，让一个该死的黑鬼过来给自己瞧瞧，那会让她放心的，于是跟她说她想怎样就怎样吧。

第二天晚上，当地医生过来了。船长迷迷糊糊地一个人躺着，船舱里亮着一盏油灯，发出昏暗的光。门轻轻打开，女孩蹑手蹑脚地走了进来，她让门开着，有人在后面悄无声息地跟着进了船舱。看到这神神秘秘的一幕，船长不由得笑了，但由于身体实在虚弱，笑意只是在眼中微微闪烁了一下。医生是个身材矮小的年老者，非常消瘦，皮肤干瘪，脑袋全秃掉了，一副尖嘴猴腮的样子。他身体佝偻着，面容饱经风霜，宛如一棵老树，几乎没有人形。不过他有着一双明亮的眼睛，在半明半暗中像两盏发出微红光线的灯。他穿着破旧的、脏兮兮的粗布工装裤，上身赤裸着，一屁股坐下来，然后看着船长——看了有十分钟之久。然后，船长感觉到他的手掌和脚掌碰触到了自己。女孩用紧张的眼神看着他，没有开口。接下来他跟她要船长穿过的衣服，女孩把他一直戴着的旧毡帽递给他，他接过来后又坐在地板上，用两只手紧紧地攥着，然后前后晃动着身体，嘴里发出低低的、含混不清的话。

最后他轻微地叹了口气，然后松开手，帽子掉在了地上。他从裤子口袋里掏出一支旧烟斗，然后点上了，女孩走过去坐在他身边。他向她低声说了什么，她猛地站了起来。接下来的几分钟，他们小声地快速交谈着，然后她站起来，把钱交给他，为他打开了门。医生轻轻地出去了，正像他进门时那样。她走到船长身边，俯下身，以便可以对着他的耳朵说话。

“是个仇敌祷告你死去。”

“不要说蠢话，小女孩。”他不耐烦道。

“这是事实，上帝所掌握的事实，所以美国医生也没办法，而我们民族的人就可以。现在没事了，我想你已经安全了，因为你是个白人。”

“我没有敌人。”

“巴纳纳斯。”

“他为何要祷告我死？”

“在他得到机会前，你就应该解雇他。”

“我想，如果没有比巴纳纳斯的巫蛊更为严重的事情发生，再过几天我就能痊愈了。”

她沉默了一会儿，然后凝视着他。

“你不知道你就要死了吗？”她最后问。

这是那两个船长想到的，不过他们没说出来。船长苍白的脸上滑过一丝颤抖。

“医生说我没什么要紧的，只需要再静养一些时间就能好了。”

她把嘴唇凑近他的耳朵，仿佛害怕空气把话听了去。

“你要死了，要死了，要死了。旧月亮消失的时候你就会死去。”

“这个倒是要了解一下。”

“旧月亮没有了你也就死了，除非巴纳纳斯在此之前死掉。”

他不是一个胆怯之人，他已从她的言辞，尤其是沉默、激烈的动作带给他的震惊中恢复过来，笑意再一次在他眼中闪烁：

“我想我会抓住这个机会的，小女孩。”

“新月亮出来之前还有十二天。”

她说话的语气让他想到了什么。

“听我说，我的女孩，这些都是骗人的，我一个字都不信。我不会对巴纳纳斯玩你那些恶作剧。他这个人不可爱，却是一个一流的大副。”

他本来还有很多话要说，但感觉疲惫至极，一下子虚弱不堪，头晕目眩起来，每天这个时候总是觉得最为强烈，便闭上了眼睛。女孩看了他一会，然后悄然出了船舱。月亮近乎全圆了，从晴朗夜空洒下的清辉在黑魆魆的海面上铺出一条银色的水道来。她惶恐地看着月亮，知道随着月亮的消失，她的爱人也就死去了。他的生命就在她手里，她可以救他，一个人就可以，但敌人是狡诈的，她必须也变得狡诈才行。她突然感觉到有人在看着她，她的心里掠过一丝惊惧，不用转身她就知道，在阴影里用火红的眼睛瞪着她的正是大副。她不清楚他要干什么，假如他能看透她的想法，她就已经被打败了，她拼命地让自己保持冷静。只有他的死才能拯救自己的爱人，她可以让他死！她知道如果能在一个葫芦杯里装上水，然后让他去看那个杯子，水面上就会出现他的影子，这时如果突然搅动一下水面，他便会如遭电击般死掉，因为那个影子就是他的灵魂。不过没人比他更了解这里面的危险，必须想办法打消他的疑虑，然后再哄骗他去看。一定不能让他想到有个敌人正处心积虑地要他的命。她知道该如何行动，不过时间紧迫，极其紧迫！不大会儿，她就看到大副离开了，她松了口气。

两天后他们起航了。新月亮升起前还有十天时间。巴特勒船长的样子已不堪忍睹，整个人都是皮包骨头，没人搀扶的话连走路的力气都没了，几乎说不出话来。不过她仍不敢行动，她明白必须得耐住性子，大副非常非常狡猾。他们到群岛中的一个小岛卸货后，仅剩下了七天，该行动了！她从船舱里搬出她和船长共同使用的一些东西，然后捆成一捆，放在她和巴纳纳斯吃饭的甲板舱室里。她进门后，他迅速转过身来，她看到他在打量那个捆包——她要准备离开了，他轻蔑地看着她。似乎不想让船长知道她正在干什么，她一点一点地把自己的东西搬过来，还有船长的几件衣服，捆成了几包。巴纳纳斯终于不再沉默了，朝一套工装服指了指，问：

“你带那个干什么？”

她耸了耸肩。

“我要回到自己的岛上去。”

他笑了起来，使他冷酷的脸变得更加扭曲。船长垂垂欲死，而她要带上能带的一切离开了！

“我说，那些东西你不能带走，你觉得呢？它们是船长的。”

“留给你也没用。”她说。

墙上挂着一个葫芦杯，正是我进船舱时见过并聊过的那个，上面覆盖着一层灰尘。她从水壶里往里倒了些水进去，然后用手指擦洗起来。

“擦它干什么？”

“可以卖五十美元。”她说。

“你想干啥？”

“你知道我想干啥。”

她嘴唇上闪过一丝笑意，飞快地看了他一眼，然后迅速转过身。他呼吸急促起来，一股欲望在蠢蠢欲动，她微微耸了耸肩。他猛地跳起来向她扑去，然后用力搂住了她。这时她笑起来，用胳膊——圆圆的柔软胳膊——搂住了他的脖子，放纵地投入了他的怀抱。

第二天一早她把他从沉睡中唤醒了。第一缕阳光斜斜地照进船舱，他让她靠在自己胸口，告诉她船长也就能坚持一两天，船主不容易找到另一个白人来掌管船只，如果他少要些报酬的话就能得到这份工作，她就可以留下来陪他了。他充满深情地看着她，她偎依在他身上，用外国人的方式吻他——船长教给她的方式，答应他留下。巴纳纳斯幸福得陶醉了。

机会就在此时，一旦失去永不再来。

她站起来，走到桌边梳理头发。房子里没有镜子，她朝葫芦杯里瞧去，看看有没有自己的影子。她把漂亮的头发梳整齐了，然后招手叫巴纳纳斯到她身边，她指了指杯子，说：

“底部有什么东西。”

巴纳纳斯不自觉地、毫不怀疑地完全把头伸了过去，脸的影子出现在水面上。一瞬间，她的两只手猛地砸向水面，重重地击打在葫芦杯底部，水溅了出来，影子破成了碎片。巴纳纳斯惊惧地后退了一步，突然发出嘶哑的叫声，然后怔怔地看着女孩。她站在那里，脸上露出了胜利的充满仇恨的微笑。他眼睛里露出了惶恐，粗大的五官因痛苦而扭在了一起，然后砰的一声瘫在了地上，好像服了剧烈的毒药一般，全身猛烈地抽搐着，一句话也说不出。她冷漠地俯身下去，把手放在他的胸口，然后把他的眼睑拉了下来——他已完全死了。

她走进巴特勒船长躺着的船舱，他的脸颊上微微有了些血色，吃惊地望着她。

“怎么啦？”他轻声问。

这是他两天来开口说的第一句话。

“没什么事。”她说。

“我觉得真奇怪。”

然后他闭上了眼睛睡着了。他睡了一天一夜，醒来后要了些食物。又过了两周，他痊愈了。

温特和我划着船回到岸上时已过了半夜，我们喝了无数的加水威士忌。

“这一切你是如何想的？”温特问。

“这是个什么问题！如果你问的是我能不能给出解释，我不能。”

“船长可是深信不疑。”

“那是显然的，不过你知道，这不是我最感兴趣的。不管真实与否，也不管这意味着什么，真正让我感兴趣的是，这种事情不应发生在这些人身上。”我不清楚那个普普通通的小个子男人怎么能让那个可爱的人儿如此迷恋。他在讲述这个故事时，看着她躺在那里，我想到了一个了不起的说法，那就是，爱的魔力可以创造奇迹。

“不过，她不是那个女孩。”温特说。

“你到底什么意思？”

“你难道没注意过厨师？”

“当然注意过，他是我见过的最丑陋的人。”

“那就是巴特勒带着他的原因。去年女孩跟中国厨师跑了，这是另一个女孩，他得到她差不多只有两个月。”

“哦，真是难以置信。”

“他觉得这个厨师让人放心。要是我处在他的位置，我也没那么多自信。那个中国人有点儿本事，如果他想取悦一个女人，她们是抗拒不了的。”

午　餐

我是在比赛时看到她的。她朝我招了招手，在比赛中间休息时我便向她走过去，然后在她的身边坐了下来。上次跟她见面已是很久以前的事了，如果不是有人提到她的名字，我估计我几乎认不出她来了。她跟我说着话，脸上灿然如花。

“哇，我们初次见面已经过去这么多年了。时光好快呦！我们都不年轻了。你还记得我第一次见到你的情形吗？你邀请我去吃午餐的。”

我还记得吗？

二十年了，那时我寄居巴黎，在拉丁区有一间小小的寓所。从住所处远远眺去，看到的是一片公墓。我当时的生活甚是拮据，只是勉强填饱肚子罢了。她读过我的一本书，便给我写了封信。我回了信，并致以谢意。很快，又收到她寄来的另一封信，说她要路经巴黎，希望能跟我聊一聊。不过时间有限，仅有的空闲就在下个周四，她可以在卢森堡待上一个上午，问我能否在中午请她到富瓦约酒店小吃一顿。富瓦约是法国参议员们常常光顾的酒店，我的那点儿微薄收入哪里吃得起呀！要说去这样的地方吃饭，我想都没想过。不过，那一刻我实在太兴奋了。再说，我还过于年轻，没学会怎样拒绝一位女性（我不妨补充一句：很少有男人能掌握这一本领，等到他掌握了，人也垂垂老矣，那时候无论他们说什么对女人都已经无足轻重了）。我有八十法郎（金法郎），用来维持我这个月的伙食没有问题，但那一顿简单的午餐就将花掉我至少十五法郎。不过，如果把余下两周的咖啡减掉的话，一切还能对付得过去。

我回信说，我将跟她——我的朋友会面，就在富瓦约，周四中午十二点半。

她没有我想象中的年轻，虽长相端庄，但缺乏魅力。实际上，她已年届四十（是一个迷人的年龄，但这样的年纪不会让人一见钟情，或者爱得一塌糊涂）。她给我的印象是：长着大而洁白的牙齿，不过数量过多，且并无实际用处。很健谈，但看起来似乎更愿意把我当作谈论主题，我于是决定当一个专注的聆听者了。

当菜单拿过来后，我吃了一惊：价格之高远远超出我的预料，但她的话让我感到宽慰。

“我午餐什么都不吃的。”她说。

“哦——别这么说！”我慷慨十足地回答道。

“我就吃一样东西。我觉得现在的人们吃得太多了——要不上点儿小鱼吧。不知他们有没有鲑鱼。”

对于鲑鱼，这个时候还可以说是时令尚早，菜单上根本没有，不过我还是问了问服务生。有啊！刚进的鲜美鲑鱼，今年进的第一条鲑鱼！我为我的客人点了这道菜。服务生问她烹鱼的过程中她还要点儿什么。

“不要了，”她回答道，“我吃饭只吃一样东西，要不你上点儿鱼子酱吧。我不介意这个。”

我的心微微有些下沉——我买不起鱼子酱，不过这话不好开口。我告诉服务生鱼子酱一定要上。我给自己点了菜单上最便宜的一道菜——羊排。

“我想你最好不要吃荤，”她说，“吃了排骨这样的大菜，你还怎样工作呢？我觉得不能让胃负担过重。”

该考虑喝什么饮料了。

“我午餐什么都不喝。”她说。

“我也不喝。”我随即应道。

“除了白葡萄酒还行，”她的话头没停下来，仿佛我根本就没有开口说话，“法国白葡萄酒比较清淡，非常养胃。”

“你想喝点儿什么？”我问道——殷勤依旧，但热情已经减弱了。

她洁白的牙齿向我闪了一下，明亮而友善。

“我的医生什么都不让我喝——除了香槟。”

我想我的脸有些泛白了，点了半瓶。我用漫不经心的口吻提到，我的医生严令禁止我饮用香槟。

“那你喝点儿什么呢？”

“喝水。”

她吃了鱼子酱，又吃鲑鱼，神采飞扬地谈艺术，谈文学，谈音乐。我不知道菜单会是个什么样子。羊排端上来了，她开始板起面孔来批评我。

“我看你的习惯是午饭吃得过多，这肯定是个错误，你怎么不学学我呢？就吃一样东西。我确信，如果是这样的话，你会感觉好得多。”

“我现在打算就吃一样东西，”我说道。这时服务生拿着菜单走了进来。

她用一个优美的姿势摆了摆手，让他站到一边。

“不，不，我午餐什么都不吃的。就吃一口，再不多吃，我吃这点儿也是找个聊天的理由罢了，不是为了别的。我不可能再吃别的——除非他们有大芦笋。不吃点儿大芦笋就离开巴黎我会遗憾的。”

我的心又开始下沉。这个东西我在商店里是见过的，一看就让人垂涎三尺，但价钱贵得吓人。

“这位夫人想知道你们有没有大芦笋。”我对服务生说。

我全身心地希望他说出一个“没有”来。开心的微笑在他那张宽大的、牧师一般的脸庞上蔓延，他向我们保证：店里有的是大芦笋，都是上等货，又大又脆，极其罕见。

“我一点儿也不饿，”我的客人叹了口气，“不过你坚持的话，就来点儿芦笋吧，这个我不介意。”

于是我点了芦笋。

“你一点儿也不吃吗？”

“不吃，我从不吃芦笋。”

“我知道有人不喜欢的。事实是，你吃肉太多了，把味觉毁掉了。”

在等待芦笋烹制的过程中，我的心里突然惊慌起来。现在的问题，不是剩下的这个月有多少钱花，而是今天的账单我还付得起吗？如果差了十法郎而只能向客人去借的话，那真是丢人现眼。这样的事我不能做。口袋里到底有多少钱我心知肚明，如果账单数额过大的话，我决定只有这样做了：把手插到口袋里，装模作样地惊呼一声，弹跳起来说：不好，我的钱被扒了。当然，如果她也没带够钱而无法付账，那可真的会让人尴尬。倘若如此，那只有把我的手表留下，说我再回来付账好了。

芦笋端上来了，个大汁多，诱人食欲。酥油的香气把我的鼻孔刺激得痒痒的，正如贤德的闪米特人献出的燔祭刺激了耶和华的鼻孔一般[①]。我眼巴巴地看着这个狂放的女人大口大口地、极其享受地把芦笋吞进了肚子里，我在一边彬彬有礼地谈论着巴尔干人的戏剧状况。终于——她吃完了。

“要咖啡吗？”我问。

“好的，就来杯冰淇淋和咖啡吧。”她回答道。

现在我已不再担心了，于是给自己点了份咖啡，给她要了冰淇淋和咖啡。

“你知道，有一点我特别相信，”她一边吃着冰淇淋一边说道，“吃饭时你要不时地起来站一站，那样你就可以多吃一点儿。”

“你还饿吗？”我有气无力地问道。

“噢——不，不。你看，我本不吃午餐的。今天早上，我喝了咖啡，吃了饭，但午餐我吃的东西从不超过一样，我跟你说过的。”

“哦，我知道。”

就在这时，一件让人惊惧的事情发生了。在我们等待咖啡期间，服务生的领班走了过来，他挎着一只大篮子，里面满满地装着硕大的鲜桃，虚情假意的脸上挂着迷人的微笑。桃子呈现鲜润的红色，如同纯洁的少女脸上羞赧的红晕，它们丰满的色泽让人想到意大利的风景。这个时节

① 此处源自《圣经》典故。

的桃子肯定不是时令水果吧？老天知道那得值多少钱！我看到的是——稍迟我就看到了，我的客人一边说话，一边随手拿起了一个。

“你看，你的胃里全填满了肉食，”——我的胃里只有一点可怜的羊排——“你不能再吃了。我不过是吃了点儿零食，再享用一个桃子吧。”

账单拿了过来。付完账时我才发现，剩下的钱只能够得上一次紧巴巴的小费了。我把钱递给服务生时，她的目光停留在那三法郎上看了一会儿——我知道她觉得我是个铁公鸡。我走出了酒店——前面还有整整一个月等着我，而我却一便士都没了。

“跟我学一学，”我们握手时她说道，“午餐只能吃一样东西。”

“我会做得更好，”我反驳道，“今晚我什么都不吃了。”

“你是个幽默家！”她开心地大叫道，然后跳上了一辆出租马车，“你真是个幽默家！”

不过最终我还是报了仇。我想我不是个睚眦必报的人，但不朽的众神干预此事时，我心满意足地静观其结局的产生——这是可以原谅的吧——今天，她已重达二十一英石①。

---

① 二十一英石大致相当于二百七十斤。

蚂蚁和蚂蚱

当我还是个很小的男孩时，家人就要我熟记拉封丹的一些寓言故事，并细心地给我解释每则寓言的寓意。其中一篇是《蚂蚁和蚂蚱》，它的寓意很深刻：勤奋使人受益，轻率让人倒霉。在这篇绝妙的寓言里（每一个有教养的人都应该大致了解的东西，却由我来讲述——我为此感到抱歉），蚂蚁忙忙碌碌了一个夏天，在储存过冬的食物，而蚂蚱却坐在一片草叶上，在阳光下歌唱。冬天来临了，蚂蚁储备丰富，舒适快乐，而蚂蚱的食品柜里却空空如也。她去蚂蚁那里祈求，希望能得到一点点的食物。这时蚂蚁给出了她经典的回答：

"夏天时你在干吗呢？"

"恕我直言，我在歌唱，白日唱，黑夜也唱。"

"你在歌唱——那么，你再去跳舞吧。"

不是出于我个人的怪癖，而是因为童年时代的矛盾心态——这是道德观念的不足造成的，我从来不愿意接受该寓言的寓意，我同情的是蚂蚱——有一段时间，我一看到蚂蚁就忍不住踩上去。通过这种简单的方法（正如从那时起我就发现的，整个人类都会这样做），我试图以此表达我对谨小慎微和常识常情的反感。

前几天看到乔治·拉姆塞一个人在饭店吃饭的时候，我不由地想到了这则寓言。我从没见过哪个人像他那样郁郁寡欢。他呆呆地看着空中，仿佛全世界的重担都落在了他一个人肩上。我为他感到难过：我怀疑他那不争气的弟弟又闯祸了。于是走过去，伸出了手。

"情况怎么样？"我问。

"心情不佳。"他回答道。

“又是汤姆？”

他叹了口气。

“是呀，又是汤姆。”

“你干吗还要管他？你已经仁至义尽了。你现在该知道，他已经不可救药了。”

我想每个家庭都有个败家子。汤姆已苦苦折磨了他二十年。起初他的一切还算体面：做生意，结婚，生了两个孩子。拉姆塞夫妇极其受人尊重，完全有理由相信汤姆·拉姆塞也将有一个成功而荣耀的人生。但有一天，他毫无征兆地宣布，他不喜欢自己的工作，也不适合结婚，他想过一种逍遥自在的生活。并且听不进任何劝告，他离开了自己的妻子，也辞掉了工作。靠着一笔小小的积蓄，他流连于欧洲各国的首都，度过了两年潇洒的时光。关于他的所作所为，不时有流言传到亲人的耳朵里，他们都感到非常震惊。他当然过得很快活，但亲人们还是大摇其头，钱花光后他会怎么样呢？很快，他们就发现——他在举债。这个家伙迷人可爱，但又寡廉鲜耻。拒绝借钱给他比拒绝任何人都难。他总能从朋友那里借到钱，而他又特别擅长结交朋友。他总在说，把钱花在生活必需品上是乏味的，用在奢侈品上才够意思。为此，他就要靠他哥哥乔治了。在哥哥面前，他总是使出浑身解数，以施展其魅力。乔治是个老实人，对他的花招不够敏感，同时也是个受人尊敬的人。有一两次，他听信了汤姆悔过自新的承诺，给了他几笔数量可观的钱，以便让他从头开始。一拿到钱，汤姆就买了辆汽车和一些非常漂亮的珠宝。当残酷的现实让乔治认识到，他的弟弟绝不会安稳下来时，他就不再理他了，而汤姆开始心安理得地讹诈哥哥。作为一名可敬的律师，看到弟弟在自己最喜欢去的餐馆柜台后面调制鸡尾酒，或者在自己常去的俱乐部外面坐在驾座上等客，终究不是件光彩的事。而汤姆说，在酒吧里干活或者开出租都是极体面的，不过倘若乔治能给他几百英镑的话——为了家庭的荣誉，他不介意把工作辞掉。于是乔治给了他钱。

有一次，汤姆差点儿锒铛入狱，乔治简直气坏了。从头到尾，他不得不参与处理这件丑事。真的太过分了！他以前疯狂、无脑、自私，但从未做过欺诈之事——乔治指的是违法行为；但这次，如果被起诉的话，那他毫无疑问将被定罪，你怎么能让唯一的弟弟身陷囹圄呢？被汤姆敲诈的那个人叫克朗肖，克朗肖对汤姆一直怀恨在心，决心一定要把这件事诉诸公堂——他说汤姆是个流氓，必须要接受惩罚。最终，乔治费尽周折，花了五百英镑平息了事端。但他很快听说，汤姆和克朗肖一起兑付了支票，结伴去了蒙特卡洛。那一刻，他简直疯掉了，我从没见过他的怒火如此之大。两个人在蒙特卡洛度过了一个月的快活时光。

二十年了！汤姆赛马，赌博，追求最漂亮的女孩子，跳舞，到最昂贵的餐馆吃饭，每天衣冠楚楚，招摇过市，任何时候都是清爽齐整、容光焕发。虽然他的年龄已四十有六，但你从不会觉得他超过了三十五岁。他是个十分有趣的伴友，尽管你知道这个人毫无用处，但仍喜欢跟他交往。他兴致勃勃，永远那样开心，浑身散发着无穷的魅力。当他不时开口向我借钱以便维持基本生活之需时，我从来没有吝惜过——每次借给他五十英镑，我还觉得是我欠了他的债。汤姆·拉姆塞熟识每一个人，每个人也熟识他。你可以不认可他，但你没法不喜欢他。

可怜的乔治，只比他不争气的弟弟大一岁，但看起来有六十岁了！二十五年来，每年休息的时间从来不超过两周。每一天，他早上九点半来到办公室，工作到下午六点才离开。他是个诚实、勤奋、可敬的人，有一个贤淑的妻子——对于她，他从来都是忠诚有加，甚至连思想里的背叛都没有；还有四个女儿——对于她们，他是个最称职的父亲。他坚持把收入的三分之一储存起来。计划是等到五十五岁就退休，然后住到乡下的小房子里去。在那里他打算在自己的花园里耕种一下，打打高尔夫。他的人生是没有瑕疵的。让他高兴的是，他在老去，汤姆也在老去。他搓着手说道：

“汤姆年轻貌美时没问题，但他只比我小一岁。四年之后，他就五十了，就会发现生活不那么容易了。而我五十岁时，将有三万英镑的储蓄！二十五年来，我一直说，汤姆最终将沦落街头，我们看看他是不是喜欢这种生活呢？也让我们看看是做正经工作好呢，还是游手好闲好？”

可怜的乔治！我对他深表同情。我在他身边坐下来，不知道汤姆又干了什么坏勾当。乔治显而易见非常难过。

“你知道现在发生什么事了吗？”他问。

我想可能发生了最糟糕的事情，是不是汤姆最终被关起来了？乔治结结巴巴，简直语不成句。

“你不能否认，我一生一直勤勤恳恳——体面、本分、受人尊敬。我一生勤俭，希望退休时，通过金边证券获得一笔小小的收入。在工作上，我从来都是尽职尽责——上帝乐意把我安置在这份工作中。”

“的确如此。”

“你也不能否认，汤姆历来都是一个无所事事、百无一用、浪荡成性、声名狼藉的坏蛋。如果正义尚存的话，他现在应该待在济贫院里。”

“是这样。”

乔治脸上泛红了。

“几周前，他跟一个年纪足足可以做他母亲的老女人订了婚。现在老女人死了，把一切都留给了他——五十万英镑，一艘游艇，伦敦的一栋房子，还有乡村的一座房子。”

乔治·拉姆塞把攥着的拳头狠狠地砸在桌子上。

“不公平！我跟你说，不公平！妈的，真不公平！”

看着乔治的那张暴怒的脸，我实在忍不住，哈哈大笑起来。从椅子上滚落下来，差点儿掉在了地板上。乔治再也没有原谅我，但汤姆时不时邀我到他梅菲尔区[①]的精美房子里吃上一顿丰盛的晚餐；偶尔，还会从我这里借上一点儿小钱——不过，那完全是一种习惯罢了——从来不超过一英镑。

---

① 伦敦的上流住宅区。

家

农场坐落在索美塞特夏群山之中的一片空地上，中间是一座古老的石房子，周围环绕着谷仓、畜栏和其他附属建筑。门廊上刻着房子建造的年份——1673，数字雕刻得甚是优美；房子呈现灰色调，历经岁月的剥蚀，看起来跟四周遮蔽它的树木一样，俨然已成为整个风景的一部分了。一条林荫道贯穿了大路和修剪齐整的花园，道路两旁种的是枝叶绚烂的榆树——林荫道是众多乡绅宅邸的骄傲。在这里生活的人们如同石房子一样——古板、健壮而又朴实无华，唯一令他们引以为荣的是，自从石房子建造以来，一辈辈的人——从父亲到儿子，从儿子到孙子，生生死死都在这里，从没断过。三百年来，他们开垦出了周遭的土地。乔治·梅多斯已年届五十，他的妻子比他小一两岁；孩子们——两个儿子、三个女儿，既漂亮又结实。他们没有新近流行的绅士、淑女之类的概念，他们熟悉自己的家园，并为它感到自豪。我从没见过一个比他们更团结的家庭。他们快乐、勤奋而和善，过的是一种族长管理式的生活，一种圆满的生活。这为他们的日子增添了一种美感——如同人们在贝多芬的交响乐和提香的画作中所确切感受到的一样。不过房子的主人并不是乔治·梅多斯（村里人说，根本不是），而是他的母亲，她的年纪是儿子的两倍——他们说。她七十岁了，个子高挑，身板挺直，外表端庄，头发灰白，满脸尽是皱纹，但一双眼睛明亮而犀利。在家里，在农场上，她的话就是法律，但她又是个富有幽默感的人。如果说她采用的是专断的管家方式，那她同时又是个亲切和蔼的人。大伙儿听了她讲的笑话就会大笑，接着再转述给别人听。她是个优秀的女生意人，要想跟她讨价还价并击败她，你得早上起个大早才行。她是个不简单的人，把善良跟警觉（可笑者才有的那种警觉）令人惊讶地融合起来。

一天，在回家的路上，乔治夫人把我拦住了。她看起来惊慌失措（她的婆婆是我们所认识的唯一被称作梅多斯夫人的人，而乔治的妻子只能被称作是乔治夫人了）。

“你知道今天谁要来吗？”她问我，“乔治·梅多斯叔叔。你知道，他原来在中国。”

“什么——我还以为他人早不在了呢。”

“我们都认为他不在了。”

乔治·梅多斯叔叔的故事我听过十几次了，故事让我开心，因为它有些古代民谣的味道；在现实生活中碰到这种事会让人感到怪怪的，同时又让人感动。因为乔治·梅多斯叔叔和他的弟弟汤姆五十多年前都曾追求过梅多斯夫人——那时她还叫埃米莉·格林，她跟汤姆结婚后，乔治就出海去了。

他们听说他到了中国海岸。开始的二十多年里，他不时地寄回礼物给他们，后来就失去了音讯。当汤姆·梅多斯离世后，他的遗孀给他写信告诉他汤姆的死讯，但没收到任何回音。最后，他们得出结论——乔治一定不在人间了。但两三年前，令人惊异的是，他们收到朴次茅斯“水手之家”的护士长的一封信。情况似乎是这样：在过去十年里，乔治·梅多斯因患风湿病而变得残疾，一直住在她们那里。现在，他感觉自己已经来日无多，想再次回到自己诞生时的老房子看看。阿尔伯特·梅多斯，也就是他的侄孙，去了福特的朴次茅斯把他接了回来，这个下午就要到了。

“你不妨想想，”乔治夫人说道，“他离开这里五十多年了，从没见过我家乔治，乔治下一个生日都五十一岁了。”

“梅多斯夫人怎么看？”我问。

“哦——你知道她是个什么样的人。她坐在那里，笑眯眯的，只是说‘他走的时候是个帅小伙，但不如他弟弟稳重’。这也是她选择我家乔治父亲的原因。‘不过，他现在一定安稳多了。’她说。”

乔治夫人让我到她家里去看看他。作为一个最远仅到过伦敦的乡下女子，她是朴实的，觉得我们两个都到过中国，会有些相同处。当然我接受了这个邀请。我到那里后，发现整个家族的人都到齐了，他们坐在一个面积很大的石质地板的旧厨房里。梅多斯夫人像往常一样坐在壁炉旁的椅子里，腰板挺直，我看到她穿上了她最好的丝绸长裙，儿子和儿媳跟孩子们一起围坐在桌子旁。在壁炉的另一侧的椅子上，蜷缩着一位老人。他瘦骨嶙峋，皮包骨头，皮肤松弛得像是披着件过大的旧外套；脸上皱纹纵横，皮肤蜡黄，牙齿已经所剩无几了。

我跟他握了握手。

“哦，梅多斯先生，很高兴见到您平安归来。”我说道。

“是船长。”他纠正道。

“他走着过来的，”阿尔伯特——他的侄孙告诉我，“他走到门口时，要我把车停下来，说他想走一走。”

“跟你说吧——我两年没下过床了。他们把我抬下来，放到车里。我想我再也不能行走了，但看到那些榆树后——我记得我的父亲非常珍惜那些树木，我感觉到我又能走路了。我沿着那条林荫道走了过来，五十二年前我就是从那里离开的，现在我又回来了。”

“愚蠢，我把这叫作愚蠢。”梅多斯夫人说道。

“这对我有好处。十年来，我从没感觉这么好过，这么健康过。我也希望你到外面去，埃米莉。”

“别这么肯定吧。”她回答道。

我想这一代人从来没有人对梅多斯夫人直呼其名的。这让我稍稍有些惊讶，似乎老人对她过于亲昵了些。她看了看他，眼睛里闪现着慧黠的笑意。他冲她咧开嘴笑了，露出了无牙的牙床。看着他们真是让人奇怪——两个老人半个世纪没有见过面了，想想他们——那么久以前，他爱着她，而她爱着另一个。我不知道他们是否还记得当时的感觉，以及彼此说过哪些话。我不知道对现在的他来说，当年离开世代故居，抛弃了合法的继承权，而去过一种流亡的生活，是否感到奇怪。

“您结过婚吗，梅多斯船长？”我问。

“没有，”他用颤抖的声音说道，然后又咧开嘴笑了，“因为这，我对女人的了解太透彻了。”

“这只是你说说而已。”梅多斯夫人反驳道，“如果能了解真相的话，要是有人说你年轻时娶过六个黑人女子，我不会感到惊讶。”

“埃米莉，中国人不是黑人，你对这个应该很清楚的，他们是黄色人种。”

“或许这就是你皮肤变得如此之黄的原因吧。当我一开始看到你时，我心里想，哦——他得了黄疸了。”

“我说过我不会跟任何人结婚的，除了你——埃米莉。我真的从来没结过婚。”

他说这话的时候，既没有伤感也没有怨恨，而只是把事情陈述出来，好像一个人在说：“我说过我要走二十英里的，我走了。”他的话语里透着些许的自我满意。

“不过，如果你跟我结了婚，你或许会后悔的。”她回答道。

我跟这位老人聊起了中国，但聊得不多。

“中国的每一个港口我都熟悉，比你对自己的外套口袋都要熟悉。船能到的地方，我都去了。我可以让你在这里坐上六个月，每天给你讲我的所见所闻，那连一半也讲不完。”

“哦，乔治，据我观察，有一件事你没有做，”梅多斯夫人说道——她的眼睛透出揶揄但并无恶意的微笑，“那就是，你没有发大财。”

“我不是愿意攒钱的人。挣多少花多少——这就是我的人生格言。但有一件事我要为自己说一下：如果我有机会再过一次人生的话，我会把它抓住。这样的事情并不多。”

“是真的不多。”我说道。

我满怀钦佩和尊敬地看着他。这是个没有牙齿的、跛腿的、一文不名的老人，但他的一生是成功的，因为他喜欢自己的人生。当我离开时，他让我第二天再去看他。如果我对中国感兴趣，他会把我想知道的所有故事讲给我听。

第二天早上，我想我应该过去问问老人是否愿意见我。我沿着那条色彩斑斓的榆树大道走过去，当我来到花园旁时，我看到梅多斯夫人正在摘花。我向她道了早安，她直起了身子。她摘了一大抱的白花。我瞥了一眼房子，看到百叶窗都拉上了：我感到惊讶，因为梅多斯夫人是喜欢阳光的。

“当你埋在了土里，你有足够的时间生活在黑暗里。”她经常说。

“梅多斯船长怎么样？”我问她。

“他总像个莽撞的小伙子，”她回答道，“今天早上莉奇给他端茶时，发现他已经死了。”

“死了？”

“死了。是在睡眠中死去的。我正要摘些花放他房间里。唉，他死在那所老房子里，我是高兴的。对梅多斯家族来说，这意味着很多——很多。”

他们劝他上床睡觉费了很多周折。他把他漫长的一生里发生的事情都讲给他们听了。能回到自己的老房子，他感到高兴。不需要别人的搀扶，他一个人就从那个车道走过来了，他为自己感到骄傲。他夸口说他还要再活上二十年。不过，命运是充满善意的：死亡在恰当的地方为他的生命画上了句号。

梅多斯夫人闻了闻她怀里的白花。

“哦——我很高兴他能回来，”她说道，“我跟汤姆·梅多斯结婚后，乔治就走了，事实上，我是否结婚结对了，我一直不能肯定。”

池　　塘

当阿皮亚都市酒店的老板卓别林把我介绍给劳森时，我根本没注意到他。我们早早地坐在酒吧间喝着鸡尾酒，岛上捕风捉影的小道消息让我听得兴致盎然。

卓别林负责接待我。他原先是一名采矿工程师，或许是性格使然，他竟定居在了一个无从发挥职业特长的地方。不过，一般人都认为作为采矿工程师，他是极其聪明的。他身材矮小，不胖不瘦，黑发已经变得灰白，头顶更显稀疏，上唇上留着一把乱糟糟的小胡子，整张脸由于日晒和酒精的缘故看起来红通通的。他虽是店主，但徒有其名，尽管酒店的名字大气磅礴，那也不过是一座两层的构架建筑而已，而且由他的妻子——一个四十五岁、高挑枯瘦的澳大利亚女人——掌管，那可是个颐指气使、说一不二的女人，这个本来喜怒无常、动辄就喝个酩酊大醉的小个子男人对她充满了恐惧，陌生人很快就听到了他们家爆发的争吵。为了让他“臣服”，她的拳头、脚掌都用上了。尤其出名的是在一次宿醉之后，她把他关在房间待了二十四小时之久——他根本就不敢离开这个“监狱”，后来有人看到他有些可怜巴巴地站在阳台上跟街上的行人交谈。

他是个有意思的人，他对自己丰富人生的回忆使他的谈话有了倾听的价值，尽管真实与否让人不得而知。所以当劳森漫步进来时，我对他的“干扰”颇有些不悦。尚未到中午，卓别林显然就已喝了不少，我不情愿地屈服于他的坚持，接受了他喝杯鸡尾酒的邀请。我知道这时他的头脑已经迷糊了，如果再喝一轮（出于一般性礼貌必须由我来埋单），他就会飘飘然起来，那时，卓别林夫人就对我没有好脸色了。

劳森的长相毫无魅力可言，身材矮小瘦弱，长着一张土黄色的长脸，窄而短的下巴，大而多骨的鼻子显得突兀，粗重杂乱的眉毛让他看上去有些古怪。他是个快活的人，但他的快乐在我看来并不真诚，只是表面上的，是用来欺骗世人的一副面具，我甚至怀疑他隐藏了自己卑鄙的天性。他显然渴望让人觉得他是一个“好人”，一个亲切友好的人，但不知为何，我总觉得他狡猾诡诈，让人捉摸不定。他用刺耳的声音滔滔不绝地谈论着，跟卓别林分享着过去参加过的已成为传奇的“狂欢”经历，两人一个比一个讲得动听；他们还谈到了在英国夜总会度过的喝得烂醉的夜晚，谈到他们在狩猎探险时喝过的不可计数的威士忌，谈到在悉尼旅行时全然记不起从登岸到离开期间的任何经历——这是让他们颇感自豪的一件事。真是一对酒鬼！现在四杯酒下肚后，两人都有些醉意朦胧了，但同样是醉酒，两人的差异还是明显的：卓别林粗野庸俗，而劳森即使醉了依然绅士十足。

最后他有些晃晃悠悠地从椅子里站起来。

“好啦，我该回家了，”他说，“晚饭前见！”

“太太好吗？”卓别林问。

“好。”

他走了出去，他单音节词的回答语气有些不太寻常，我不由得抬起了头。

“好人啊，”卓别林肯定地说道，“最好的人之一，可惜就是喝酒。”说这话时，劳森走出房间，来到了外面阳光底下。

在卓别林看来，自己的这个评价不无幽默。

“他喝醉了就找人打架。”

“他经常醉吗？”

“每周三四天都喝得烂醉——是这个岛屿让他变成这样的，还有埃塞尔。”

“埃塞尔是谁？”

“埃塞尔是他妻子，一个混血儿，老布莱瓦尔德的女儿。他以前把她从这里带走了——没办法，但她受不了，如今又回来了。现在他不喝个半死就没法活了。好人啊，不过喝醉了酒就不成样子。”

卓别林打了个响嗝。

“我去冲个澡,最后那一杯是不该喝的,让人喝醉的总是最后那一杯。”

他决定到淋浴间去冲澡，不过犹疑地看了看楼梯，然后上楼去了，一脸的郑重和不自然。

“跟劳森交朋友能让你受益匪浅，”他说，“这个人很博学，他清醒的时候你会对他感到惊讶的，人也聪明，值得跟他一聊。”

这几次谈话中，卓别林把他全部的经历都讲给我听了。

黄昏前，我在海边兜了兜风然后回到酒店，劳森也回来了。他醉醺醺地坐在酒吧间的一把藤椅里，目光呆滞地看着我。他显然喝了整个下午，动作迟缓，脸上露出愠怒和恨意，扫视的目光在我身上停留了片刻，不过我看出他并没认出我。酒吧间里还有两三个人在摇着骰子，没人注意他——他们对他的情况显然司空见惯了，不值得去关注。我也坐下来开始玩起来。

“该死，你们这帮人真是会交际。”劳森突然说道。

他从椅子里站起来，两膝弯曲着，歪歪斜斜地向门口走去，我不知道这幅景象是可笑还是可憎。当他离去时，其中一人吃吃窃笑起来。

“劳森今天又喝醉了。”他说。

“如果喝了酒像他那个样子，”另一人说，“我就把酒戒掉，再不去喝。”

谁能想到这个可怜虫本是个风流潇洒的人物，还有，他的生活里充满了让人怜悯和恐怖的东西——理论家告诉我们，这些都是制造悲剧效果不可或缺的因素。

接下来的两三天我都有没见到他。

一天傍晚，我正坐在酒店二楼的阳台上俯视着大街，劳森走上楼来，坐在了我身边的椅子上。这一次他非常清醒，跟我随便聊了几句，我有些漠然地回答着，他突然带着歉意地笑了。

“前两天我醉得不轻。”

我没回话，实在没什么可说的。我远远地举着烟斗以驱散蚊虫，但毫无用处，于是开始观看那些正在下班回家的当地人：他们迈着大步缓缓走着，显得小心翼翼、落落大方，赤裸的脚掌落在地面上发出连续的轻柔的啪啪声，听起来奇妙无比。他们的黑发或直或曲，也常常染成淡黄或黄绿色，神情跟其他人群极其不同，身材挺拔，体型优美。这时一群所罗门岛民正好经过，他们是这里的契约劳工，身材要比萨摩亚人瘦小，皮肤黝黑，浓密的柔软卷发染成了红色。不时还有白人开着越野车驶过，或直接开进了酒店院子。潟湖里，两三条纵帆船正把优美的影子倒映在平静的湖面上。

“在这么个地方，除了喝酒真不知道有什么可做的。”劳森最后说。

“你不喜欢萨摩亚？”我没话找话、漫不经心地问道。

“它是很漂亮，不是吗？”

要描述这个岛屿无与伦比的美丽，他运用的这个词是远远不够的，我笑了起来，一边笑一边向他看去。他忧郁而好看的眼睛里流露出的神情让我大吃一惊：那是一种无法抑制的痛苦，它所透露的发自肺腑的悲哀让我觉得他绝无可能承受得了。但神情一闪而过，他又笑了起来。他的笑是单纯的，有那么一点天真，这让他的整个面容都发生了变化，我最初对他产生的厌恶感也开始动摇起来。

“我第一次来这里时，整个地方都看遍了。”他说。

他沉默了片刻。

“大约三年前我离开了，打算再不回来，但还是回来了，”他犹豫着说，“我妻子想回来，你知道，她是在这里出生的。”

“哦，我知道的。”

他再一次沉默了，然后试着谈论起罗伯特·路易斯·史蒂文森来，问我有没有去过维利马。不知为何，他努力想对我表现得友善一些，他开始谈史蒂文森的著作，但话题很快转向了伦敦。

“我想‘考文特花园’[1]依然很受欢迎。”他说，“我觉得我怀念那些歌剧如同我当时怀念这里的一切，你看过《特里斯坦和伊索尔德》吗？”

他问了我这个问题，仿佛答案对他来说真的很重要，我对他说——我承认自己有点漫不经心——我看过，他似乎很高兴。他又开始谈起瓦格纳，他说让他得到情感上的慰藉的是作为普通人的瓦格纳，而不是作为音乐家的瓦格纳，对此他也无法解释清楚。

“我觉得拜罗伊特实在值得一去，”他说，“糟糕的是我没钱。当然，个别演出可能比不上考文特花园，不过那些灯光、女人的装束都是完美的，还有音乐。《王尔古雷》第一场很不错，是吧？还有《特里斯坦》的结尾，天哪！”

他的眼睛炯炯有神，整张脸神采飞扬，似乎完全变成了另外一个人，土黄色的瘦削脸颊上微微有些泛红。这时我忘记了他的声音是尖利和难听的，他的身上甚至增添了些许魅力。

“确实，今晚我就想住在伦敦。你知道蓓尔美尔酒店吗？过去我常去。皮卡迪里广场的商家灯火辉煌，还有那些人群！我觉得站在那里看着公交车和出租车来来往往，真的让人惊讶，好像它们永远都不会停下来。我也喜欢斯特兰德大街。关于上帝和查令十字街的那首诗是怎么说的？”

我吃了一惊。

“汤普森[2]的作品，你指的是？”我问。

我引述了下面的话：

> “既然如此悲伤，你的悲伤就不会再增加几分
> 哭泣吧，为你痛心失去的一切
> 雅各的天梯搭建在上天和查令十字街之间

---

① 伦敦著名的歌剧院。

② 全名弗朗西斯·汤普森，英国十九世纪著名诗人。

熠熠闪烁

照亮通往天堂的路”

他微微叹了口气。

“我读过《天堂之犬》，写得太好了。”

“一般都这么觉得。”我嘀咕道。

“在这里，你碰不到读过书的人，他们觉得读书只是显摆一下而已。”

他脸上露出了向往的神情，我想我猜出了他来找我的心思：我是他遗憾失去的那个世界的联系纽带，而那里的生活他已不再了解；而在不久前，我还待在他所热爱的伦敦，他对我充满了敬畏和羡慕。不过，他开口讲了不到五分钟，突然说出的一番激烈的话让我吃了一惊。

“我受够了，”他说，“受够了！”

“那你怎么不离开呢？”我问。

他的脸变得阴沉了。

“我的肺不太舒服。英国的冬天现在我受不了。”

这时候另一个人来到阳台上加入了我们的谈话，劳森又陷入忧郁和沉默中。

“该喝一口了，”新来者说，“谁要跟我喝杯威士忌？劳森？”

劳森似乎来自另一个遥远的世界，他站了起来。

“我们下楼到酒吧间去吧。”他说。

他离开后，我对他的感觉依然要比原先预料的好很多。他令我困惑，却也引发了我的兴趣。几天后我遇到了他的妻子，我知道他们已经结婚五六年，但我惊讶地看到她仍然极为年轻。当他跟她结婚时，她应该不会超过十六岁。人长得漂亮可爱，肤色并不比一名西班牙人黑，个子小巧，体态优美，手脚纤巧，身体轻柔。她的五官非常迷人，但我觉得最吸引我的还是她长相的精致；混血儿的外表通常是粗糙的，看起来有些不加修饰，但她身上的纤美和优雅会让你目瞪口呆。她有一种极其文雅的气质，所以当你在这样一个环境里看到她时，你会觉得吃惊不浅，你会联想到拿破仑三世皇宫里让全世界热议的那些著名美人。尽管她穿的是绵料衣裙，戴的是草帽，但她身上显现出一名时尚女子的雅致，劳森最初见到她时，她的美丽一定让他醉心不已。

他当初离开英国到此是来管理一家英国银行设在这里的分支机构。他是在干季之初到达的，就在这家酒店订了个房间，很快就同各类人等熟识了。岛上的生活轻松而愉快，他喜欢在酒店的酒吧间跟人长时间地闲聊，也喜欢跟一群人在英国夜总会玩桌球，度过一个个快活的夜晚。阿皮亚地处潟湖岸上，商店、小屋，还有当地人的村落就散落在湖边，这是他所喜欢的。到了周末，他会开车上山，前往某一个种植园主家里，在那里过上两个夜晚。直到那时他才知道什么叫自由和闲暇，他尤其陶醉于这里的落日。当他驾车穿过丛林，周围的美景让他心醉。乡村的土地肥沃得难以描述，一些地方仍生长着原始森林——那是一片杂生的奇异树种、茂密的低矮灌木和藤本植物，让人觉得神秘和忐忑。

不过最让他着迷的是距离阿皮亚一两英里处的一个池塘，黄昏时他常去那里洗澡。那是一条小河，在岩石上咕咕地快速流过后形成了这个深水潭；然后，清浅的河水又继续向下流去，流经一片由巨大岩石围成的浅滩，当地人有时会到那里洗澡或洗衣服。池塘四周的岸上密密地生长着优雅的、摇曳多姿的椰子树，树上爬满了攀缘植物，树丛倒映在绿色的水面上。这样的景象在德文郡的群山中也可看到，但两者之间仍存在差异，因为这里有着热带的丰饶、激情和馥郁的柔情，似乎能把人心融化掉。水是清凉的，并不冷，一天酷热之后更能感受到它的美妙。在这里洗澡净化的不只是身体，还有人的灵魂。

劳森去的时候，那里没有一个人。他先是在岸上徘徊了很久，然后便悠闲地漂浮在水面上了。洗完了再到夕阳下把自己晾干，享受着那份孤独和让人舒适的静谧。这时他不再为伦敦、为他放弃的生活而遗憾了，因为现在的生活看起来完整而美好。

他是在这里遇到了埃塞尔。

一天，为了赶上第二天每月一次的航班，他写信写到很晚。黄昏时分，他骑上马向池塘奔去。到了后他把马拴好，然后慢悠悠地走向池塘边。这时，天色已有些昏暗了。一个女孩正坐在那里，他走过来时，她向四周飞速看了一眼，然后悄无声息地滑进了水里，就像一名水中仙子突然遭到正在靠近的凡人的惊扰，倏忽间消失了。他不知道她藏身到了何处，便顺水游去，很快便看到她正坐在一块岩石上。她平静地看了看他，他大声地用萨摩亚语向她问好："你好！"

她回应了他，突然冲他莞尔一笑，然后又进了水里。她游得很轻松，头发在身后飘展着。他看着她游过池塘，然后爬上了岸。跟所有的当地女人一样，她穿着宽大的长罩衣，因为湿透了，正紧紧贴在苗条的身体上。她站在那里不慌不忙地把头发拧干，这时她比任何时候都更像水中或树林中的一只野生小动物，他看出她是一个混血儿。他向她游过去，从水里出来，用英语向她打招呼：

"你游得很晚嘛。"

她把头发梳捋到脑后，让亮丽的卷发披散在肩膀上。

"我一个人时喜欢游泳。"她说。

"我也喜欢。"

她笑了，带着当地人孩子般的率真。她从头上套了一件干罩衣，然后拉下来，再把湿的那件拉到脚下拽出来。最后她把湿罩衣拧了拧准备离开，不过犹豫地停顿了一下，但还是漫步走开了。这时夜幕也突然降临了。

劳森回到酒店，对在酒吧间掷骰子喝酒的几个人描述了一番，就很快知道她是谁了。她的父亲是一名叫做布莱瓦尔德的挪威人，能经常看到他在都市酒店的酒吧喝加水的朗姆酒。他是个身材矮小的老头，皮肤粗糙得像一棵老松树。他是四十年前来到岛上的，当时他是一艘航船的大副。他曾当过铁匠、商人、种植园主，一度很富有，但九十年代[①]的严重飓风把他的种植园给毁了，现在只剩下一小片椰树林。他有过四名当地妻子——他会用他嘶哑的笑声告诉你，他的孩子多得数不过来，但有些没活下来，有些出去闯荡世界了，眼下留在家里的只有埃塞尔。

“她很漂亮，”莫阿纳号轮船的押运员尼尔森说道，“我给她抛过一两个媚眼，但没有用处。”

“老布莱瓦尔德可不是那种傻瓜，小兄弟，”一个叫米勒的开口道，“他想找一个女婿，能够奉养他安度晚年。”

他们谈论女孩的方式让劳森生厌，他说起了刚刚寄走的信，把他们的注意力转移开了。第二天傍晚，他又去了池塘，埃塞尔也在那儿。夕阳的神秘，水的沉静，椰子树的柔美和优雅更增添了她的美丽，使之变得深厚、充满魔力，这让劳森的内心激荡起来，滋生了一种莫名的情愫。这时他突发奇想：不要跟她说话。她没有注意到他，甚至连他这边的方向都没看。她在绿色的池塘里游弋、潜水，然后到岸上休息，仿佛完全是她一个人。他有一种奇怪的感觉，好像自己真的不存在一般，那些已忘掉一半的些许诗行又浮现在他的记忆里，甚至模模糊糊地记起了在学校里胡乱学到的一点希腊文。当她脱掉湿罩衣、换上干罩衣离开后，他在她站着的地方发现了一朵深红色的木槿花，这是她来洗澡时头上戴着的，进水前摘掉了，但忘记了重新戴上，也可能不想再戴了。他把花拿在手里看着，心里有一种异样的感觉，他有着把花留下的冲动，但对自己的多情感到恼火，于是扔了出去。看着花朵顺着河水飘远，他痛苦了好一会。

他在想她有着怎样的奇特性情促使她来到这个不大可能有人的隐蔽池塘。岛上的居民对水充满了依恋，他们每天都要在某个地方洗上一次澡，也经常会是两次，但他们是一群人一起洗的，一家人一起洗澡时，笑语喧哗，热闹非常；也常看到一群女孩子在小河的浅水中嬉戏，阳光透过

① 指十九世纪九十年代

树丛在她们身上留下斑驳的影子，其中不乏混血女子。而这个池塘仿佛蕴含着什么秘密，招引着埃塞尔前来，尽管非她所愿。

现在夜幕已经降临，四周一片神秘和静寂，他轻轻地进了水，以免发出任何声响。在温和的夜色中，他懒洋洋地划着水，水中似乎还有着她纤柔的身体留下的芳香。在水里游罢，在灿烂的星空下，他骑马返回城里，他觉得跟这个世界的关系终于融洽了。

现在他每个傍晚都去池塘，每个傍晚都能见到埃塞尔。不久他就让她消除了紧张感，变得顽皮而友好。他们一起坐在池塘上方河水快速流过的岩石上，坐在俯视着池塘的岩石边缘，望着不断聚拢的夜色正神秘地把池塘一点点包裹进去。他们约会的消息不胫而走——在南太平洋，大家对每个人的情况都了如指掌，酒店里那些人的粗俗玩笑他不得不听着，对此他只是微微一笑，让他们说去吧，甚至对他们下流的暗示语他也觉得不值得去否认。他的感情是至真至纯的，他爱埃塞尔如同一名诗人爱着月亮。在他眼里，她不是一个普通女子，她不属于这个世界，而是那个池塘中的精灵。

一天在酒店，他经过酒吧间时看到老布莱瓦尔德正站在那里，像往常一样穿着破旧的蓝外套。因为他是埃塞尔的父亲，他希望过去跟他谈一谈。于是他进了酒吧，点头给自己要了杯酒，然后似乎不经意地转过身，邀请老头跟他一起喝一杯。他们谈了会儿当地的事务，这时劳森不安地发觉挪威人正用狡黠的蓝眼睛审视着他，举止并不让人愉快。他的言行里充满了阿谀奉承，但在其低声下气的背后，这个在同命运的抗争中备受打击的老人让人感受到的是他长久以来一直有着的凶狠好斗。劳森记得他曾是一条奴隶贸易船的船主，那是太平洋上被人们称作“黑奴船”的纵帆船。他的胸口还有一个很大的疝气疤痕，是他跟所罗门岛民的争斗过程中受伤留下的。这时，午餐的铃声响了。

“哦，我得走了。”劳森说。

“为什么不找个时间到我的住处坐一坐呢？”布莱瓦尔德用呼哧呼哧

的嗓音问，“房子不大，但欢迎你去，你认识埃塞尔的。”

“我乐意前往。”

“星期天下午最好。”

布莱瓦尔德的房子破旧寒酸，坐落在种植园中的椰树林里，距离通往维利马的大道稍远。紧靠房子的四周种着高大的大蕉树，但叶子都已残破了，如同一个穿着破衣烂衫的漂亮女人，透出一股凄凉的美感。一切都是邋里邋遢，疏于管理的。一群小黑猪，瘦瘦的，脊背高耸着，到处乱拱；小鸡叽叽喳喳地在随地都是的垃圾堆里啄食吃。两三个本地人正懒散地坐在阳台上。劳森说要找布莱瓦尔德，老头用他嘶哑的嗓音冲他喊叫起来，他在会客室里找到了他，正在抽一支石南根烟斗。

“坐下吧，就像在你自己家里一样。”他说，“埃塞尔在化妆。”

她进来了，穿着一件衬衣和短裙，头发是按欧洲风格梳理的。虽然没有了每日黄昏去池塘时的那种狂野、羞怯之美，但现在看起来要平实很多，也就更加可亲。她跟劳森握了握手，这是他第一次碰到她的手。

“我希望你能跟我们一起喝杯酒。”她说。

他知道她上过教会学校，她为他故意装出的客套让他开心，也让他感动。桌子上已放好茶叶，过了一会儿，老布莱瓦尔德的第四任妻子端上来了茶壶。她是一名端庄的当地妇女，已不再年轻，能说几句英文，一直在那里笑个不停。吃茶就是正式的晚餐，同时端上来的还有很多面包、黄油和各种各样非常甜的蛋糕，谈话也是正儿八经的。这时，一个满脸皱纹的老太太轻轻走了进来。

“这是埃塞尔的外祖母。”老布莱瓦尔德在地上啐了一口响痰说道。

她不舒服地坐在椅子边上，能看出她平时很少这样坐，要是坐在地上可能会好受些。她一声不响地用专注、凝视的目光盯着劳森，两眼放出光来。在房子后面的厨房里，有人在拉六角手风琴，两三个正唱赞美诗的嗓门突然抬高了——他们唱赞美诗并不是因为他们虔诚，而是他们能从音节中找到欢乐。

劳森走回酒店时，他感到莫名地开心。那些人杂乱无序的生活方式让他受到了触动：布莱瓦尔德夫人的微笑和好脾气，小个子挪威人奇异的人生经历，尤其是老祖母闪烁的、神秘的眼睛，让他觉得迷人和非同寻常。这种生活比他所了解的任何生活更加自然，更接近亲切、富庶的大地；这一刻，他对人类的文明产生了排斥——跟这些有着更原始天性的人们稍一接触，他感到获得了更多自由。

酒店已经让他厌倦，于是他搬了出去，住进一座属于自己的整洁漂亮的小房子里。房子面朝大海，这样潟湖斑斓、多变的色彩就时时出现在他的眼前，他爱这个美丽的岛屿！伦敦和英国对他不再有意义，他乐意在这个被人遗忘的地方度过自己的余生——这里有全世界最好的东西，爱与幸福。他决定，无论什么障碍都不能阻止他与埃塞尔结婚。

不过没有什么障碍，在布莱瓦尔德家，他总是受到欢迎。老头对他逢迎讨好，布莱瓦尔德夫人永远都是笑眯眯的。他也瞥见过几个当地人，他们似乎都属于这个家族。一次他看到一个腰间系着印花缠腰布的年轻人，他身材高大，身上刺着文身，琥珀色的头发带着点绿黄，正跟布莱瓦尔德坐在一起。他被告知年轻人是布莱瓦尔德夫人的侄子，但他们大多时候并不能见到他。跟自己在一起时，埃塞尔显得很可爱，她见到他时眼睛里的喜悦让他狂喜不已。她是那样迷人和纯真！当她给他讲起她上过的教会学校，讲到那些女教友们，他听得如醉如痴。他跟她一起去看两周放映一次的电影，接着去跳舞。为此，人们从全岛的四面八方赶到这里，因为乌波卢岛上的娱乐并不多。在这里，你可以看到整个社会形形色色的人：过于矜持的白人女子，穿着美国服装的优雅的混血儿，当地人，穿着白色长罩衣的成群结队的黑人女孩，还有身着工装服和白色鞋子的年轻男子，一切都是时髦而快乐的。埃塞尔很高兴地把不离她左右的白人倾慕者介绍给朋友们。流言很快不翼而飞，说他就要跟她结婚了，她的朋友们对她羡慕不已。一名混血女子能够让一名白人娶她，这是颇不寻常的一件事，即便不那么正常的关系也比没有强，但没人知道那种关系最终会产生怎样的结果，劳森银行经理的身份使他成为岛上最适宜结婚的对象之一。要不是他的注意力都放在了埃塞尔身上，他就会发现很多眼睛在好奇地看着他，就能注意到那些白人女子对他扫视的目光，注意到她们把脑袋凑在一起窃窃私语了。

后来，住在酒店的男子们在睡觉前喝酒时，尼尔森突然大声叫道：

“哎，他们说劳森要跟那个女孩结婚？”

“那他就是个大傻瓜。”米勒回答。

米勒是名德裔美国人，名字是由原先的“穆勒”改过来的。他是个大块头，肥胖，秃顶，有一张圆圆的刮得干干净净的脸，带着一副大号的金丝眼镜，这让他看起来和和气气，工装裤总是干净而洁白。他是个酗酒成性的人，和他的“伙伴们”整宿整宿地喝酒，但从来不会喝醉；他快活友善，为人精明，没有任何东西能干扰他的个人事务。他是圣弗朗西斯科一家公司派驻在这里的销售代表、岛上的一名货物批发商，销售白布、机械等诸如此类的物品。他的亲切友好是他习惯性行为的一部分。

“他不知道他会遇到什么样的麻烦。”尼尔森说，“得有人提醒提醒他。”

“如果你听从我的建议，就不要去干涉那些跟你无关的事。”米勒说，“当一个人下定了决心要自取其辱，没什么能阻止他。”

“我完全赞成跟那些女孩一起快活快活，但要说到结婚，鄙人一个不要，这是我要说的。”

卓别林也在场，现在该他发话了。

“我见过很多小伙子这样干过，但没有一个好结果。”

“你该跟他说说，卓别林，”尼尔森说，“你比任何人都了解他。”

“我给卓别林的建议是，这个事情你别管。”米勒说。

即使在那些日子里，劳森也不是很受欢迎，实际上没有哪个人关心他的事。卓别林夫人跟两三个白人女子谈过他几次，她们都只说过一句话：太遗憾啦！当他告诉她他就要结婚了，看来一切都已无法挽回。

在一年的时间里，劳森过得很幸福。在阿皮亚环绕的港湾附近，他买了一座小房子，靠近当地人的一个村庄。房子面朝着蔚蓝色的太平洋，周围簇拥着迷人的椰子树。埃塞尔在房子里走来走去，是那样可爱、那样快乐，轻盈优雅得如同树林中的幼兽。他们不停地笑啊笑啊，信口说着些不着边际的话。有时候，酒店的一两个人会过来过上一个夜晚；星期天，他们经常到跟当地人结婚的某个种植园主家里待上一天；偶尔，在阿皮亚开店的某个混血商人会举行一场聚会，他们就去参加。现在，那些混血人对劳森的态度发生了很大转变，他的婚姻使他成为了他们中的一员，他们叫他伯迪，跟他热烈拥抱，拍他的后背。他喜欢看到埃塞尔出现在这些聚会上，这个时候她的眼睛总是在熠熠闪亮，笑个不停，看到她散发出来的快乐也让他受益匪浅。有时埃塞尔的亲朋好友也会到房子里来，当然有老布莱瓦尔德、她的母亲，还有她的表亲，以及他根本不认识的一些穿着长罩衣的当地女子和系着缠腰布的男人和男孩。他们的头发染成了红色，身上刺着精致的文身。他从银行回来时发现他们就坐在那里，他宽容地大笑起来。

“不要让他们把我们吃穷了。”他说。

“他们是我的家人，他们要我帮助，我只能如此。”

他是知道的，如果一个白人娶了一名当地女子或混血儿，他就必须想到，她的亲戚会把他当作金矿看待。他用手捧住埃塞尔的脸，吻她红润的嘴唇。或许他不能指望她明白他的薪水养活一个单身汉绰绰有余，但要供养一个妻子和一家人是需要好好规划一下的。后来，埃塞尔生下了一个男孩。

当劳森第一次把婴儿抱在怀里的时候，他心里不由得一阵剧痛。他没料到孩子的皮肤这样黑，不管怎么说，他只有四分之一的当地人血液，真的没理由不像一个英国男孩。婴儿蜷缩在他的胳膊里，土黄色的皮肤，头上已覆盖着黑发，一对黑色的大眼睛——这根本就是一个当地孩子！因为婚姻的缘故，他已被侨民中的白人女子所漠视。过去单身时，他常去一些男子家吃饭，现在再遇到他们，他们对他都有些不自然起来，为掩饰尴尬，他们表现出过分的热心。

“劳森夫人好吗？”他们会说，“你这家伙真幸运，她太漂亮啦！”

不过当他们和妻子一起碰到他和埃塞尔，他们的妻子居高临下地冲埃塞尔点头时，他们便有些困窘。对此，劳森大笑起来。

“这些人跟地沟水一样乏味，他们这帮人都是如此！”他说，“他们即使不邀请我参加他们肮脏的聚会，也丝毫不会影响到我今晚的休息。”

但现在，他感到有点心烦。

深皮肤的小婴儿眉头皱了起来，那是他的儿子！他想起阿皮亚的那些混血孩子：他们的脸色看起来就不健康，灰黄而苍白，早熟得让人生厌。他看到他们坐船前往新西兰上学——他们必须选择一所接受当地血统孩子的学校。他们挤在一起，放肆而又胆怯，他们身上的特点很奇异地把他们和白人区分开来，讲的是当地语言。长大之后，因为血统原因他们只能领到低微的薪水，女孩可能会嫁给一个白人，但男孩根本没有机会，要么娶一个跟他们一样的混血儿，要么娶一名当地女子。劳森痛下决心，一定要让儿子远离这种羞辱的生活，无论付出怎样的代价，都要回到欧洲。他进屋去看埃塞尔，她正躺在床上，虚弱而迷人，身边围着几个当地女人，见此他的决心又增强了几分。另外，假如他把她带走，生活在自己的民族当中，她将更完整地属于自己——他对她的爱如此强烈，他希望她的全部身心都为自己所有，因为他清楚地意识到，当地生活对于她有着根深蒂固的影响，她总会保留一些东西，让他不得而知。

他平静地上班去了。出于模糊的保密本能，他给一个表弟写信——他是阿伯丁一家船舶公司的合伙人。信中说，他的健康状况（跟很多人相同，是他前来岛屿的原因）已经好了很多，似乎没有不返回欧洲的理由；他请求他尽可能利用他的影响力，为他在迪赛德找一份工作，报酬多低都没关系，因为那里的气候特别适合患过肺病的自己。信件从阿伯丁寄到萨摩亚需要五六周时间，而且来回的信肯定不止一封，所以他有足够的时间来让埃塞尔做好准备。对这件事她开心得像个孩子，他很高兴看到她向朋友们炫耀她要去英国了。这对她来说是个突破，在英国她将成为一个标准的英国人。出发的日期即将来临，她感觉非常有趣，整个人都兴奋起来。最后，一封电报传来，金卡丁郡的一家银行为他提供了一个职位，她简直欣喜若狂了。

经过漫长的旅行后，他们终于在一个到处矗立着花岗岩房子的苏格兰小镇安居下来。这时，劳森意识到再次回到自己的民族当中是多么重要。回首在阿皮亚的三年，那简直就是一次流放，现在又回到了他觉得唯一正常的生活，不由地松了口气。又可以打高尔夫了，真好；也可以打鱼了——真正的打鱼，在太平洋打鱼几无乐趣可言，在那里只要你把鱼线扔进水里，就能从到处是鱼的海里把游动缓慢的大鱼一条条拉出来；每天可以读到刊载着当日新闻的报纸了，可以见到你乐意交流的男女同类了，真好；还可以吃到非冷冻的鲜肉，喝上非灌装的牛奶，好哇！在这里人们对自身资源的依赖要远远多于太平洋，他很高兴能够完全拥有埃塞尔了。结婚两年了，他比以往任何时候都更加专注地爱她，一时看不见她都让他无法忍受，他需要跟她进行更加亲密的交流，而这种需求正变得日益急迫。不过奇怪的是，在初来时的兴奋过去之后，她对新生活的兴趣似乎要比他预料的少很多，她还不能适应周围的环境，每天都昏昏欲睡。当美丽的秋天逐渐逝去、冬天来临时，寒冷让她充满了怨言。上午的一半时间她都躺在床上，一天内的其余时间她就坐在沙发上，有时读点小说，但更多的时候无所事事，看起来非常痛苦。

“不要紧，亲爱的，”他说，“很快你就会习惯的。到了夏天这里将热得跟阿皮亚一样。”

几年来他从没有感觉这么良好、这么健康过。

在萨摩亚收拾屋子时她总是随便应付一下，那没有任何关系，但在这里就不合适了。如果有任何客人到来，他不希望人家看到家里乱成一团，于是他笑了笑、跟埃塞尔开了个玩笑后自己把房子收拾整齐了，埃塞尔在一旁慵懒地看着他。每天她花大量时间跟儿子一起玩耍，用自己国家的儿语跟他交谈。为了分散她的注意力，他努力跟邻居们结交朋友，不时参加一些小型聚会，在那里女士们哼唱着室内歌谣，而男士们在一旁心情大好地笑眯眯地听着。埃塞尔有些拘谨，看起来不愿跟别人坐在一起。劳森有时会突然焦虑起来，问她是否快乐。

“是的，我很快乐。”她回答。

不过她的眼神被什么想法掩盖住了，他猜不出那是什么。她似乎有些自闭，让他意识到他现在对她的了解并不比最初在池塘时多。他有种不安的感觉：她在对他掩饰着什么，因为他爱慕她，这对他来说是一种折磨。

“你不是在想念阿皮亚吧？”有一次他问她。

“哦，不，我觉得在这里很好。”

一种模模糊糊的担忧驱使他在谈到岛屿和岛上居民时说了些贬损的话，这时她会微笑着不作回答。有很少那么几次，她收到从萨摩亚寄来的一包信，接下来的一两天她便变得神情严肃、面色苍白了。

“任何东西都不能诱惑我回去，”有一次他说道，“那个地方不适合白人。”

不过他越来越注意到，当他有时离开时埃塞尔会哭起来。在阿皮亚，她很健谈，嘴里一直在滔滔不绝地说着他们平时生活中的琐事、那个地方的小道消息，但现在她变得沉默了。尽管他努力让她开心些，但她仍无精打采。在他看来，对过去生活的回忆使她跟自己有了距离，他对那座岛屿和那片海，对老布莱瓦尔德，对那些深色皮肤的当地人充满了疯狂的妒意，现在一想到那些人他就感到恐怖。当她一谈到萨摩亚，他就冷嘲热讽，怨恨不已。春天到了，白桦树已经吐出了新叶，一个天色已晚的黄昏，他打了一轮高尔夫回来，发现她没有像往常一样躺在沙发上，而是站在窗子旁，显然在等他回来。他一走进房间，她便跟他打了招呼，不过让他惊异的是，她用的是萨摩亚语。

“我受不了了，没法在这里生活了，我恨这里，恨这里。”

“看在老天的份上，用文明语说话。”他愤然道。她向他走过来，笨拙地搂着他的腰，动作里透着野蛮人的味道。“我们离开这里吧，离开吧。如果让我留在这里，我会死掉的，我想回家。”

她的情绪突然爆发了，开始嚎啕大哭起来。他的愤怒倏地消失了，把她拉过来坐在自己膝盖上。他跟她解释说不可能辞掉工作，毕竟这是他们的生活来源，他在阿皮亚的位置早就有人了，若回去的话他将一无所有。他尽量把话说得合理些：那里的生活有多么不便，他们必须面临怎样的羞辱，儿子将要遭受多大的痛苦。

“苏格兰有着优质的教育及其他资源。学校条件好，学费低廉，他可以上阿伯丁大学，我要让他成为一名真正的苏格兰人。”

“做半个当地人[①]我并不感到羞耻。”埃塞尔愠怒道。

“当然不是这样，亲爱的，那没什么可羞耻的。”

她柔软的脸颊贴在自己脸上，他感到极其虚弱。

“你不知道我是多么爱你，”他说，“要是能让你知道我心中对你的爱意，我可以付出一切。”

他搜寻着她的嘴唇。

夏天到了。高地山谷里一片翠绿，芳香四溢，山上长满了石楠花。一个晴天接着一个晴天，从公路耀眼的阳光下走进树荫遮蔽的山谷，走到白桦树下的阴凉里，让人感到无限舒适。埃塞尔不再提及萨摩亚，劳森的紧张也缓和了许多。他想她已顺应了环境，他觉得他对她的爱如此强烈，她内心里已容纳不下其他渴望。一天在街上，当地的医生叫住了他。

“我说，劳森，你太太现在在我们的高地溪流中洗澡，她要小心些才是，这里跟太平洋不一样，你知道。”

劳森吃了一惊，脑子里一片空白，没法做任何掩饰。

---

① 指拥有二分之一当地血统。

"我不知道她在那里洗澡。"

医生笑了。

"很多人都看到过她，这引起了他们的一些议论，你知道。到桥上面的那个池塘洗澡有点奇怪，那里是不让洗的，不过洗一洗也无碍，但不知道那里的水她怎么受得了。"

医生提到的池塘劳森是知道的，他突然想到它跟埃塞尔在乌波卢岛每个黄昏都去的那个池塘在某些方面很像。一条清澈的山地小溪蜿蜒流过铺满岩石的河道，一路欢快地飞溅着，然后就形成了一个平静的深水塘，岸上有块小小的沙滩。池塘周围簇拥着密密的丛林，不是椰子树，而是山毛榉。阳光断断续续穿过树丛，照在波光粼粼的水面上。这幅情景让他震惊。在他的想象中，他看到埃塞尔每天都到那里，在岸上脱掉衣服，然后轻轻划进水里。水很凉，比她在家乡所挚爱的那个池塘凉很多。一时间，她又重新拾起了对往昔的情感。他看到她再一次成为了那个奇异、狂野的溪流女神——在他看来，是流水在召唤着她，真是不可思议。那天下午，他向小河走去。他小心翼翼地穿过丛林，长满绿草的小径销去了他的脚步声。很快，他来到一个可以看到池塘的地方。埃塞尔正坐在池塘边上，一动不动地俯视着水面，仿佛是池塘水在不可抵御地牵引着她。他不知道她的头脑中此时正滑过怎样的念头。最后她站了起来，在一两分钟里离开了他的视线。然后又看到她了，她穿着长罩衣，赤着小脚丫，优雅地走过长满苔藓的浅滩。她来到水边，然后进了水，轻柔地没有溅起一朵浪花。她静静地游着，游动的姿势透出超脱尘俗的味道。他不知道这一景象为何会如此奇妙地让他感动。他等待着，直到她爬出池塘。她站了一会，湿透的罩衣褶层紧紧地贴在身上，身体曲线清晰地显现出来。她用手缓缓地滑过胸部，发出轻微的快乐叹息声。然后，她就不见了。劳森转过身走回村子，心中燃烧着痛苦——因为他知道她对他仍是一个陌生人，他如饥似渴的爱情是注定得不到满足的。

他没提及他所看到的一切，对整个事件完全不去理会。不过他现在看她的目光充满了好奇，他想努力搞清她脑子里在想什么。他对她的温柔增加了一倍，想通过自己火热的爱情让她忘却灵魂里深切的渴盼。

后来一天他回到家，惊奇地发现她不在家。

“劳森夫人去哪了？”他问女仆。

“她带着婴儿去阿伯丁了，先生。”女仆对他的问话有点儿奇怪，“她说她会坐最后一班火车回来。”

“哦，好吧。”

对这次旅行埃塞尔竟然一句话都没跟他提及，他感到恼怒，不过也没有过于不安，因为近来她时不时前往阿伯丁，逛逛商店，或许看场电影，他喜欢她这样。他去接最后一班火车，但她仍然没到，他突然紧张起来。他回到卧室，马上注意到原来的位置已经没了她的洗漱用品。他打开衣柜和抽屉，几乎都半空了——她跑了。

他一下子暴怒起来。现在给阿伯丁打电话进行咨询已经太晚，而且他也知道即使咨询能得到什么样的回答。她极其狡黠地选择了他们银行的定期结账日，让他根本没机会跟踪她，他被工作困住了。他拿起一张报纸，看到第二天早上有一班前往澳大利亚的轮船，她现在一定正在去伦敦的路上，心中的痛苦让他禁不住啜泣起来。

“我对她已经仁至义尽了，”他哭道，“她竟然这样待我，真是残忍，残忍得可怕！”

在痛楚中挨过了两天，他收到了她的来信。字迹如同一个在校女生般稚嫩——她写信总是有些困难。

亲爱的伯迪：

我再也受不了了，我回家了。

再见。

埃塞尔

她没说一句抱歉的话，甚至根本没要求他跟她一起走，劳森感到沮丧。他查到了轮船停靠的第一站，尽管非常清楚她不再回来了，还是给她发了封电报，恳求她回来。他在焦虑中可怜巴巴地等着，希望她能发回哪怕只有一个“爱”字，但她没有回。他熬过了一段又一段可怕的时光。有时他告诉自己已经完全摆脱她了,但接着又想通过扣钱强制她回来。他孤独凄惨，对儿子和她日思夜想。他知道无论怎样自我安慰，只有一个解决办法，那就是随她而去；没有了她，他将再也无法生活。对将来所有的规划如同一座纸牌堆成的房子，在愤怒和暴躁中他已将它推得满地都是。他不介意失去将来的机会，只想把埃塞尔找回来，此外再无要紧之事。他尽快赶到阿伯丁,告诉银行经理他要马上离开,经理没有批准,说临时通告不方便发出。劳森不愿听从劝告，他决心在下班轮船起航前一定要获得自由。他终于卖掉了所有的一切登上了甲板，直到这时他的内心才多多少少平静下来。到此，那些跟他有交往的人都觉得他的神智已不那么清醒了。他在英国做的最后一件事就是给身在阿皮亚的埃塞尔发去电报，告诉她他就要跟她团聚了。

到悉尼后他又发了一封电报。终于，随着黎明的来临，他的小船穿过了阿皮亚港湾。当再次看到散落在港湾之畔的白色房屋时，他感到了极大欣慰。医生登上船来，还有执法官，他们都是老相识了，看着他们熟悉的面孔，他感觉非常开心。看在老交情的份上，他跟他们喝了一两杯;与此同时，他感到极度紧张，因为他不能确定埃塞尔是否乐意见到他。当他坐上汽艇驶近码头时，他忐忑不安地朝正在接人的小小人群扫了一眼——她没在那儿，他的心猛地沉了下去，不过他看到了穿着蓝色外套的布莱瓦尔德，他的内心又变得温暖了。

“埃塞尔在哪儿？”他跳上岸时问。

“她在家，跟我们住在一起。”

劳森感到失望，不过他装出一副开心的样子。

“好的，有我住的房间吗？我想我们需要一两周才能安置好。”

“哦，有的，我想可以给你匀出地方。”

过了海关后他们去了酒店，有几个老朋友在那里迎接他。他们喝了一轮又一轮，然后才脱身离开，两人高兴地往布莱瓦尔德家走去。到家了，他把埃塞尔搂在怀里，重逢的欢乐让他忘掉了所有的痛苦念头。他的岳母见到他很开心，她的母亲——那个苍老的、满脸皱纹的老太太也是如此；一些当地人、混血儿也走了来，他们在周围坐成一圈，冲着他微笑。布莱瓦尔德保存了一瓶威士忌，每个前来的人都呷了一口。劳森坐在当中，把他深色皮肤的小不点儿儿子放在膝盖上。他们已把他的英国衣服脱掉了，全身光溜溜的，埃塞尔穿着长罩衣坐在身边，他感觉自己是一个回头的浪子。下午他又去了酒店，回来时更兴奋了——他已喝醉了。埃塞尔和她母亲知道白人会偶尔醉酒的，这个可以预料到。她们把他打发上了床，很开心地笑着。

过了一两天，他开始找工作，他清楚不能指望找到返回英国前放弃的那种工作，但凭他受到的教育，到一家贸易公司找一份差事还是可以的，或许这次变故最终不会让他遭遇什么损失。

“不管怎么说，在银行里挣不到钱，”他说，“做贸易还可以。”

他希望自己尽快成为一个不可或缺的人物，这样就会有人跟他合作，几年后没有理由不成为一个有钱人。

“我安置好后就去找个小房子，”他告诉埃塞尔，“我们不能一直住在这里。”

布莱瓦尔德的房子实在太小，一屋人挨肩擦背的，根本没有独处的机会，更谈不上安静和隐私。

“哦，不着急。我们就在这里待着吧，直到找到我们想要的住处。”

他花了一周时间才把工作问题解决好，进了一个叫贝恩的人开办的公司。不过当他跟埃塞尔说起搬家之事时，她说在生下孩子前希望继续住在这里——她渴望再生一个孩子。劳森试着让她接受自己的看法。

“如果你不喜欢，”她说，“你去住酒店吧。”

他的脸刷地白了。

“埃塞尔，你怎么能建议这样！”

她耸了耸肩。

“我们可以住在这里，住自己的房子有什么好处？”

他屈服了。

下班回到布莱瓦尔德家，劳森总能看到屋里挤满了当地人。他们随处躺着，抽烟，睡觉，喝卡瓦酒，没完没了地闲聊着。地方肮脏杂乱，儿子到处乱爬，正跟当地人的孩子玩得不亦乐乎，满耳朵听到的都是萨摩亚语。他养成了一个习惯：下班路上到酒店喝几杯鸡尾酒，因为有酒壮胆他才可以安然面对接下来的黄昏和那群笑眯眯的当地人。至于埃塞尔，虽然一直以来他对她的爱愈加炽热，但现在他感觉到她跟自己有了距离。当婴儿出生后，他再次建议搬到自己的房子里，但埃塞尔又拒绝了。在苏格兰的居留似乎使她背离了自己的民族，现在她又回到他们中间了，所以带着极大的热情义无反顾地投入到当地人的生活当中。劳森喝得更多了，每个周六晚上，他都去英国夜总会喝得烂醉如泥。

他有个怪癖，一旦喝醉了就喜欢跟人争吵。一次他跟贝恩——他的雇主激烈地争执起来，贝恩把他辞掉了，他不得不再找份工作。他闲散了两三周，这期间他不愿待在家里，而是到酒店、英国夜总会闲混、喝酒。完全出于同情而不是其他任何原因，米勒——那个德裔美国人把他带到了自己的办公室。虽然劳森所具有的金融技能可以发挥价值，但眼前的状况使他难以拒绝一份比原先要低的薪水，米勒毫不犹豫地答应下来——毕竟他是一名商人。埃塞尔和布莱瓦尔德指责他接受这份邀请，因为那个混血儿佩德森给他提供的薪水要高很多，但他极其憎恨听从一名混血人发号施令。当埃塞尔在他耳边唠叨个不停，他的愤怒爆发了：

“我就是死了也不会给一个黑鬼干活。”

“你或许会的。”她说。

六个月后，他发现自己不得不接受这个“最终判决”的耻辱。酒瘾让他无从招架，他经常喝得酩酊大醉，工作一塌糊涂。米勒警告过他一两次，但他不是轻易接受规劝的人。一天在争执过程中，他戴上帽子走了出去。现在他已经臭名远扬，没有人再雇佣他。他闲散了一段时间，就突然患上了震颤性谵妄症[1]。身体痊愈后，他感到羞辱和虚弱，无法再承受持续的压力，就去找佩德森请求他为自己提供一份工作。佩德森很高兴有一个白人在自己店里上班，而且他的数字能力也对自己有用处。

从这时起，他的处境愈加不妙。白人对他不理不睬，只是出于对他的鄙夷和怜悯，而且害怕他醉酒后的狂暴，他们才避免完全伤害他。他变得极其敏感，时时警惕着别人对他的冒犯。

他完全跟当地人和混血人生活在一起，不过再也没有了白人的尊严。他们感觉到他嫌恶他们，憎恨他高高在上的姿态。他现在就是他们中的一员，他们不明白他为何还要装腔作势，一向对他谄媚逢迎的布莱瓦尔德现在也对他充满了蔑视，埃塞尔嫁给他是做了一笔坏交易。家里出现了丢人现眼的场面，有一两次两个男人开始拳脚相向。每当发生了争吵，埃塞尔总站在自己家人一边。他们发现他喝醉时要比清醒时好得多，因为一旦酒醉了他就会躺在床上或地板上呼呼大睡。

后来他意识到有什么事在瞒着他。

当他回家吃晚餐——也就是那种粗糙的半本地的食物，埃塞尔常不在家。问她去哪了，布莱瓦尔德告诉他她晚上跟一两个朋友在一起。一次他去了布莱瓦尔德告诉他的一个地方，结果发现埃塞尔并不在。等她回来，他问她去了哪里，她说她父亲搞错了，她去了谁谁家，但他知道她在说谎。她穿上了最好的衣服，两眼熠熠生辉，看上去非常漂亮。

“不要跟我耍心眼，我的女孩，”他说，“否则，我打断你的每一根骨头。”

“你个醉鬼！”她嘲讽道。

现在他觉得布莱瓦尔德夫人和老外祖母看他的眼神都带着恶意，而在这个多事之秋布莱瓦尔德对他还能保持一个不错的心情是因为他心怀

① 因过量饮酒引起的一种疾病。

叵测，图谋不轨。这时他开始疑神疑鬼起来，在他的想象中，白人瞥向他的目光是怪异的；当他走进酒店酒吧间，那些人会突然安静下来，这让他确信他们在谈论自己。现在一定发生了什么事，每个人都知道，只有他一人蒙在鼓里。他的心一下子被愤怒和嫉妒攫住了，他相信埃塞尔在和其中一个白人私通，他一个接一个地审视着他们，但看不出任何迹象。他感到无奈，因为找不到任何人能证实他的猜忌，他就像一个狂暴的疯子，搜寻着可以倾泻怒火的人，最后他碰巧遇到了一个——一个其实最不应该成为他暴力对象的人。一天下午，他一个人心情忧郁地坐在酒店里，卓别林走了过来，在他身旁坐下。卓别林现在或许是岛上唯一对他抱有同情心的人了。他们要了几杯酒，谈了几分钟即将举行的跑步比赛。卓别林这时提到："我想我们应该拿出钱来给女士们买些新衣服。"劳森在心里窃笑起来，因为卓别林夫人控制着钱包，假如她要为这事买衣服的话肯定无需向丈夫要钱。

"你太太怎么样？"卓别林示好道。

"这跟你有什么鬼关系？"劳森黑色的眉毛拧了起来。

"我只是问了个礼节性的问题。"

"哦——礼节性的问题，问你自己吧。"

卓别林不是个有耐心的人，他在热带地区的长期居留，威士忌，还有家庭琐事使他的性子并不比劳森更容易控制住。

"注意，我的男孩，在我的店里，你最好表现得像个绅士，要不我马上把你扔到街上去。"

劳森愠怒的脸黑一片，红一片。

"我再告诉你最后一次，你也可以转告别人，"他因暴怒而喘着粗气说，"如果你们这些家伙谁敢同我妻子胡混，他最好小心点。"

"你认为谁想跟你妻子胡混？"

"我没有你想的那么傻，我的洞察力跟大部分人一样好，我不客气地警告你，事情到此为止！我绝不允许任何偷鸡摸狗之事，任何时候都不行。”

“听我说，你还是离开这里，酒醒了再来。”

“我想走才会走，一分钟都不会提前。”劳森说。

这个大话说得比较倒霉，因为卓别林的酒店店主经历让他掌握了同人交往的一种特别技能，他更看中的是人的地位，而不是伙伴关系。劳森的话刚出口，他就发现自己的衣领和胳膊被抓住了，整个人被猛地推到了街上。他连滚带爬下了台阶，来到耀眼的太阳底下。

由于这个缘故，他跟埃塞尔之间第一次出现了暴力行为。因感到耻辱不愿再去酒店，那天下午他回家比往常要早，他看到埃塞尔正在化妆准备出门。平时她总是穿着长罩衣，赤脚，黑发上插上一支花；不过这一次，她穿上了白色的丝绸长袜和高跟鞋，身上穿的是最新的粉色绵料连衣裙。

“你把自己打扮得很漂亮，”他说，“要去哪里？”

“去克罗斯利家。”

“我跟你一起去。”

“为什么？”她冷冷地问。

“我不想让你总是一个人闲逛。”

“他们没邀请你。”

“我管那个！不让我去你也去不了。”

“你最好先躺着，我准备一下。”

她想他喝醉了，上床后马上就能睡着。他坐在椅子上抽起烟来，她愈加烦躁地看着他。等她准备好了，他跟着站了起来。碰巧阳台上一个人没有——这是很少见的，布莱瓦尔德在种植园里干活，他妻子去了阿皮亚。埃塞尔看着他：

“我不和你去，你喝醉了。”

“撒谎！没有我你也去不成。”

她耸了耸肩，想从他身边走过去，但他突然抓住了她的胳膊抱住了她。

“放开我，你这混蛋。”她突然用萨摩亚语叫道。

“为什么不让我去？我没告诉过你吗？不要跟我耍心眼。”

她握紧了拳头，向他脸上砸去。他一下子失去了控制——所有的爱和恨都在一瞬间爆发了，整个人暴跳如雷。

“我要教训你，”他吼道，“我要教训你。”

他一把抓过正好放在胳膊边的马鞭，猛地向她抽去。她厉声尖叫起来，但尖叫声更是让他癫狂，他继续一鞭鞭抽打着，惨叫声在房子里回荡。他一边挥舞鞭子，一边咒骂着，然后把她推到了床上，她躺在那里因疼痛和恐惧呜咽起来。最后，他扔掉马鞭冲出了房间。埃塞尔听他走了，停止了哭泣，小心地朝四周看了看，然后站起身。她感到身上很痛，但受伤并不严重，检查了一下裙子看看有没有撕坏——对于挨打，当地女人已经司空见惯了，他的行为倒没有激怒她。她照了照镜子，梳理了一下头发，眼睛仍在闪烁着，透出一些奇异的神采——在这一刻她或许比以往任何时候都更爱他了。

劳森胡乱向前跑去，跌跌撞撞地穿过种植园，他感觉力气突然耗尽了，像个虚弱的孩子一样，一下子扑倒在一棵大树下。他感到悲痛和羞耻，他想着埃塞尔——在他充满柔情蜜意的爱情里，他感到自己体内的所有骨骼都已变得柔软。他想到了从前，想到了曾经有过的期待，他被自己的行为吓呆了。他现在更加渴望拥有她了，他想把她揽在怀里，他必须赶紧回去。他站了起来，但由于身体过于虚弱，走路时摇摇晃晃的。他进了房子，她正在窄小的卧室里，坐在穿衣镜前。

“哦，埃塞尔，原谅我，我为自己深感羞耻，我不知道自己做了什么。”

他在她面前跪下来，胆怯地轻抚着她的连衣裙下摆。

“真不敢想象我干的事，太可怕了。我觉得我疯了，这个世界上没有一个女人能让我像爱你一样爱她。为了让你减轻痛苦，我什么都可以做，我伤害了你，我永远都不能原谅自己，不过看在上帝的份上，告诉我你原谅我。”

她的尖叫声仍在耳畔回响，这是他忍受不了的。她默默地看着他，他想去抓住她的手，泪水从他脸颊上滚落下来。羞辱中他把脸贴在她的大腿上，虚弱的身体因抽泣而颤抖。她的脸上露出完全蔑视的神情，跟其他当地女人一样，她瞧不起一个在女人面前自轻自贱的男人。一个可怜虫！她一度差点儿觉得这个人还可以，但现在他竟像个杂种狗一样匍匐在自己眼前。她有些轻蔑地踢了他一脚。

“滚出去，”她说，“我恨你。”

他试着去搂抱她，但被她推开了。她站起身，脱下了裙子，脱掉鞋子和袜子，然后穿上了长罩衣。

“你要去哪里？”

“跟你有什么关系？我要去池塘。”

“让我也去吧。”他说。

他说话的语气就像一个小孩子。

“你难道不能放开我吗？”

他用手捂住脸，伤心地痛哭起来，而她的眼神是生硬冰冷的，她从他身边迈过，然后出去了。

从此后她就完全看不起他了。虽然所有人都住在一起：劳森和埃塞尔，两个孩子，布莱瓦尔德，他的妻子和妻子的母亲，还有那些不时出入或在周围游荡的不认识的亲戚和食客，大家挨挨挤挤，住在这座小房子里，但劳森已变得可有可无，几乎没人注意他了。他早上吃完早饭后离开，回来只是吃顿晚饭。他不再跟人吵闹，如果没钱去英国夜总会，晚上就跟老布莱瓦尔德和亲戚们玩红心牌戏。在没有喝醉时，他会郁郁寡欢、无精打采。埃塞尔待他如同一条狗，当他怒不可遏时，她会偶尔屈服一下，随之而来的憎恨让她感觉恐惧，但当他变得低声下气或者动辄流泪时，她对他的蔑视已让她恨不得把口水吐到他脸上。有时他是粗暴的，但现在她已找到了应对之策：如果他动手打人，她就用脚踢，用手抓，用牙咬。他们之间发生了可怕的打斗，他并不总能占据上风。很快整个阿皮亚都已知道他们的关系非常糟糕，几乎没人同情劳森；在酒店，大伙对布莱瓦尔德没有把他踢出家门都感到惊讶。

“布莱瓦尔德是个非常暴戾的家伙，”其中一人说道，“要是哪天他给自己一枪，我丝毫都不会感到惊奇。”

埃塞尔依然每个黄昏都去那个静谧的池塘，那里对她似乎有一种超人类的吸引力，这会让你联想到一个拥有了灵魂的美人鱼渴望着去拥抱大海，拥抱大海清凉的带着咸味的波浪。有时劳森也去，但我不知道什么东西促使他这样做，埃塞尔对他的到场显然感到恼怒；或许他希望在那里能够重新感受到初次见面时的那份纯粹和迷醉；也或许仅仅跟那些害着疯狂单相思的人一样，以为坚持去爱，就能逼着对方接受。一天他又漫步到了那里，这一次他忽然产生了近来不常有的一种感觉：他与这个世界又相安无事了。黄昏正在降临，暮色依偎在椰子树的枝叶上，仿佛是一小片薄薄的云彩，在微风中无声地晃动着，一弯新月挂在树顶之上。他走到岸边，看到埃塞尔正在水里仰面浮着，长发飘荡在身体四周，手里拿着一支很大的木槿花。他停了一会儿，欣赏着她——就像《哈姆雷特》中的奥菲利亚。

“喂，埃塞尔！”他欢快地叫起来。

她的身体猛地颤动了一下，手里的红色木槿花掉在了水面上，悠然向远处漂去。她又游了一两下，直到可以踩到水底了，才站起来。

“走开，”她说，“走开！”

他笑了。

“别那么自私，地方很大，够我们两人的。”

“你不能让我独自待一会？我就想一个人。”

“岂有此理，我也想洗澡。”他心情不错地回答。

“你到桥那边去，我不想让你在这里。”

“那对不起了。”他依然微笑着。

他一点都不生气，几乎没注意到她的怒火正在升腾。他开始脱衣服。

“走开，”她尖声叫道，“你不能在这里，你就不能让我独处一下？

快走！”

“别犯傻了，亲爱的。”

她弯下腰，捡起一块尖锐的石头，一下子向他扔过去。他来不及躲开，石头击中了太阳穴。他大叫了一声，把手向头上捂去，放下来时，已沾满了血。埃塞尔还在原处站着，因盛怒而喘着粗气。他的脸色变得苍白，没说一句话，拿起外套走了。埃塞尔回到水里，顺着河流向下游的浅滩游去。

石头造成了锯齿状伤口，在以后的几天，劳森只能头上缠着绷带四处走动了。他编造了一个听上去比较可信的借口，以免酒店的那些人问起，不过他没有机会来使用这个借口，因为根本没有人提到这件事。他看到他们偷偷摸摸地朝自己的脑袋瞥了几眼，但都没有开口。沉默只能说明他们知道了伤口的由来。他现在已确定埃塞尔有了情人，他们都知道那个人是谁，但他自己连最起码的一丝一毫的线索都没有：他从没见过埃塞尔跟任何人在一起，也没人表达过希望跟她在一起的意愿，或者对他的态度有什么可疑之处。狂怒控制了他，又没人可以倾泻怒火，于是酒喝得越来越多，就在我登岛前不久，他又一次患上了震颤性谵妄症。

我是在一个叫卡斯特的人家里见到的埃塞尔。卡斯特跟他的当地妻子住在一起，距离阿皮亚有两三英里远。我跟他打了会儿网球，打累了，他提出喝杯茶。我们进了屋子，在杂乱的客厅里，我看到埃塞尔正跟卡斯特夫人聊天。

“你好，埃塞尔，”他说，“我不知道你在这儿。”

我不由好奇地打量着她，想弄清她身上到底有什么东西让劳森如此神魂颠倒，但这种事情谁能说得清呢？ 她的确很漂亮，让人想起红色的木槿花——萨摩亚灌木篱墙中常见的花朵，是那样雅致柔媚，生机勃勃。不过考虑到我所了解的关于她的大量故事，她最吸引我的地方还是她的清新和纯洁。她的安静中带着点羞涩，身上没有丝毫的粗俗和招摇，混血儿常有的激情洋溢也全然不见。几乎很难相信她就是那个悍妇——

他们夫妇间发生的可怕事件可以证明这一点，而且现在这是人所共知的。她穿着漂亮的粉色连衣裙和高跟鞋，看起来很像一名欧洲人，你差不多可以猜想到，在当地落后蒙昧的生活背景下，她的自我感觉会更加美妙。但我觉得她一点都不聪明，一个男人同一个女人生活了一些时间后，会发现她身上曾经吸引他的激情在渐渐消退，并开始产生厌倦，对此我并不感到惊奇。在我看来，她有着飘忽不定的、让人难以捉摸的天性，好像一个念头出现在人的意识里，但在变成话语前倏忽不见了；当然，这里面会有一种特别的魅力，不过那也许只是一种幻觉。如果在此之前我对她一无了解的话，我也许就只把她作为一个娇小漂亮的混血儿去看待，跟其他人并无不同。

她跟我谈到了各类话题，都是他们跟萨摩亚的陌生人常常谈起的。谈到旅行时，她问我是否到帕帕瑟滑过滑水岩，问我想不想住在当地人的村庄；还跟我说起了苏格兰，我似乎听出了她希望多谈谈她在那里的豪华住所，甚至天真地问我认不认识这位太太或那位太太，她们都是她住在北部时熟识的。

这时，米勒——那个肥胖的德裔美国人，走了进来，在同每个人热情握手后坐下了，然后用他快乐的大嗓门要了杯威士忌和苏打水。他太胖了，全身大汗淋漓。他摘下金边眼镜擦了擦——戴着那副大号圆镜片眼镜时，他的眼睛是温和的，现在你能看到他的眼睛很小，放出精明、狡黠的光。在他来之前，屋里的气氛有些沉闷，现在一切都变了，这是一个会讲故事的、快乐的家伙。很快，他的俏皮话就让两位女士——埃塞尔和我朋友的妻子——乐不可支起来。在这个岛上，他因受女士青睐而享有盛名，你能看出这个肥胖臃肿、又老又丑的男子自有他的迷人之处。他的幽默能够让周围的人听懂，话语充满了活力和自信，而他的西方腔调又给他的讲述增添了特别的妙处。最后他向我转过身来：

“哦，你要是回去吃饭的话，那我们现在就走吧。如果你愿意，可以坐我的车。”

我表示了感谢，然后站起身。他跟其他人握了手，迈着沉重坚定的步子走出了房间，然后爬上了汽车。

“真是个小美人，劳森的妻子。”车往前行驶着，我开口道，“他对她太坏了，老是殴打她。一听说男人打女人，我就怒火中烧。”

我们又走了一会儿，他才说道：

“跟她结婚他其实是个大傻瓜，我当时就这么说，如果没结婚，他就能控制她。他是个乡巴佬，他就是这样的人——乡巴佬。”

年末快要到了，我离开萨摩亚的时间也日益临近，按计划要乘坐一月四日的轮船前往悉尼。圣诞是在酒店庆祝的，举行了一些适当的仪式，但看起来不过是新年的一场提前排演罢了。我们这些习惯于在酒吧碰面的人决定到新年痛快地玩上一个晚上。

元旦晚上，大伙吃了一顿热闹的晚餐，然后逛荡着前往英国夜总会（一幢简易的木板房）玩弹子戏[①]。夜总会里笑语喧哗，赌博声四处传来。不过很多人赌技糟糕，而米勒是个例外，他喝的酒跟别人一样多，且远比任何人年长，但他敏锐的眼光、稳健的出手丝毫没受影响，他笑呵呵地、动作优雅地把年轻人的钱装进了自己的口袋。一小时后，我感到厌倦，走了出去，穿过马路来到海边。海滩上有三棵椰子树，像是三名月亮少女正等着她们的情人从海里踏浪而来。我在一颗椰子树下坐下，观看着潟湖和天上正在集会的星星。

我不知道劳森晚上去了哪里，但在十点和十一点之间他到夜总会来了。他从尘土飞扬、空荡荡的道路上摇摇晃晃地走过来，心中尽是无聊和烦躁。到夜总会后，他先去了酒吧间独自喝了一杯，然后来到弹子房。现在，当很多白人聚会时，他会羞于加入他们，所以要喝上一杯烈性威士忌给自己壮胆。正当他右手举着酒杯站在那里，米勒向他走过来。他穿着短袖，手里还拿着球杆，朝调酒员瞥了一眼。

“出去，杰克。”他说。

① 一种赌博游戏。

调酒员是个当地人,穿着白色衬衣,腰间系着缠腰布。他一句话没说,悄悄地走出了小房间。

“听着，劳森，我一直想跟你说句话。”大块头美国人说道。

“哦,那可是这个鬼岛上不花钱、免费、无需掏腰包的少有事情之一。”

米勒把他的金丝眼镜在鼻子上按了按，使之更稳固些，然后用冷淡而坚定的目光盯着劳森。

“我说，小子，我知道你又打劳森夫人了，这个是我不能容忍的。如果你不马上住手，我会把你这个肮脏的小不点儿的每一根骨头打断。”

这时劳森知道了他长久以来一直在苦苦寻找的那个人，就是米勒!瞧这人的长相:肥胖，秃顶，光秃秃的圆脸，双下巴，金丝镜，一大把年纪，如同一个叛教牧师般亲切敏锐的眼神，再想到那样苗条和纯洁的埃塞尔，他一下子惊恐起来。不管他有什么缺点,劳森绝不是个懦夫,他一言不发,举拳狠狠地朝米勒打去。米勒迅速用拿着球杆的手挡住他的攻击，然后猛地抡起右胳膊，把拳头砸向劳森的耳部。劳森比美国人矮了四英寸，而且身体不够结实——不仅仅是疾病和让人萎靡不振的热带气候，还有酒精，已损害了他的健康，让他变得虚弱不堪。他就像一根木头一样倒了下去，昏昏沉沉地跌倒在柜台脚下。米勒摘下眼镜，用手帕擦了擦。

“我想你现在知道你所期待的结果了，这是给你的警告，你最好能记住。”

他拿起球杆,进了弹子室。室内一片嘈杂,没人知道发生了什么事情。劳森站起来，伸出手摸了摸耳朵，那里还在嗡嗡作响。然后，他偷偷溜出了夜总会。

我看到一个人穿过了马路，在黑暗的夜色中只看到一团白色，不知道他是谁。他走到海滩，从我坐着的椰子树下走过去，脑袋耷拉着。我看到是劳森，他肯定喝多了，我没有开口。他犹豫不决地走了两三步，又转了回来。他走到我跟前，弯下腰，盯着我的脸。

“我想是你。”他说。

他坐下来，拿出了烟斗。

“夜总会太热、太嘈杂。”我主动说道。

“你怎么坐这里？”

“我在等大教堂的子夜弥撒。”

“要是你愿意，我跟你去。”

劳森现在十分清醒，我们沉默着抽了会儿烟。潟湖里不时有些大鱼溅起水花，稍远处的潟湖开口处，有一只纵帆船的船灯在闪烁着。

“你下周走，是吧？”他问。

“是的。”

“再次回家真是让人开心，不过我现在忍受不了啦，那里太冷，你知道。”

“现在在英国，他们正在炉火旁冻得发抖呢，想想真是奇妙。”我说。

一丝微风也没有，温润的夜色如施了魔法般让人着迷。除了薄衬衫和帆布工装裤，我别的什么都没穿。我爱这夜晚的优美和柔情，我舒坦地伸开了四肢。

“这样的新年夜是不会让人想着制定新年计划的。”我微笑道。

他没有回答，我不知道我随口说出的一句话在他脑子里引发了怎样的思绪，因为他很快就开口说起来。他声音低沉，面无表情，但能听出他的口音是受过教育的。他的鼻音和粗鲁的腔调一度让我的耳朵深受其害，现在听他这样说话让人感到欣慰。

“我把事情搞得一团糟，显然是这样，对不对？我深陷是非坑中无法自拔。‘我看到了层层无底的黑暗。’”我感觉到他在引用这句话时微笑起来，“不过奇怪的是，我看不出错在哪里。”

我屏住了呼吸，因为在我看来，没有什么比一个人向你赤裸裸地展示灵魂更让人惊叹的了。然后，你又发现没有哪个人会像他那样琐碎，那样自我贬抑，以致一件事情的丁点儿火花都会让他勃然大怒。

“假如我能看出这全是我的过错，事情就不会如此糟糕了。没错，我喝酒，可是如果事情是另外的样子，我是不会喜欢上酒的。我想我不应该跟埃塞尔结婚，要是我只是养着她，就不会出现任何问题，但我的确如此爱她。”

他的声音颤抖着。

“她人不坏，你知道，真的不坏。我只是运气不好，我们本来可以很幸福的。当她离开时，我想我应该放她走，不过我不能那样做——我那时疯狂地迷恋着她，而且我们还有孩子。”

“你爱孩子吗？”我问。

“我当时是爱的。有两个孩子，你知道。不过现在，他们对我没那么重要了。在任何地方你都可以把他们当作是当地人，我跟他们交谈也必须用萨摩亚语。”

“一切重新开始现在太晚了吗？能不能做一番努力，不行的话就离开这里？”

“我没力气了，不行了。”

“你还爱你妻子吗？”

“现在不了，现在不了。”他重复着这句话，声音里透着惊恐，“我现在根本搞不清了。我完蛋了。”

教堂的钟声响了起来。

“如果你真想跟我去参加子夜弥撒，现在就走吧。”我说。

“好吧。”

我们站起来沿路走去。大教堂是全白色的，面朝大海，巍峨壮观，旁边的马礼逊教堂看起来就像一个会议室了。路上只有两三辆汽车，却有大量的轻便马车；到了后，马车就靠在路边的墙上。人们从岛屿的四面八方赶到这里参加弥撒，从敞开着的高耸大门可以看到里面已人满为患，高高的祭坛上灯火辉煌。人群中仅有几个白人，有一些混血人，但绝大多数是当地人。所有男子都穿着裤子，因为大教堂认定缠腰布有伤大雅。我们在后面找到了座位，靠近敞着的门口。不久，我循着劳森的目光，看到埃塞尔和一群混血儿走了进来。他们的穿戴都非常整齐，男人衣领高耸紧绷，穿着闪亮的靴子；女人都戴着硕大、鲜艳的帽子。埃塞尔向她的朋友们点头微笑，然后穿过了过道。弥撒开始了。

弥撒结束后，劳森和我站在一侧看着人群鱼贯而出，这时他向我伸出手。

“晚安，”他说，“希望你归途愉快。”

“哦，不过我走前还会见到你的。”

他吃吃地笑起来。

“问题是，你是想见酒醉时的我呢，还是清醒时的我。”

他转身离开了，我记住了他那又大又黑的眼睛，在粗重杂乱的眉毛下狂乱地闪烁着。我犹豫地停下来，一点都不感到困倦，无论如何，我再到夜总会逗留一小时，然后再去睡觉。到那里后，我看到弹子室空着，但酒吧间里有五六个人正围着一张桌子打扑克。我一进去，米勒站了起来。

“坐下玩一把。”他说。

“好的。”

我买了些筹码，然后跟他们一起玩了起来。毫无疑问，这是全世界最迷人的游戏，我的逗留时间延长了两个小时，然后是三个小时。那个当地调酒师活泼欢快，虽然到了这个时间仍毫无困意，在我们身边提供着酒水，还不知从哪里搞来一根火腿和一块面包。我们继续玩着，大多数人都灌进了太多的酒，对身体当然没有好处，但游戏让人兴奋，谁还顾得了那么多。我出手不大，不想赢也不担心输掉，但我看到米勒正打得投入。他跟其他人一起喝个不停，头脑却一直保持着冷静清醒，他的筹码在不断增加，面前放着的一张整洁的小纸片上，记录着他借给其他玩者的不同钱数，那些人看上去一个个神情沮丧。对那些输钱给他的年轻人，他温和地微笑着，开着无休无止的玩笑，讲述着各类逸闻趣事，但不会错过任何一张抽牌，他们的任何一个表情都不会逃脱他的眼睛。终于，曙色带着点羞涩和不情愿悄悄爬进了窗子，似乎没有理由这样做，然后天亮了。

"哇,"米勒说道,"我想我们成功地送走了旧的一年。现在让我们再来一圈累积赌[①],然后就该睡了。我五十岁了,记着,我熬不了这么晚。"

清晨美丽而清新。我们站在阳台上,潟湖就像一面多彩的玻璃,有人提出到湖里泡一泡再去睡觉,但没人愿意,因为湖水粘稠,脚踩进去也危险。米勒的车停在门口,他建议带我们去池塘,我们跳上车,沿一条荒僻的道路驶去。到池塘后,那里似乎尚未天亮。树下的池水仍裹在一片浓荫里,夜晚的静谧笼罩着一切。我们个个兴奋异常,但没有毛巾,也没有任何可换穿的衣物——我是小心惯的,不知道洗完澡怎样擦干身体。每个人都穿得不多,我们很快就扯掉了衣服。尼尔森——那个小个子船主,第一个脱光了。

"我要探探水底。"他说。

他潜入水中。过了一会儿,另一人也钻了进去,但水很浅,在前面不远处又钻了出来。这时尼尔森也浮出水面,朝岸边匆忙划来。

"我说,把我拉出来。"他说。

"怎么啦?"

显然发生了什么事情,他脸上露出惊恐的神情。两个人把手伸给他,他爬了出来。

"我说,水底有个人。"

"别傻了,你喝醉了。"

"哦,要是没人,就让我得酒狂症[②],不过我告诉你那里真有一个人,我快吓死了。"

米勒看了他一会,这个小个子脸色苍白,全身确实在发抖。

"来,卡斯特,"米勒对高大的澳大利亚人说,"我们下去看看。"

"他是站着的,"尼尔森说,"全身穿着衣服,我看到他了,他试图抓

---

① 牌戏的一种。

② 即震颤性谵妄症。

住我。”

“别说了，”米勒说，“准备好了吗？”

他们潜了下去，我们在岸上静静地等着。他们在水下待的时间似乎要远长于人的憋气时间。然后卡斯特出来了，后面紧跟着米勒，他面红耳赤，仿佛就要勃然大怒的样子。另外一人跳进水里帮他们，三个人一起把拖着的东西拉到水边，然后推上岸。这时他们看到了——那是劳森，外套里系着一块大石头，跟双腿捆在了一起。

“他是真的不想活了。”米勒把他近视眼里的水擦了擦说道。

麦金托什

麦金托什在海里扑腾了几分钟，水太浅没法游泳，又因害怕鲨鱼不敢到深水区，于是他从海里出来去了公共澡堂冲澡。在太平洋又浓又粘的咸水里泡过之后，再冲个清凉的淡水澡会让人身心舒畅。海水太热了，尽管刚刚过了七点，浸在里面不但不能让人振作，反而使你更加无精打采。擦干身体之后，他披上浴袍，冲着中国厨师大喊起来，告诉他五分钟后就可以吃早饭了。他赤脚穿过一小片粗糙的草地——行政官沃克曾自豪地认定那是一块“草坪”，来到自己宿舍，换好了衣服，这个无需用时太久，因为他仅穿了一件衬衣和一条帆布裤子，然后向院子另一侧的餐室走去。两名男子一起吃饭，中国厨师告诉他，沃克五点就骑上马出去了，一小时后才会回来。

麦金托什没睡好觉，他憎恶地看了看面前放着的番木瓜、鸡蛋和熏肉。昨晚的蚊子简直让人疯狂，它们在他睡觉的蚊帐周围四处乱飞，数量多得惊人，发出残酷、吓人的嗡嗡声，仿佛是远处的管风琴发出的无休无止的音符。任何时候当他恹恹欲睡时，又突然惊醒过来——他相信有一只蚊子进了蚊帐。天太热了，他只能裸身睡着，但也只是在床上辗转反侧罢了。暗礁上的浪花发出的单调的轰鸣声逐渐变得清晰起来，而平时是听不到的，因为它从来没有停止过，从来都是那么有规律地进行着，但现在，它的律动却如锤子般敲打着你疲惫的神经。麦金托什攥紧了拳头控制着自己、忍耐着，一想到没有任何东西能阻止那个声音——因为它会永远持续下去，就让他无法忍受，仿佛他的力量能跟无情的自然之力相媲，这个时候他的心中会腾起一股疯狂的破坏冲动，他觉得必须要控制好自己，否则就会疯掉。现在他朝窗外的潟湖和标示着暗礁的白沫带看去，那儿的壮观景象让他憎恨地颤栗起来，而万里碧空如一只翻转的碗将它罩了进去。他点上烟斗，翻了翻几天前从阿皮亚运来的一摞奥克兰报纸。最新的报纸也是三周前的了，给人的印象是内容极端无聊。

然后他去了办公室。这是一个宽敞、空旷的房间，有两张办公桌和一把靠墙的长椅。长椅上坐着几个当地人，还有两三名女子。他们小声嘀咕着，在等待行政官回来。麦金托什进门时，他们用萨摩亚语向他问候道：

“您好！”

他也问候了他们，然后在办公桌旁坐下，开始写一份报告。这份报告是萨摩亚的总督一直在催要的，但沃克平时拖沓惯了，疏忽了准备。麦金托什一边做着笔记，一边不无恨意地想到，沃克迟迟不写报告，真实的原因是他这人非常无知，对任何笔头工作都极其厌恶；不过，当简洁、有条理、规范的报告最终完成后，他就会把下属的劳动据为己有，而不会表达任何谢意，然后带着轻蔑和嘲笑发送给自己的上司，一切都好像是他自己的成果——实际上他不会写上一个字。麦金托什还愤然想到，假如他用铅笔添加了什么话，那在表达上一定是幼稚的，在语法上是错误的；而如果自己表示抗议，或者试图把他的意思用一个清楚的短语表达出来，他就会勃然大怒，并叫嚷道：

“我管它什么狗屁语法？这就是我要说的话，我就想这样说。”

最后，沃克进来了。他一进门，当地人就把他包围起来，希望马上引起他的注意，但他大光其火，叫他们坐下、闭嘴，并吓唬说，如果他们不能保持安静就把他们轰走，他这天谁都不见，然后他冲麦金托什点了点头：

“你好，麦克，还是起来啦？真不明白你怎么能把一天最好的时光打发在床上。你应该像我一样在黎明前就起来——懒骨头！”

他重重地坐在自己的椅子里，拿起一根香蕉擦了擦脸。

“老天，我口渴了。”

他把脸转向站在门口的警察——那可是一个形象别致的人物：上身穿着白衬衣，下身系着拉拉，也就是萨摩亚人常系在腰间的缠腰布，他告诉他去倒些卡瓦酒来，盛卡瓦酒的酒桶就放在房间墙角的地板上。警察倒了半椰子壳的酒，然后端给了沃克。他在地上撒了几滴，对着周围的人嘀咕了几句惯用的话，就津津有味地喝起来。然后他叫警察去招待一下等着的当地人，按照人的年龄和地位，椰子壳轮流递送到每个人手中，然后通过同样的仪式喝掉了。

这时他开始了一天的工作。这是个小个子男人，远低于人的平均身高，但极为肥胖，有一张肉嘟嘟的大脸盘，脸上刮得干干净净，脸颊悬挂在两块巨大的垂肉之上，长着三层的宽阔下巴——总之，他的细小特征都融化在一团团肥肉中了；另外，除了脑袋后面残留的一块新月形白发，他的脑壳已全部秃掉，让你联想到那位匹克威克先生[①]。他是个怪诞、滑稽的人物，但奇怪的是，并不让人觉得失去了尊严。他大号的金边眼镜后面是一双精明、活泼的蓝眼睛，脸上露出非常坚定的神气。他六十岁了，但他身上与生俱来的活力战胜了不断增长的年龄。虽然臃肿，动作却利索，走路时迈着沉重。坚决的步子，仿佛要把重量印在大地上，而说话时声音响亮而粗鲁。

到现在麦金托什被任命为沃克的助手已经两年了。沃克在塔卢亚－萨摩亚群岛中一个较大的岛屿担任行政官已有二十五年，无论是在众人之口还是媒体报道中，都是整个南太平洋家喻户晓的人物。最初，麦金托什是怀着强烈的好奇心期待着跟他第一次晤面的。他因故在阿皮亚逗留了两三周，然后才接受的这个职位。在都市酒店和英国夜总会他听到了关于行政官数不清的传闻，当时他是极感兴趣的，现在想来却有种讽刺的意味，因为从那时起，沃克本人已给他讲了一百遍。沃克知道自己是个人物，并对自己的名气颇以为傲，所以要故意处处表现出来。他小心守护着关于自己的“传说”，人们必须要了解他那些著名故事的精确细

① 狄更斯所著小说《匹克威克外传》中的主人公。

节，否则他会感到焦虑；倘若谁给陌生人讲错了，他便发起怒来，让你哭笑不得。

沃克带着粗鲁的热诚对初来乍到的麦金托什来说是不无吸引力的，而沃克也乐得拥有一个倾听者，这样他讲给他的话就全是新鲜的，他可以尽情发挥了。他是个好脾气的人，热心而体贴。麦金托什原先是名政府官员，在伦敦过着封闭的生活，直到三十四岁那年，他突然得了肺炎，面临着罹患肺结核的危险，不得不尝试到太平洋找份工作。在麦金托什看来，沃克长期驻留此地是极其浪漫的一件事，在征服环境的过程中体现出冒险精神是这个人的典型特征。在十五岁那年，他就一个人跑到海上，在一艘运煤船上铲了一年煤。他当时还是个身材不高的小男孩，工人和船员对他都很好，但船长不知何故极其厌恶他，待他很残暴，经常对他拳脚相向，他常因肢体伤痛难以入眠，所以对船长恨之入骨。这时有人鼓动他参加某次赛马会，他设法从一个朋友（在贝尔法斯特结识的）那里借了二十五英镑，然后压在了一匹几无胜算的高赔率马上。如果输掉了他是没法还款的，但他从未想到会输，他觉得自己是个幸运的人。结果那匹马真的赢了，他发现自己一下子拥有了一千英镑的现金。他的机会终于来了。当运煤船在爱尔兰沿海某地停靠时，他弄清了谁是城里最好的律师，然后找到了他，说他听说运煤船正在待售，请他代他安排好收购事宜。律师被他的小客户逗乐了——他那时只有十六岁，而且看起来还没有实际年龄大；同时，或许出于同情，律师颇受感动，他答应不但帮他安排好收购，还确保让他做一笔好买卖。过了一段时间，沃克就发现自己成了这艘船只的主人。他回到船上，接下来——用他自己的话说，他一生中最美妙的一刻出现了——他给船长下令，要他在半小时内离开运煤船。他让大副当了船长，在船上又航行了九个月，最后把船卖掉了，获利不菲。

二十六岁时，他以种植园主的身份来到了萨摩亚群岛，他是德国占领期间居住在塔卢亚岛的为数不多的白人之一。那时，他对当地人已经有了一些影响力，德国人让他做了行政官，在这个位子上他一坐就是二十年。当岛屿被英国人夺取后，他的地位就更加稳固了。这一辉煌的成功是麦金托什对他感兴趣的另一个原因。

但是两人迥异的天性使他们不能做到亲密无间。麦金托什其貌不扬，动作笨拙，长得又高又瘦，胸部狭窄，肩膀拱起，脸色土黄，脸颊深陷，眼睛大而忧郁。不过他极好阅读，当他的书籍运抵后，沃克来到他的宿舍看了看，然后对着麦金托什用嘶哑的嗓音大笑起来。

“你带这些垃圾到这里干什么？”他问，麦金托什的脸变成了深红色。

“你觉得它们是垃圾，我很遗憾，我带书来是因为我喜欢读。”

“你说你有很多书在路上，我想可能会有些我想读的，难道没有侦探小说吗？”

“我对侦探小说不感兴趣。”

“那你就是个不可救药的傻瓜。”

“你这么想我很高兴。”

每个邮包都给沃克带来一堆期刊类文献，还有新西兰报纸和美国杂志，麦金托什对这类时效性出版物非常不屑，这令沃克感到恼火。他对麦金托什空闲时间看的那些书没有一点耐心，他觉得他读泰珀的《吉本：没落与堕落》和伯顿的《忧郁的解剖》不过是摆摆样子罢了。因他从未学会管住自己的嘴巴，所以在评论起他的助手时总是口无遮拦。麦金托什开始审视起这个人的真实面目来，在他粗鲁的、好脾气的外表下，他看到了让人痛恨的粗俗和狡诈；另外他自视甚高，飞扬跋扈，不过奇怪的是，他的个性中带着一种羞涩，让他一点也不喜欢性情上不能相契的人。他会天真地根据别人说过的话来判断他们，如果话语里没有咒骂，没有下流——他自己的话里尽是这些东西，他就会满腹狐疑地看着他们。晚上两个男人会打打皮克牌①，他牌技糟糕，却又颇为自负，赢了便得意洋洋，输了就乱发脾气。偶尔几个种植园主和商人会开车过来打桥牌，在

① 一种牌戏。

麦金托什看来，这个时候的沃克性格更是尽显无遗。他打牌时全然不顾自己本家，出牌时吵吵嚷嚷，跟人争论不休，仅是嗓门就足以斩杀对家。另外，他悔牌不断，这么做的时候，他一边讨好对方，一边嘀嘀咕咕："哦，你不能让一个几乎看不清东西的老人吃亏。"他确信他的对手会认为让他一把也无妨，至于要不要坚持游戏规则，他们都在卿了。麦金托什用冷淡、轻蔑的眼神看着他。打完牌，大伙会抽抽烟斗，喝点威士忌，这时他开始讲故事了，用满腔的热情讲起了他的婚姻——讲他在婚宴上喝得酩酊大醉，结果新娘跑了，从此再也没有见过她。他曾跟这个岛上的女人有过无数的"奇遇"——都是些老生常谈、污秽不堪的经历，但他讲得豪气十足，妙语连珠，让本来不屑的麦金托什颇受冒犯。这是个缺乏教养、耽于声色的老家伙。而在沃克眼里，麦金托什是个可怜虫，因为他竟然不知道分享自己的风流韵事，众人都醉了，只有他一个还保持着清醒。

他看不起他还因为他在工作中井井有条，麦金托什做任何事情都喜欢这样。他的书桌总是整整齐齐的，报纸都仔细贴了标签，任何需要的文件都能触手可及，不假思索就能说出他们管理工作中的各种规章制度。

"胡说，胡说，"沃克嚷道，"这个岛屿我管了二十年了，从来不用那些红带[①]，现在也不需要。"

"一封信都让你找上半小时，这样不是容易多了？"麦金托什问。

"你这个官员当得太差劲，不过你人还不错，你在这里待上一两年就好了。你的问题是不喝酒，如果你一星期醉上一次，就能成为一名不错的官员。"

奇怪的是，沃克完全没意识到他的下属心中对他的厌恶，而这种厌恶感每个月都在增强。虽然他嘲笑他，但也习惯了跟他相处，甚至开始喜欢他了。他在一定程度上能容忍别人的怪癖，所以只是把麦金托什当作一个怪人而已。他对他的喜欢或许是下意识的，因为他能跟他逗趣。他的幽默里含有些粗俗的玩笑话，需要一个人做他的玩笑对象。麦金托

① 旧时捆扎公文的红带。

什为人的精细，优良品德，从不醉酒，都成了他源源不断的玩笑话题，他的苏格兰名字则成为他调侃苏格兰的通常引子；当两三人聚在一起时，他通常会“牺牲”麦金托什一人逗得大伙哈哈大笑，对此他也尽享其乐。他会跟当地人说起他的可笑之处，而麦金托什对萨摩亚的了解还不多，当沃克在所讲的下流话中提到他，他看到他们纵声大笑起来，沃克也开心地笑了。

“我这个是讲给你听的，麦克，”沃克用他粗鲁的大嗓门说道，“你能经得起开玩笑。”

“这是玩笑吗？”麦金托什微笑着，“我不清楚。”

“苏格兰人！”沃克如响雷般大笑道，“只有一个办法能让苏格兰人听懂笑话，那就是外科手术。”

沃克几乎不知道,麦金托什最不能忍受的就是戏谑的话。在夜里——在雨季的不眠之夜，他面色阴郁地回想着沃克几天前随口说出的嘲讽话。他感到生气，心中充满了愤怒，开始想着怎样对这个恶棍进行报复。他曾试过反驳他，但沃克擅长巧辩，话语粗俗，内容直白，毫不掩饰，这就让他占尽了优势。他智力迟钝，使那些精致的攻击性语言毫无用处，而他良好的自我感觉也让人难以伤害他。他的大嗓门和雷鸣般的大笑是麦金托什无法抵挡的武器，他意识到最明智的做法就是不要暴露对他的恨意，他学会了自我控制，但他的愤怒在不断潜滋暗长，乃至让自己愈发偏执起来。现在，他怀着疯狂的警惕心观察着沃克，他每一次的卑鄙言行，以及暴露出的幼稚和虚荣、狡诈和粗俗，都让他的自尊心得到抚慰；他吃饭时贪婪、肮脏的吃相及发出的难听声音，让他心满意足，另外也注意到了他说过的蠢话及措辞上的错误。沃克对自己不怎么尊重，等他得知他的上司对他的评价后，他有一种苦涩的满足感，这也增加了他对这个心胸狭隘、洋洋自得的老头的蔑视，但当知道沃克完全没有意识到自己对他的恨意后，他感到一种特别的快乐。这个人喜欢受人欢迎，他是个傻瓜，竟然以为人人都崇拜他。一次，麦金托什无意中听到沃克在谈论他。

“我把他调教好后就没问题了，”他说，“他是条不错的狗，会忠诚于他的主人的。”

麦金托什沉默了，那张土黄色的长脸一动不动。然后，他突然大笑起来，笑得很久、很开心。

但是他的怨恨并不盲目，相反十分清醒。对沃克的才干他有着精确的判断：他高效地统治着这个小小王国，人是公正、诚实的。在这里他有挣钱的机会，但他现在要比最初任职时穷了许多，唯一的养老金是他最终卸任后可以领到的退休金。让他感到自豪的是，在仅有一名助手和一名混血职员的情况下，他对岛屿的管理比乌波卢岛还要好——那里可是中心城市阿皮亚的所在地，而且有一大群公务人员。他有几名当地警察来维持他的权威，但他从来没用过，他是靠吓唬及他的爱尔兰幽默来管理的。

“他们非要给我建一座监狱，”他说，“我要监狱有个鬼用？我不会把当地人关进监狱的。如果他们犯了错，我知道怎么对付他们。”

他同阿皮亚的上级机关曾发生过一次争吵，是他要求拥有对岛上当地人的完全审判权。就是说，无论他们犯下怎样的罪行，他都无需将他们解送到相应法庭。他与乌波卢岛上的政府机构之间通了几次措辞强硬的公函。他把当地人看作是自己的孩子——对于这个粗鄙、低俗、自私的人来说，这是让人惊奇的；他热爱这座岛屿，在这里他满怀激情地居住了如此之久。对当地人他有一种奇异的粗鲁的柔情，这的确非同寻常。

他骑上那匹灰不溜秋的老母马，在岛上四处游逛着，从未厌倦过它的美丽。当他漫步在椰子丛林中芳草萋萋的大道上，优美的景致常让他驻足欣赏起来。偶尔来到一个当地人村落，他会停下来，酋长给他端来一碗卡瓦酒；看着那些有着高高的茅草屋顶的钟形小屋像蜂巢一样排列着，他肥胖的脸上荡漾着笑意。他的视线又停留在一大片碧绿的面包树上，不尽的喜悦在心中流淌。

“天哪，跟伊甸园一样。”

有时他会沿着海岸前行，透过树丛，能瞥见浩瀚的空荡荡的海面，没有一张船帆打破它的孤寂；有时他爬上小丘，一大片土地就会尽收眼底，一个个小村落掩映在高大的丛林当中，就像一个世界王国，他会在那里心醉神迷地坐上一个小时。不过他无法用言辞来表述情感，非要如此，说出的也只是下流的玩笑话，仿佛他的情绪如此狂暴激烈，只能诉诸于粗野才能消除紧张。

麦金托什冷淡、轻蔑地观察着他的情绪变化。沃克一向喜欢豪饮，在阿皮亚度过的晚上，看到年龄小他一半的人都趴到了桌子底下，他感到很是得意。他反复无常的情绪跟一般酒徒无异，杂志上读到的故事能让他痛苦流涕，但也会拒绝借钱给一个认识了二十年、陷入困境的商人。他的钱包捂得很紧，一次麦金托什对他说：

“没有人会指责你浪费钱财。”

他把这句话看作是恭维话。他对大自然的热情不过是酒鬼头脑混乱时的一时所感，至于他对当地人所抱有的情感，麦金托什也没有一丝一毫的同情心——他爱他们只是因为他处在那个位置上，就像一个自私的人爱着他的一条狗。他的心智跟他们一个水准，他的幽默是淫荡的，说起下流话来从来都是口若悬河，他跟那些人沆瀣一气，臭味相投，他把他们看作是自己的孩子，也混迹于他们所有的事务中。不过，他非常嫉妒他的权威，如果说他用铁腕统治着他们，容不得任何违逆行为，但也不会让岛上任何一个白人欺负他们。他用猜忌的眼光看着那些传教士，倘若他们做了任何他不赞成的事，他会把他们的生活弄得无法忍受，最终不得不选择离开——即便他无权调离他们。他对当地人的影响如此之大，以至只要他一声令下，他们就会拒绝给牧师出力，或者提供食物。另外，他对商人也绝无偏袒，他要确保当地人不受欺骗，他们付出的辛劳、生产的椰子肉，都能得到合理的回报；商人不可以从所售货物中谋取暴利，对那些他认为有失公允的交易他会毫不客气。有时商人会到阿皮亚投诉，说他们没有得到公平的机会，为此倒了霉，沃克根本不去搭理任何的诽谤和无耻谣言，毫不犹豫地去报复他们，最后他们发现要想在岛上安然住下去，甚至苟全性命，就必须接受他的条件。不止一次，让他憎恶的商人店铺被一把火烧掉了，但并无确切证据表明此事为行政官煽动。一次，一个瑞典裔的混血儿因遭遇火灾破产了，他找到他，严厉谴责他的纵火行径，沃克当即大笑起来。

“你这个混蛋，你妈妈是当地人，你还想欺骗他们。你那破房子烧了，那是上帝的判决，一点没错——上帝的判决。你滚出去！”

当这个人被两名当地警察推出去时，行政官哈哈大笑起来。

“上帝的判决！”

现在，麦金托什看着他开始了一天的工作。他是从给病人看病开始的，因除了其他活动，他还给自己添加了一份行医的差事，办公室后面有一个装满了药品的小房间。一名老人走上前来，他留着平头，头发花白、卷曲，腰间系着缠腰布，身上刺着精美的文身，皮肤如酒囊般皱纹纵横。

“你来干什么？”沃克突然问他。

老人抱怨说，他一吃饭就呕吐，还说他身上这儿疼那儿疼。

“去找传教士，”沃克说，“你知道我只给孩子看病。”

“我去找传教士了，但他们治不好。”

“那回家等死好了，你活这么久了，还想继续活吗？你个蠢货！”

那人满腹牢骚，求他不要这样，但沃克指了指一个抱着生病孩子的妇女，叫她把小孩抱到办公桌前。他问了她几个问题，然后看了看孩子。

“我给你开药，”他说，然后转身对着混血职员，“到药房拿点甘汞片。”

他当场让孩子服了一片，然后把另一片给了孩子妈妈。

“把孩子抱走吧，注意保暖。明天要是死不了就能好一些。”

他在椅子里向后靠了靠，点上了烟斗。

“真是好东西——甘汞片。我用它救活的人比阿皮亚所有医院的医生救活的都多。”

沃克对自己的医术很自负，同时，武断和无知使他受不了医疗行业的那些人。

“我喜欢的病例，”他说，“是那种所有医生都无法医治而最终放弃的病例。所有的医生都说他们治不好了，我跟他们说：‘来找我。’我给你讲过那名癌症患者吗？”

“经常讲。”麦金托什回答。

“我三个月就给他治好了。”

“你从没提过你没治好的那些人。”

他结束了这部分工作，开始处理其他事项。事情杂乱得离奇：一名女子跟丈夫关系不够和谐，一名男子抱怨说他的妻子弃他而去。

“你太幸运了，”沃克说，“大部分男人都希望他的妻子也会如此。”

一块几码长的土地归属权问题引发了长久而复杂的争执，如何分配刚捕获的一批鱼让一些人吵闹不休，还有一个投诉白人商人的——因为他缺斤短两。沃克认真倾听了每一个诉讼，快速做出裁断，最后给出判决。过后，他就不管不问了，如果有人继续投诉，他就叫警察把他轰出去。麦金托什带着抑郁和愤怒，听他审完了所有案件。总体看，或许可以承认，正义基本得到了伸张，但让助手恼怒的是，他的上司依赖的是他的本能，而不是证据；他听不进任何劝说，动辄对证人进行恫吓，如果他们没目击到他所期望的，就被称作贼和说谎者。

他把坐在角落里的一群人留在了最后，故意对他们视而不见。人群里有一个年老的酋长，高大而尊贵，留着白色的短发，系一件簇新的缠腰布，上面挂着一个巨大的象征权力的苍蝇刷，另外还有他的儿子和村子里五六个重要人物。沃克曾跟他们有过不和，并动手打过他们，让他们在利益上吃了大亏而毫无办法。由于性格使然，他有意在他们面前强化一下自己的胜利。整个事件想来并不寻常。沃克对修路情有独钟，当他刚到塔卢亚时，整个岛上只有稀稀疏疏几条小道。过了些时间，他在乡间修筑了若干大路，把众多村落连贯起来，也由此奠定了今日岛上的大部分繁荣。以前要把农产品——主要是干椰子肉，运到海边，然后装上帆船或汽艇运往阿皮亚是不可能的，现在变得轻松而简单。他的远大目标是修建一条环岛大道，到目前，其中一部分已经竣工。

“两年后就能完工了，到时就是我死了或被解雇了，我也不在乎。”

修路给他的内心带来了欢乐，他常常前去视察一番，确保一切顺利进行。大道宽阔，绿草如茵，穿过灌木丛和种植园；修路不难，但在修筑过程中要把树木连根拔出，掘出或炸掉岩石，有时如果需要还要找平路面。让他骄傲的是出现问题时，他利用自己的技术解决了它们，他对自己的处理方式也感到高兴，一是处理起来方便，二是他最珍视的岛屿美景可以尽收眼底。谈起他修建的道路，他几乎变成了一名诗人。当漫步在那些环境优美的修路现场，沃克格外留意：哪儿需要将路拉直，这样就可以透过挺拔的树丛看到绿色的远景；哪儿需要出现弯道，路况和景色的多样化可以让行人的心灵得到休憩。为了取得想象中的效果，这个粗糙、庸俗的男人运用了此巧妙的创造力，真是令人惊异。在修路过程中，他采用了日本园丁般的出神入化的技巧。让他感到绝妙和骄傲的是，他只使用了总部全部工程拨款的一小部分，上一年，拨给他的一千英镑拨款中，他仅仅用掉了一百镑。

“他们要钱干什么？”他瓮声瓮气地说，“他们只会买些不需要的垃圾，都是那些传教士留下的——就是说。”

也没有特别原因，或许只是因为节约办公能让他觉得骄傲，也许是有意使自己的高效管理跟阿皮亚政府的拖沓做派形成对比，他让当地人干活只是付给他们形式上的一点点薪水。正因如此，他最近跟这个村子之间有了龃龉，现在他们的重要人物都跑来找他了。酋长的儿子在阿皮亚待了一年，他回到村子后告诉村民在阿皮亚这样的公共工程待遇非常高。通过闲暇时的长期鼓动，他激起了他们心中获得财富的欲望，给他们描绘了拥有大笔钱财后的美景，他们想到了威士忌——威士忌价格高昂，因为法律规定不可以卖给当地人，他们不得不花费双倍的价钱去购买，想到了可以存放财宝的巨大檀木箱子，想到了香皂和罐装鲑鱼，想到了那些不惜任何代价都想拥有的奢侈品。所以当行政官派人把他们找来，告诉他们要从他们村庄修一条通往某地的沿海道路，可以支付给他们二十英镑时，他们要求一百英镑。酋长的儿子叫麦奴马，是个挺拔英俊的小伙子，古铜色的皮肤，一头毛茸茸的头发染成了红色和绿黄色，脖子上挂着红莓花冠，耳朵后面戴着一朵如火焰般鲜红的花朵，映衬着他褐色的面容。他上身赤裸，但为表明他不再是一个野蛮人——因为他在阿皮亚待过，他没系缠腰布，而是穿着粗布工装裤。他跟他们说只要他们团结起来，行政官就只能接受他们的条件；他现在决意要修建这条道路，如果发现他们没有开工，就会答应他们提出的薪水；有一点很重要：无论他说什么，他们都绝不可以动摇，不能降低要求，既然提出了一百镑就必须坚持。在他们提出了这个数字后，沃克用他低沉的声音大笑起来，笑了很久才停下。他叫他们不要再出洋相了，赶紧开工。那天他心情不错，答应道路竣工后会宴请他们。不过当他发现迟迟不见开工后，就去了村子质问他们在玩什么鬼把戏。麦奴马早已教好了一切，他们个个十分平静，根本不去争辩——跟肯纳卡人吵架是件让人气恼的事——他们只是耸了耸肩：不给一百英镑休想让他们干活。这时他暴躁起来，本来粗短的脖子又粗了几圈，红脸膛变成了紫色，嘴唇上唾沫四溅，嘴里咒骂个不停。他知道怎样去伤害、羞辱他们，委实让人害怕！年老的一些人已是面色苍白，局促不安，他们开始犹豫了，要不是见过大世面的麦奴马，要不是担心他嘲笑自己，他们就只能缴械投降啦。这时，麦奴马站出来说：

“给我们一百英镑，我们就开工。”

沃克对他挥着拳头，把能想到的所有骂人话都骂了一遍，对他极尽嘲讽之能事，但麦奴马只是安静地坐在那里微笑着——他的微笑可能更多的是装装样子，而不是来自他的信心，但在众人面前他必须如此。他重复着刚才的话：

“给我们一百英镑，我们就开工。”

他们认为沃克会袭击他——他动手打当地人也不是第一次了，他们知道他很有力气，虽然他的年龄是这个年轻人的三倍，比他矮了六英寸，但他们毫不怀疑麦奴马根本不是他的对手，没人想到去抵抗行政官的野蛮攻击，但沃克什么也没说，而是轻声笑了。

“我是不会跟一帮傻瓜浪费时间的，”他说，“你们再回去讨论讨论吧，我出的价你们都知道，如果一周内不开工，小心点！”

他转身走出了酋长的小屋，解开他的老母马。他跟当地人之间的典型关系还表现在一个细节上：在他上马时，总有一个年长者紧紧抓住右侧的马镫，然后沃克顺势踩上一块大石头，抬起笨重的身体，坐到马鞍上。

就在同一个晚上，沃克习惯性地沿着房子旁的一条大道散步，突然听到什么东西嗖的一声从耳畔飞了过去，然后砰地击在一棵树上，有人向他扔东西！他本能地躲到一边，大声问“谁？”然后向投掷物飞来的方向跑去，听到一个人穿过灌木丛逃跑了。他知道天黑了没法追上，而且他很快就气喘吁吁了，于是停下来回到大道上。他四下里看了看，没找到投掷物。天全黑了，他赶紧回了家，喊来了麦金托什和中国厨师。

“有个坏蛋向我扔东西，跟我去看看是什么。”

他叫厨师带上一盏灯笼，然后三人回到原地。他们在周围搜寻了一阵，但一无所获。突然厨师尖叫起来，他们都转过身，看到他正举着灯笼站在那儿，灯光驱散了四周的黑暗，一把长长的刀子插在一棵椰子树的树干上，发出邪恶的光。投掷的力气很大，费了很大的劲儿才把它拔出来。

“天哪，如果击中了我，我的样子一定会很漂亮！”

沃克拿过刀子，这是一把水手刀仿制品，原刀是一百年前第一批白人登岛时带来的，可用来切割椰子——把椰子从中间一分为二，然后晒干椰子肉。这是一把残忍的武器，刀刃有十二英寸长，锋利异常。沃克轻声笑起来。

“坏蛋，无耻的坏蛋！”

他认为肇事者是麦奴马无疑，他距离死亡只有三英寸之遥！但他没有生气，相反兴致很高，这次历险让他感到兴奋。回到房子后叫人拿上酒来，他笑呵呵地摩挲着双手：

“我要让他们付出代价。”

他的小眼睛闪烁着，肚子吃得饱饱的像只雄火鸡，半小时之内把事件的每个细节跟麦金托什讲了第二遍。然后他要他跟他一起玩皮克牌，期间把他的打算吹嘘了一遍，麦金托什双唇紧绷，只是听着。

“不过你为何要这么折磨他们呢？”他终于问道，“二十英镑对于这个工程真是太少了。”

“我给多少钱，他们都要好好感激我。”

“算了吧，又不是你自己的钱，政府拨给你的钱不算少，就是全花了他们也不会有怨言。”

“阿皮亚的那帮人就是一群混蛋。”

麦金托什看明白了，沃克一切的动机不过是满足自己的虚荣心罢了。他耸了耸肩。

“为了蔑视阿皮亚的那些家伙，却以你的生命为代价，这对你没多大好处。”

“放心吧，他们伤害不了我，这些人！他们没我不行，他们崇拜我。麦奴马是个傻子，他扔那把刀子只是想吓唬我。”

第二天，沃克又骑上马去了这个叫马塔图的村子。他没下马，直接去了酋长家。到了后，看到一群人正团团坐着，交谈着什么，他猜他们又在讨论修路的事。萨摩亚人的小屋是这样建造的：把几根较细的树干围成一圈，固定在地上，彼此相隔五到六英尺，圆圈中心竖起一根较高的树干，然后向周围搭起向下倾斜的茅草屋顶。晚上或下雨时四周可以拉下椰子树叶编成的活动百叶窗。通常，小屋四面都是开放的，这样微风就可以自由地穿堂而过。沃克来到小屋边，大声冲酋长喊叫起来。

“喂，坦嘎图，你儿子昨天晚上把刀子留在一棵树上了，我给你带来了。”

他把刀子扔在了那圈人中间的地上，然后低声笑着缓步离开了。

星期一，他出去查看有没有开工，但仍没有任何迹象。他骑马穿过村子，村民们正忙着各自的活计，有些在用露兜树叶编织草席，一个老人在做一个卡瓦酒碗，孩子们在玩耍，妇女们忙着家务。沃克嘴唇上微笑了一下，朝酋长家走去。

“你好。”酋长说。

“你好。”沃克回答。

麦奴马正在织网，嘴唇上叼着一支香烟，他抬头看了看沃克，脸上带着胜利的微笑。

“你们决定不修路了吗？”

酋长回答：

“不修，除非你给我们一百英镑。”

“你会后悔的。”他转向麦奴马，“还有你，我的小伙子，如果你长大些后后背疼痛难忍的话，我不会感到奇怪的。”

他轻声笑着离开了，让那些当地人感到茫然和不安，他们对这个罪恶的肥胖老头感到恐惧。传教士对他的咒骂，还有麦奴马在阿皮亚学会的讥讽，都不能让他们忘记他的邪恶和狡诈，没有哪个人公然反抗他而最终不倒霉的。他们在二十四小时内就明白了他的计划，因为第二天早上，一大群人——男女老少都有，进了村子。带头的一个人说他们跟沃克谈好了修路价钱，他给他们出二十英镑，他们答应了。现在他的狡黠之处暴露无遗：原来波利尼西亚人有礼貌待客的规定，其效力等同于法律，其中一种礼节必须要绝对执行，就是村民要为来村子的陌生人无偿提供住宿，提供食物和饮料，而且他们想住多久就住多久。如此一来，马塔图的村民无计可施了。每天早上，工人们笑嘻嘻地成群结队地出去了，砍树，炸掉岩石，这儿那儿地找齐路面；傍晚，他们步行回来了，开始连吃带喝，等酒足饭饱了再去跳舞、唱赞美歌，过得非常开心。对他们来说，这跟一场野餐交游无异，但随后不久，主人的脸便越拉越长。陌生人的胃口极好，在他们的胡吃海喝面前，大蕉和面包果很快就吃了个精光，鳄梨树的果子运到阿皮亚后可以卖很多钱，但现在树上已被摘得一个不剩——破坏行为就在他们眼皮底下发生着。这时，他们又发现陌生人的工作进程非常缓慢，他们是否得到了沃克的暗示，要他们尽可能地磨洋工？按照他们目前的进展速度，等路修好了，村子里连食物渣滓都没了。还为更糟糕的是，他们现在已成了别人眼中的笑柄——他们中有人到较远的村子跑差事，结果他们发现还没到达那里，这件事已经传过去了，等待他们的尽是嘲弄和讥笑。肯纳卡人最不能忍受的就是别人的嘲笑。时隔不久，这些“受害人”开始愤怒地嘀咕起来，麦奴马不再是一个英雄，一些难听的话说到了脸上，他不得不忍受着。一天，沃克暗示的那句话真实地发生了：一场激烈的争辩演变成了争吵，五六个年轻人袭击了酋长儿子，把他痛揍了一顿，让他在露兜树叶垫子上躺了一周，到处都是淤青和伤口。他在垫子上翻来覆去，不得安宁。每隔一两天，行政官就骑上他的老母马，去视察道路的施工情况——把被打倒的敌人奚落一番，这种诱惑他抵御不了，他不失时机地给这些深感羞辱的马塔图村民心里揉进更多的痛楚，直接摧毁了他们的精神。一天早上，他们把自尊放进了口袋——这是一个比喻，因为他们根本没有口袋——然后跟陌生人一起去修路了。如果他们想把食物节省下来的话，必须尽快把路修好，全村人都出动了。不过干活时，他们是沉默的，心中满是盛怒和屈辱，甚至孩子们也一声不吭地埋头干着。妇女们一边搬运着成捆的树枝，一边悄悄流泪。当沃克看到这些，他放声大笑起来，几乎从马鞍上滚落下来。消息迅速传开，岛上的人几乎要乐死了。这是一个最了不起的笑话——那个狡黠的白人老头取得了最辉煌的胜利，没有任何肯纳卡人能够在智慧上战胜他。人们拖家带口从遥远的村庄赶来，就是为了看看这些笨人——他们拒绝了二十英镑报酬，到头来却免费为人干活。不过他们干得越辛苦，客人们就越轻松。既然不花钱就能吃到不错的食物，为何还要那么匆忙呢？再说，他们干得越久，这个笑话不就越有趣吗？

最后，可怜的村民再也受不了了，今天早上他们来找行政官，请求他把那些陌生人打发回去。如果他愿意这样做，他们就承诺把剩下的路修好，而不要一分钱。对他而言，这是一个完全的、绝对的胜利——他们都被轻松击垮了。他那张滑溜溜的大脸盘上掠过一丝傲慢和自负，人坐在椅子里似乎膨胀起来，就像一个巨大的牛蛙，他的样子阴险十足，让麦金托什恶心得发抖。这时，他用低沉的声音说起话来：

“修这条路是为了我自己的利益吗？你们认为我从中能得到什么好处？是为了你们！这样你们就可以走得舒坦，就能把干椰子肉方便地运走。你们干活我来出钱，尽管活是给你们自己干的，我出的钱已经够多了。现在你们必须偿付这笔钱，如果你们能把剩下的路修完，我可以把马奴亚的村民打发回去，但是我付给他们的二十英镑必须由你们来付。”

有人大声抗议，他们试图据理力争，告诉他他们没有这笔钱，但不管说什么，他都报以无情的讥笑，这时铃响了。

“该吃饭了，”他说，“把他们赶出去。”

他从椅子里猛地站起来，然后走出了房间。当麦金托什跟着进了餐室，发现他已坐在桌边，脖子上系着一块餐巾，手里拿着刀叉，等中国厨师把饭端进来就要吃饭了。他看上去非常兴奋。

“我把他们全击垮了，”麦金托什坐下时，他说道，“今后修路就没有太多问题了。”

“我想你在开玩笑。”麦金托什冷冷说道。

“你这话什么意思？”

“你不会真让他们付二十英镑吧？”

“当然是真的。”

“我不清楚你有何权力这样做。”

“不清楚吗？我想，在这个岛上，我有权力做任何想做的事。”

“我觉得你对他们欺负得也够了。”

沃克哈哈大笑起来。麦金托什怎么想他并不介意。

“我想听你的意见时会找你的。”

麦金托什的脸变得煞白，他的痛苦经验告诉他，除了沉默他别无任何办法。他拼命地克制自己，结果弄得自己恶心、晕眩起来。面前的饭是吃不进去了，他憎恶地看着沃克把一块块肉胡乱地塞进自己阔大的嘴里——瞧那副肮脏的吃相，跟他同桌吃饭必须要有一个强大的胃口才行。麦金托什浑身颤抖着，心里突然有了要羞辱一下这个残忍粗人的念头，如果能让他遭受到侮辱、遭受他给别人带来的一切，他什么都愿意——他从来没这么憎恨过这个恶霸。

这一天在慢慢消逝，午饭后麦金托什想睡上一觉，但心中的愤怒让他无法入睡；他想读点东西，文字在他眼前漂浮起来。阳光毒辣辣地照射着，他渴望下雨，不过他知道雨水也不会带来清凉，只能让空气变得更加闷热和潮湿。他是个土生土长的阿伯丁人，他的心突然向往起那个城市的花岗岩街道上拂过的阵阵凉风。在这里他是个牢犯，不仅被那片温热的大海囚禁，还被那个可怕的老头囚禁着。他感到头疼，用手压了压——他真想把他杀掉。不过他还是强打精神，想做点什么事来分散一下注意力。既然读不下去，他觉得可以把私人文件整理一下，他一直来就想做，但总是一推再推。他打开书桌抽屉，拿起一小摞信件，这时看到了自己的那把左轮手枪，一刹那间他突然有了股杀掉自己的冲动，这样就可以逃脱让人无法忍受的禁锢了，但念头转瞬即逝。他注意到由于空气潮湿，手枪已稍稍生锈了，他拿出油布开始擦拭起来。就在他专心于此时，突然注意到有人正悄悄地从门口进来。他抬起头来喊道：

“是谁？”

沉寂了片刻后，那人露面了——是麦奴马。

“你要干什么？”

酋长的儿子站了一会儿，脸色忧郁，沉默不语，不过开口时，声音有些哽住了。

“我们付不起二十英镑，我们没钱。”

“我能怎么办呢？”麦金托什说道，“沃克先生的话你都听到了。”

麦奴马开始哀求起来，话语里夹杂着萨摩亚语和英语，声音如唱歌般起伏不定，带着颤抖的调子，让麦金托什感到恶心——这人竟让自己屈服到如此地步，真是个可怜虫！麦金托什不由得恼怒起来。

“我什么也帮不上，”麦金托什气愤道，“你知道沃克先生是这里的主子。”

麦奴马再一次沉默了，仍站在门口没动。

“我觉得不舒服，”他终于说道，“给我拿点药吧。”

“你怎么啦？”

“我不知道，就是不舒服，身上感到疼痛。”

“不要站那儿，”麦金托什厉声喊道，“过来让我看看。”

麦奴马走进了小房间，站到办公桌前。

“我这里还有这里疼。”

他把手放在腰部，脸上露出痛苦的表情。麦金托什突然注意到男孩的视线停留在了左轮手枪上——刚才麦奴马出现在过道上时，他把枪放在了办公桌上。两人都没说话，麦金托什觉得这份沉默是如此漫长，他似乎读懂了肯纳卡人的心思，心不由得狂跳起来。就在这时，他感觉自己仿佛被什么控制住了，身体丝毫动弹不得，行动完全受到一个外来意志的驱使，对他来说那是一种陌生的力量。他嗓子发干，机械地把手放在喉咙上以让说话更容易些，不过这一切他避开了麦奴马的视线。

“就在这里等着，”他说，声音好像被人捏住了气管，“我到药房给你拿点药。”

他站了起来，稍微趔趄了一下——这是错觉吗？麦奴马站着没有说话，尽管目光转移开了，麦金托什仍知道他正茫然地看向窗外。他感觉仿佛是另外一个人控制了自己，并把自己赶出了房间，而本来的自己拿出了一小摞乱遭遭的报纸盖在左轮手枪上，以免他人看到。他走到药房，拿了一个药丸，朝一个小瓶子里倒了些蓝色饮剂，然后出门到了院子里，他不想再回到房子里，所以冲麦奴马喊道：

“过来。”

他把药递给他，并告诉他怎样服药。他不知道为何不敢直视肯纳卡人，在跟他说话时，他的视线落在了他的肩膀上。麦奴马服了药，悄悄出去了。

麦金托什去了餐室，翻了翻旧报纸，但根本读不进去。整座房子很安静，沃克在楼上自己的卧室里睡着了，中国厨师在厨房里忙着，两个警察在外面钓鱼。四周静谧得让人觉得怪异，麦金托什的脑子里萦绕着一个问题：那把左轮手枪是否还在原处，他没勇气去看。这种“不确定性”让人害怕，但“确定性”会让人更加恐怖，他全身都让汗水浸透了。最后，寂静让他再也无法忍受，他决定到一英里外一个叫杰维斯的商人家去。他是一个混血儿，但身上的那部分白人血统已使他成为可交谈的对象。麦金托什想逃离自己的房子——那里的办公桌上胡乱堆着些脏兮兮的报纸，报纸下面有什么东西，也许没有了什么东西。他沿路走去，路过一个酋长的漂亮房子时，有人大声向他问好。最后来到了商人店里，柜台后面坐着商人的女儿，一个皮肤黝黑、五官粗大的女孩，穿着一件粉红色的衬衫和白色的粗斜纹布料短裙。杰维斯希望他能娶她，他自己有的是钱，他跟麦金托什说他女儿的丈夫也应该是个有钱人。看到麦金托什后，女孩的脸上泛起了红晕。

“父亲正在卸今天早上到的一批货，我去告诉他你来了。”

他坐下来，女孩到商店后面去了。过了一会儿，她的母亲——一个身躯庞大的老妇人晃悠悠地走了进来。她是一名女酋长，自己名下拥有大把土地，她向麦金托什伸出了手。她的极度肥胖让人不悦，但她设法成功地给人留下高贵的印象，热情但不谄媚，待人亲切而又顾及到自己的身份。

“你快成为陌生人了，麦金托什先生。特丽莎今天早上还说：‘唉，我们再也看不见麦金托什先生了。’”

想到成为这个当地老太太的女婿让他哆嗦了一下，这个女人一向以铁腕御夫闻名——尽管他的丈夫有着白人血统。她就是权威，就是管事的头领。在白人眼里，她或许只是杰维斯太太，但她的父亲曾是王族中的酋长，而她的祖父和曾祖父都是当年的国王。商人进来了，站在高大的妻子身边，他看起来是那样瘦小。他的皮肤颜色较深，一把黑胡须已变得花白，穿着帆布工装裤，眼睛好看，牙齿闪亮。这是个典型的英国人，话语中充斥着俚俗用语，但你能感觉到他讲的英语带着异国腔调，跟家人他是讲当地话的。他是个过于顺从的人，低声下气，附和逢迎。

"啊，麦金托什先生，真是惊喜啊！特丽莎，端威士忌来，麦金托什先生要跟我喝一杯。"

他把阿皮亚最近的新闻全讲了一遍，同时对客人的眼睛观察了一会儿，以便知道什么话题更受欢迎。

"沃克先生怎么样？最近没见到他，我太太想在这周哪一天送他一头乳猪。"

"今天早上我看到他骑马回家了。"特丽莎说。

"敬你一杯！"杰维斯端起威士忌。

麦金托什跟他喝起来。两位女士都坐在那里看他。杰维斯夫人穿着黑色长罩衣，温和而矜持，特丽莎每次捕捉到他的目光都急切地微笑起来，而商人在传播着让人无法消受的小道消息。

"阿皮亚有人说沃克快退休了，他已不再年轻。自他最初来到岛上后，情况发生了很多变化，但他并没有随之改变。"

"他做得太过火，"年老的女酋长说，"当地人并不满意。"

"关于那条路真是好笑，"商人笑道，"我在阿皮亚跟他们提起时，他们都笑破了肚皮。好个老沃克！"

麦金托什不悦地看了他一眼，这样称呼什么意思？对于一名混血商人，他应该称他为"沃克先生"。对于他的无礼，他严厉谴责的话差点脱口而出，不过不知为何最终没有说出。

"他退休后，我希望你能接替他的工作，麦金托什先生，"杰维斯说，"这个岛上的人都喜欢你，你能理解当地人。他们如今都接受过教育，不应该像过去那样对待他们。现在是需要一位有教养的人来做行政官了。沃克不过是一名商人，跟我一样。”

特丽莎的眼睛闪烁着光芒。

“到时候如果有人捣乱，你尽管放心，由我来处理，我将带着所有的酋长去阿皮亚请愿。”

麦金托什心里感到极其烦乱，他从未想过如果沃克出现了什么意外，有可能由他来继任。在这个位置上的确没人比他更熟悉这个岛屿了。他突然站起来，几乎没作告别就往回走去。他径直进了自己的房间，赶紧看了看办公桌，翻开了报纸。

左轮手枪没有了。

他的心脏猛烈地撞击着肋骨，他到处寻找——椅子里，抽屉里，拼命地寻找，但从一开始他就知道不可能找到了。突然，他听到了沃克粗哑、爽朗的声音。

“你到底在忙什么，麦克？”

他吃了一惊，沃克正站在门口。他本能地转过身，想把桌子上的东西藏起来。

“在搞清理？”沃克问道，“我跟你说过了，把没用的东西直接扔掉。我要去塔浮尼洗澡，你最好跟我一块去。”

“好的。”麦金托什说。

只要他跟沃克一起就不会发生什么事。他们要去的地方在大约三英里之外，那里有一个淡水池塘，被一道狭窄的岩石屏障同大海隔开了。这是行政官叫人炸开岩石建成的，以供当地人洗澡之用。这样的池塘在岛屿四周建有多个，只要有泉水就行。跟粘稠温热的海水相比，池塘里的水清凉爽快得多。他们沿着静寂的青草大道前行，跋涉过海水入侵后形成的浅滩，经过两个当地人村落——村子里钟形的小屋彼此相隔遥远，村中央有座白色的小教堂。到了第三个村子，他们下了轻便马车，拴好马，向池塘走去。跟他们同去的还有四五个女孩和十几个小孩子。很快，池子里就水花四溅起来，喧哗声、大笑声响成一片。沃克系着缠腰布，像一只笨拙的海豚来回游着，跟女孩子们讲着下流笑话。她们钻到他身下游来游去，当他试图抓住她们时，她们蜿蜒着游走了，大家玩得兴高采烈。游累了，他就躺在一块岩石上，女孩和小孩子围在他身边，果真像一个其乐融融的大家庭。这个肥胖的老头——瞧他那新月形的白发，闪亮的秃顶，宛如一尊年老的海神，麦金托什一度从他眼睛里看到了奇异的柔和的神采。

“他们是我亲爱的孩子，”他说，“他们把我当作父亲。”

话还没说完，他转过身来对着一个女孩说了句粗鄙的话，惹得她们全都哈哈大笑起来。麦金托什开始穿衣服了，他的细胳膊细腿使他的身材看上去很是可笑，活像那个不幸的堂吉诃德，沃克开始讲起关于他的粗俗笑话来，又引起了她们的纵声大笑。麦金托什使劲扭着衬衣，他知道自己很可笑，但他憎恨被人嘲笑，他一声不响地站在那里，怒视着他。

“如果你想及时赶回去吃晚饭，就赶紧走吧。”

“你是个不错的小伙子，麦克，不过你是个傻瓜。你做一件事时还总想着另一件。我们活着是不应该这样子的。”

尽管如此，他还是慢慢地站起身，穿上衣服，然后不紧不慢地走回村子。跟酋长一起喝了碗卡瓦酒，所有的村民都高兴地前来告别，然后他们坐上马车回家了。

晚饭后，沃克习惯性地点上一支雪茄，准备出去散步。麦金托什突然间感到恐惧起来。

“现都天黑了还一个人出去散步，你不觉得很不明智吗？”

沃克用他的蓝色圆眼睛凝视着他。

“你到底什么意思？”

“别忘了前几天那把刀子，你惹恼了那些人。”

“呸！他们不敢。”

“原先有人敢过。”

“那只是吓唬人罢了，他们不会伤害我的，他们把我看作他们的父亲，他们知道无论我怎么做都是为了他们好。”

麦金托什望着他，心里充满了轻蔑，这个人的自负激怒了他，但还有什么——他自己也说不清楚，让他继续说道：

“记着今天早上发生的事，今晚待在家里对你有好处，我可以跟你玩皮克牌。”

“我回来再跟你玩，能让我改变计划的肯纳卡人还没出生呢。”

“那最好让我一块去。”

“你就留在这里吧。”

麦金托什耸了耸肩，所有的提醒话他都跟这个人说过了，如果他不加注意，那就是他自己的事。沃克戴上帽子出去了，麦金托什开始读东西，不过他想的是别的事；或许他该好好考虑下一步应该怎么办了。他走到厨房，编了个借口跟厨师聊了一会，然后搬出留声机，放上一张唱片。机器吱吱嘎嘎发出了忧伤的旋律，那是伦敦音乐厅的一首滑稽歌曲，不过他竖起耳朵等待着黑夜里远处传来的一个声音。唱片就在胳膊肘边，乐声尖利，歌词刺耳，但他似乎被一种神秘的静谧笼罩着。他听到碎浪击打在礁石上发出沉闷的轰鸣声，听到微风拂过高处的椰子树树叶沙沙作响。还要等多久呢？太可怕了。

一阵嘶哑的笑声突然传来。

“奇迹永远都不会停止，你自己不怎么爱放音乐的，麦克。”

沃克站在窗边，面色红润，粗鲁而快活。

“你瞧我多精神，活蹦乱跳的，你放音乐干什么？”

沃克走了进来。

“情绪不好，呃？放点曲子让自己振作一下？”

“给你放安魂曲。”

“到底是什么鬼东西？”

“喝苦啤酒的傻子和一品脱黑啤酒”。

“也是很好的一首歌，听多少遍我都不介意。现在打皮克牌吧，我要把你的钱都赢光。”

他们开始打牌。沃克出手霸道，凯歌高奏。他恫吓对手，揶揄对手，斥责对手，对对手的错误冷嘲热讽，对对手的诡计洞若观火，最后胜利了，便大呼小叫，得意忘形。麦金托什不久就恢复了冷静，他似乎能够置身事外，观察着这个不可一世的老头和自己的漠然和沉默，这让他获得了一种超然的快乐——就在某个地方，麦奴马正静静地等待着属于他的机会。

沃克连战连捷，最后结束时，他心情大好地把收益装进了口袋。

“要想赢我，你还得再长大一点，麦克。事实上，我对打牌的确天赋异禀。”

“分牌时我碰巧分给你十四张‘爱司’，我不知道这跟天赋有啥关系。”

“好牌手牌也好，”沃克反击道，“换了你的牌我照样赢。”

接下来，他开始长篇大论地讲述自己跟那些臭名昭著的赌棍打牌的不同经历——那一刻的他，在他们的错愕当中，把所有的钱席卷而去。当然他是在吹牛，在自我标榜，麦金托什专注地听着，不过他现在不想再压抑自己的怒火了，沃克说的每句话，每个动作，都让他更加可憎。最后，沃克站了起来。

“哦，我要睡觉了，”他打了个响亮的呵欠说，“明天的事很多。”

“有什么事？”

“我要到岛的另一侧，五点就要出发，我不希望回来吃饭时太晚。”

他们平时是晚上七点吃饭。

“那晚饭改成七点半吧。”

“我想也可以。”

麦金托什看着他把烟斗里的烟灰敲出来——这个人保持着原始的活力，生命力旺盛，想到死亡正盘旋在他的头顶之上，真让人觉得奇怪。

麦金托什冷峻、忧郁的眼睛里掠过一丝淡淡的笑意。

"要我跟你一起去吗？"

"老天，你跟我去干什么？我坐马车去，能拉我一个人就不错了，三十多英里的路，可不想再拉你。"

"或许你还不太明白马塔图的村民怎么想的，我觉得跟你一起去会更安全些。"

沃克爆发出一阵轻蔑的大笑。

"做剪报时你才有大用，我最不擅长的就是紧张兮兮。"

笑意从麦金托什的眼睛蔓延到了嘴唇，但让其变得痛苦和扭曲。

"上帝要想毁灭谁，首先使他失去理智。"①麦金托什说。

"你究竟在说啥？"沃克问。

"拉丁语，"麦金托什一边往外走一边回答。

现在他微微笑了，情绪也变了——他已做了力所能及的一切，其余的就交给命运吧。晚上他睡得非常安稳，几周来都没睡得这么好过。第二天早上醒来后，他就出去了。一夜安眠后，他觉得清晨的空气如此清新，让人身心舒泰。大海愈加湛蓝，天空更为明亮，远远好过大多数日子。信风阵阵，让人神清气爽；微风轻拂，潟湖上波光粼粼，宛如没刷好的天鹅绒。他觉得自己更强壮、更年轻了，热情洋溢地开始了一天的工作。午餐后，他睡了一觉。黄昏时分，他给自己的枣红马装上马鞍，然后骑上去，慢悠悠地穿过了丛林。他仿佛要用全新的目光去把一切看个遍——他终于觉得正常多了，最不寻常的是，他现在可以把沃克完全置于脑后不去管他，就好像他从来没存在过一般。

他回来得很晚，一路骑行让他身上发热，于是又洗了个澡。然后，他坐在阳台上抽起了烟斗，看着湖面上天色正渐渐隐去——夕阳中的潟湖，蔷薇色、紫色和绿色相互交映，异常美丽。他觉得跟这个世界、跟自己的关系又融洽起来。厨师出来问他晚饭已经做好，要不要再等一等，

① 原文为拉丁语。

麦金托什友好地看着他笑了，他看了看表。

“七点半了，最好不要等了，头儿何时回来说不准。”

厨师点点头。过了一会，麦金托什看到他端着一碗热气腾腾的汤穿过了院子。他懒洋洋地起身，到餐室吃了饭。那个发生了吗？“不确定性”真的很有意思，麦金托什在默然中轻笑起来。今天食物似乎不像平时那样寡淡无味，即便仍是汉堡牛排——厨师想不出新花样时必然会做的一道菜，味道也奇迹般地变得鲜美喷香了。晚饭后，他懒散地走到阳台去拿本书，他喜欢这种纯粹的宁静。现在，夜幕已经降临，星星在空中闪烁。他喊了一声，叫人送一盏灯过来。过了一会儿，中国人赤着脚啪踏啪踏地过来了，一束灯光刺破了四周的黑暗。他把灯放在办公桌上，然后悄无声息地走出了房间。麦金托什站在那里突然像被钉在了地板上——在那堆杂乱的报纸中间，他看到了他的左轮手枪。他的心脏剧烈地跳动起来，全身大汗淋漓。一切已经结束了。

他用颤抖的手拿起枪，四个弹膛已经空了。他停顿了一会，满腹疑虑地看着外面的夜色，但那里没有任何人。他迅速把四颗子弹塞进弹膛，然后把枪锁进了抽屉。

他坐下来等着。

一小时过去了，又一小时过去了，什么事都没有。他坐在办公桌旁，似乎在写什么东西，但既没写也没读，而只是听着——他竖着耳朵搜寻着一个从远处传来的声音，但听到的是踌躇不决的脚步声，他知道是中国厨师。

“阿松。”他叫道。

厨师来到门口。

“头儿这么晚还没回来，”他说，“晚饭都没法吃了。”

麦金托什凝视着他，不清楚他是否知道已经发生的事情；如果知道的话，那是否了解他跟沃克以前的关系？他开始工作起来，一声不响地微笑着，一切都有条不紊——谁能读懂他的心事？

“我希望他在路上吃过了，但不管怎样还是要把汤温着。”

这句话刚出口，安静突然被一阵混乱的喊叫声和匆忙的赤脚跑步声打破了。一些当地人冲进了房子，有男的女的，还有孩子。他们围在麦金托什周围叽叽喳喳说开了，但说的话无法让人听懂。他们激动、恐惧，有几个人已经哭了起来。麦金托什从他们中间挤过去，走到门口。他虽然几乎听不懂他们在说什么，但非常明白发生了什么事情。等他到了大门口，轻便马车已经到了。一个肯纳卡人牵着老母马，马车里蹲着两个人，正试图把沃克扶起来，一小群当地人围在车周围。

母马被牵进了院子，当地人哗啦都跟了进来，麦金托什大声喊着叫他们后退，两个警察——老天知道他们突然从哪里钻出来的，把他们狠狠推到一边。到此，他才明白了怎么回事：一些打鱼回来的少年在路上看到了这辆马车，当时它正停在浅滩朝着村子的这一侧，母马在草丛里擦着鼻子。他们在黑暗中看到这个老人的巨大白色的身躯夹在座位和挡泥板之间，开始以为他喝醉了，所以都笑嘻嘻地探头进去观看，不过听到他在呻吟，这时他们意识到出了问题，就跑到村里叫人，当他们回来时——当时有五十多个人跟了去，发现沃克中枪了。

麦金托什突然惊恐地想到他是否已经死了，无论如何第一件事就是把他从车里抬出来，但由于沃克过于肥胖，这个工作并不容易完成，四个壮劳力才把他抬起来，他们晃动了一下，他发出低沉的呻吟声——他还活着。最后，他们把他抬进房子，上了楼梯，然后把他放在床上。这时，麦金托什能够看清他了，刚才在院子里只有五六盏防风灯，一切都模糊不清。沃克的白色工装裤上染满了鲜血，抬他的人手上都沾满了，缠腰布上鲜红而粘湿。麦金托什举起灯，他没料到他的脸色会如此苍白，眼睛紧闭着，仍有呼吸，但脉搏微弱，仅仅能够摸得到——显而易见，他就要死了。麦金托什没想到自己会如此震惊和恐怖，感到全身都抽搐起来。他看到那个当地职员也在，便用嘶哑、惊悸的声音告诉他到药房把所有的皮下注射用具和药品拿来。其中一名警察拿来了威士忌，麦金托什给老头嘴里灌了一点。房间里挤满了当地人，他们坐在地板上一言不发，紧张不安，不时有人大声恸哭起来。天气非常炎热，但麦金托什却感觉全身发冷，手脚一片冰凉，拼命地抑制着四肢的颤抖。他不知道该如何去做，不知道沃克是否还在流血——假如还流的话，他该如何止血呢？

职员把注射针拿来了。

“你给他注射吧，”麦金托什说，“对这类东西你比我熟。”

他现在头痛欲裂，里面仿佛有各种小野人在相互打仗，并试图逃脱出来。他观察着注射的效果，不久沃克缓缓睁开了眼睛，似乎不知道自己身在何处。

“保持安静，”麦金托什说，“你在家里，很安全。”

沃克的嘴唇上露出似有似无的笑意。

“他们得手了。”他发出低低的声音。

“我叫杰维斯马上派人乘摩托艇去阿皮亚，明天下午我们就能请来医生了。”

停顿了很久老头才开口。

“到时我就死了。”

一丝恐慌漫过麦金托什苍白的面孔，他强作欢颜道：

“别胡说了！保持安静，你不会有任何问题的。”

“给我喝一口，”沃克说，“度数高一点儿的。”

麦金托什手颤抖着，往玻璃杯里倒入各一半的威士忌和水，然后端着让沃克贪婪地喝了下去。酒似乎让他得到了恢复，他长长地叹了口气，宽大肥厚的脸上出现了一丝红晕。麦金托什现在完全不知该如何做了，他站在那里盯着他。

“你告诉我怎么做，我就去做。”他说道。

“什么都不用，只让我独自待一会儿，我太累了。”

这个肥胖、浮肿的老头躺在大床上，全无血色，虚弱不堪，看上去极其可怜，让人心碎。他躺在那里，但头脑似乎变得清醒起来。

“你是对的，麦克，”他不久说道，“你警告过我。”

“我真希望当时能跟你一起去。”

“你是个好小伙，麦克，只是你不喝酒。”

他又长时间不说话了，情况显然愈加不妙，现在出现了内出血，麦金托什虽然不懂，但仍看出留给他上司的时间只有一两个小时了。他一动不动地站在床边，在大约半个小时的时间里，沃克闭上了眼睛，然后又睁开了。

“他们会让你接替我的工作，”他缓缓说道，“上次在阿皮亚，我跟他们说了你很不错。把我的路修好，我希望能够修完——环岛大道。”

“我不想接替你的工作，你没事的。”

沃克疲倦地摇了摇头。

“我的日子到了。好好对待他们，这很重要。他们都是孩子——你一定要记住这一点。对他们你一定要严格，但必须要做到善良、公正。我从来没在他们身上赚过钱，二十年了我都没攒下一百英镑。修路是件大事，要把它修完。”

麦金托什差点要啜泣起来。

“你是个好小伙，麦克，我一直喜欢你。”

他闭上了眼睛，麦金托什觉得它们再也不会睁开了。他觉得嘴唇非常干燥，必须要喝点东西。中国厨师默默地给他搬来一把椅子，他坐在床边等着，不知过去了多久——长夜漫漫，没有尽头。突然地上坐着的一个人无法控制地大声呜咽起来，像个孩子一样。麦金托什这才注意到，此时屋里已挤满了当地人，他们都席地而坐，盯着床上。

“这些人在此干什么？”麦金托什问，“他们没有资格，把他们赶走，赶走，全赶走。”

他的话似乎唤醒了沃克，他又睁开了眼睛，但一切都变得模糊了。他想说话，但身体过于虚弱，麦金托什不得不支起耳朵来听清他讲的话。

“让他们留在这儿吧，他们是我的孩子，应该留这里。”

麦金托什转向当地人。

“留这儿吧，他希望你们在这里，不过要保持安静。”

老头苍白的脸上浮起了一丝微笑。

“靠近点。”他说。

麦金托什弯下身子，他的眼睛紧闭着，说的话就像吹过椰子树树叶的一阵微风。

“给我再喝一口，我有话要说。”

这一次，麦金托什给他喝的是没有稀释的威士忌，沃克攒足了最后的力气来说出他的遗嘱。

“这件事不要大惊小怪。九五年[①]就发生过意外，有白人被杀，结果调来了舰队，毁坏了一些村庄，很多无辜的人被杀掉了，阿皮亚的那些人都是该死的傻瓜。如果他们小题大做的话，就会冤枉好人，我不想让任何人遭到惩罚。”

他停下来休息了一会。

“你就说这是个意外，任何人都不需要承担责任，答应我你能做到。”

“你说什么我都去做。”麦金托什小声说道。

“好小伙，最好的小伙。他们都是孩子，我就是他们的父亲，父亲是不会让孩子遭遇麻烦的——如果他能够做到的话。”

从他喉咙里发出一阵轻笑，笑声极其怪异和吓人。

“你是虔诚信教的，麦克。宽恕他们怎么样？你知道怎样做。”

一时间麦金托什不知道如何回答，他的嘴唇颤抖着。

“宽恕他们，因为他们不了解他们的行为？”

“那是对的，宽恕他们。我爱他们，你知道，一直爱着。”

他叹了口气，嘴唇轻轻嗡动着，麦金托什的耳朵靠得更近了，以便能听到他的话。

“抓住我的手。”他说。

---

① 指 1895 年。

麦金托什发出了一丝叹息，心里如同刀绞。他抓起老头的一只手，然后放到自己手里——它是如此冰冷、虚弱、粗糙。他就这样坐着，一直坐着，突然屋里的静寂被一阵长久的痰咳声打破了，声音如此可怕和怪异，他差点惊惧得从椅子里掉下来——沃克死了。当地人开始嚎啕大哭起来，他们捶打着胸口，泪水从脸颊上滚滚落下。

麦金托什把自己的手从死人手里抽出来，像一个睡意朦胧的醉鬼晃晃悠悠地走出了房间。他回到办公桌前，从锁着的抽屉里拿出左轮手枪，然后向海边走去，最后进了潟湖里。他走得非常小心，以免被脚下的珊瑚礁绊倒，直到湖水浸到了他的腋窝，这时——他把一颗子弹射进了自己的脑袋。

一小时后，五六只细长的灰色鲨鱼在他倒下的地方争抢着，溅起一片水花。

表象和事实

我不能保证这个故事是真实的，但故事的讲述者是英国某大学的一位法国文学教授——一个有着高尚品格的人，如果是胡编乱造，我想他不会讲给我听。他讲这个故事，是想引起他的学生对三位法国作家的关注。在他看来，这三位作家融合了法国人所具有的典型性格。他说通过阅读他们的作品，你能极为透彻地了解法兰西这个民族。他甚至认为，倘若他有权力，他会要求法国的统治者必须要通过关于三位作家作品的严格考试，否则他们就不值得信任，也不能开展管理法国人民的工作。这三位作家便是拉伯雷、拉封丹和高乃依。拉伯雷爱讲“疯话”[1]，也就是粗俗话，比如他喜欢把铁锹称为“他妈的铁铲”；拉封丹爱谈“常识”，但那不过是粗浅的常用知识罢了；说到高乃依就不得不提“羽饰”一词——在词典里它指的是“羽毛”，也就是全身披挂的骑士插在头盔上的羽毛，但它有个比喻意义，似乎是指尊严、威风、炫耀、豪气、虚荣和傲慢。正是在“羽饰”精神的激励下，法国的绅士们才会在丰特努瓦对乔治二世国王的军官们说：先生们，你们先开枪吧；在“羽饰”精神的鼓动下，康布罗纳在滑铁卢从他无耻的嘴里喷出了这样的话：卫兵们可以死去，但决不投降；正是在“羽饰”精神的影响下，一个获得诺贝尔文学奖的贫困诗人，摆出了极为洒脱的姿态，把奖金一股脑地捐献了出去。教授并非轻浮之人，在他看来，我要讲的这个故事确确实实说出了法国人的三个主要特征，因而具有深刻的教育意义。

我把这个故事命名为《表象和事实》。事实上，这是一部哲学著作的标题——这部著作（无论正确与否）我认为应看作是我国十九世纪创

---

① 原文为法语，下同。

造出来的最重要的哲学作品。这本书读起来颇不容易，但发人深省。它用优美的英语写成，极富幽默感，外行读者即使不能读懂其中一些非常微妙的议论，但仍如行走在玄学深渊之上的绷紧的钢丝上，其紧张刺激不言而喻，但读完了，一切都安虞无事，他便会大大松上一口气。如果不是恰如其分地适合我的故事，我才不会寻找借口去借用这部杰出著作的名字呢。说莉赛特是一名哲学家，其意义也只能这样解读——我们每个人都是哲学家。她思索的是怎样解决人类的生存问题，她对事实的感受之强烈以及对表象所富有的真实倾向性，几乎可以让她宣布，她已经把这似乎水火不容的两端调和起来了——而这正是几百年来哲学家们所孜孜以求的。莉赛特是个法国人，在每个工作日，她都会在巴黎最昂贵、最时尚的时装公司里花上几个小时，不停地穿衣、脱衣。对一个意识到自己有着优美身段的年轻姑娘来说，这真是一份惬意的职业——一句话，她是个服装模特儿。她个子高挑，穿上拖裙优雅飘逸。她的臀部细小，穿上运动服，可以让石楠的清香飘进你的鼻孔。她双腿修长，穿上睡衣也会婀娜多姿。她腰肢纤细，乳房小巧，即使穿上最普通的泳装，也会让人心神荡漾。任何衣服对她而言都不在话下。一件鼠皮大衣随便往身上一裹，她就有本事能让最明智的人也不得不承认，这件大衣花多少钱也不足惜。那些肥胖的女人、臃肿的女人、粗矮的女人、瘦骨嶙峋的女人、身材走形的女人，还有年老色衰，以及相貌丑陋的女人，都坐在宽大的扶手椅里，看到她穿上的衣服如此合身，整个人看起来是那么甜美动人，便也纷纷掏钱购买了。莉赛特有一双大大的褐色的眼睛，嘴大而红润，皮肤白皙而略带点儿雀斑。每天，她迈着从容的步子仪态万方地走进来，然后慢悠悠地转身，最后再带着唯有骆驼才能匹敌的傲视天下的劲头走出去——要摆脱掉那种高傲、阴沉和冷漠的风度非常困难，因为这些对于一名模特儿来说似乎是必需的。莉赛特褐色的大眼睛似乎闪了一下，红嘴唇微微翕动，仿佛最轻微的挑逗都会让它们冲你莞尔一笑。正是她眼睛里的那一闪烁，吸引了雷蒙德·勒·叙厄尔先生的注意。

叙厄尔先生正坐在一把仿造的路易十六时代的椅子里，旁边的椅子上坐着他的妻子。她拖他来看这场内部观赏的春季时装展览，这表明雷蒙德·勒·叙厄尔先生有着一副好性情。因为他是个公务缠身的人，谁都会想到，他有太多的事务要去处理，怎么会花上一个小时来欣赏十几个穿着令人炫目的各类时装的女人走来走去呢。他觉得什么时装也不能让他的妻子增添一分姿色。她是个大个子的瘦削女人，五十多岁了，一张老脸看上去让她比实际年纪要大得多。他跟她结婚并非因为她的容貌，这一点，即使在最初的如胶似漆的蜜月时期，她也心知肚明。那时，她是一家生意兴隆的钢铁厂的继承人，而他有一家同样经营不错的机车厂，他把她娶回家就是想把两家工厂合二为一。他们的婚姻顺顺利利。她给他生了个儿子，他们的儿子网球打得跟职业选手几乎相当，舞跳得不亚于职业舞男，在桥牌桌上能跟任何一个行家过招。另外还生了个女儿，嫁给了可以说是一位真正的亲王，他足够有钱，为女儿提供了一大笔的嫁妆。他有十足的理由为儿女们感到自豪。由于他的坚持不懈和很大程度上的为人正直，他的事业兴旺发达起来，掌控了多家企业的多数股权，包括一家炼糖厂、一家电影公司、一家汽车制造公司，还有一家报纸。最后，他拥有了巨额财富，花钱让某一选区的自由和独立的选民投他的票，把他送上了参议员的宝座。他举止庄严，肥胖但不令人生厌，面色红润，一把灰色胡须修剪成整整齐齐的方形，秃脑瓜，脖子后面滚着一团赘肉。你无须观看他黑色大衣上装饰着的红纽扣，便可猜出他是个重要人物。他这个人能够当机立断。当妻子离开服装公司去打桥牌时，他跟她分了手，说为了锻炼身体，他要步行回参议院，有公务正等着他。但他根本没走那么远，而是在一条偏僻的小巷子里"锻炼身体"呢。他怡然自得地来回踱着步，准确地估算着时装公司的年轻姑娘们完成工作后经过这里的时间。等了不到一刻钟，姑娘们便三五成群地过来了。有些年轻貌美，有些已妙龄不再，也远称不上美丽。这告诉他，翘首以盼的时刻就要到了。过了几分钟，莉赛特步履轻盈地出现在巷子里。参议员清楚得很，以他的相貌和年纪，年轻女性不会对他一见钟情的，但他知道他的财富和身份足以抵消这些不足。莉赛特身边有个女伴，换个小人物，会为此感到尴尬的，但参议员没有犹豫片刻，他迎上前去，有礼貌地抬了抬帽子——但抬得不高，为的是不曝光他的秃脑门。他向她问了好。

“晚上好，小姐！”，他一边说着，一边露出了迷人的微笑。

她瞥了他一眼，目光在他身上只停留了极短暂的一瞬，刚刚还颤动着、微笑着的红嘴唇一下子僵住了。她转过头跟同伴聊起来，带着极冷漠的神色继续往前走。参议员一点儿都不慌乱，转过身来，跟在两位姑娘后面，保持着几码的距离。他们走过一条僻静的小巷，然后上了林荫大道，到德拉玛德琳广场后上了公交车。参议员甚感满意。他得出了几个正确的结论。她显然是跟女伴一起回家的，这说明她尚没有合意的倾慕者；当他向她搭讪时，她扭头就走，这说明她行为谨慎、性情羞涩、修养良好；她的外套、裙子、普普通通的黑帽子，还有人造丝的长袜都表明，她的家境并不富有，而且未曾堕落。在他看来，无论穿这些衣服，还是身着演出时的艳丽服装，她一样光彩照人、魅力四射。他的内心有了种奇特的感觉，这是他几年来未曾体验过的——快乐、奇妙而又带着些许的伤感，但他立刻意识到了。

“是爱情，我的天哪！”他喃喃自语道。

他从未料到会再次捕获到爱的感觉。他耸了耸肩，自信满满地迈开步子离开了。他来到一家私人侦探所的办公室，要求调查一个叫作莉赛特的年轻模特儿，并把她的住址交给了他们。这时，他想到参议院里正在讨论美国的债务问题，于是乘坐一辆出租车来到了宏伟的议会大厦前，进了图书馆，在他喜欢的一把舒适的扶手椅里坐下来，美美地打了个盹。三天后，他要求的调查结果就送过来了，而且要价不高。莉赛特·拉里昂小姐跟她的寡居姨母住在一个有着两个房间的公寓里，公寓坐落在巴黎的巴蒂诺尔区。她的父亲是在大战[1]中受伤的英雄，现在法国西南部的

---

① 指第一次世界大战。

一个乡村城镇经营一家烟草店。公寓的房租是一个月两千法郎。莉赛特现年十九岁，生活很有规律，喜欢看电影，据说尚没有男友。公寓的看门人对她赞不绝口，服装业的同事们也喜欢她。显然，这是个为人正派的年轻女子。参议员想到，像他这样一个人，整天为国家事务操心费神，承受着大企业非人的压力，是需要好好放松和休息的，而要填补那些空虚的时间，这个女子正是不二人选。

无需详细论述勒·叙厄尔先生到底采取了哪些步骤来达成他的心愿。他这样的大人物，日理万机，根本不可能来亲自处理这种事。好在他有一个聪明的机要秘书，对付那些拿着手中的选票而犹豫不决的选民，他很有一套办法。而在这个诚实而贫寒的年轻女子面前，他当然能够让她明白，如果能幸运地获得他的主人这等人物的友情，她会获得好处的。机要秘书前去拜访了莉赛特的寡妇姨母——萨拉丁夫人，并告诉她说，勒·叙厄尔先生是个与时俱进的人物，最近对电影产生了兴趣，准备投资拍一部电影（这说明，对于同一桩事实，聪明人会利用它，而平庸者往往会觉得无关紧要而把它忽略过去）。莉赛特小姐在时装公司的扮相和完美的穿着让勒·叙厄尔先生印象深刻，他想到有个角色特别适合她扮演（像所有的聪明人一样，即使虚构的情况，参议员也会做到尽可能地接近事实）。接下来，机要秘书邀请萨拉丁夫人和她的外甥女一起参加一场晚宴，以便进一步加深彼此的了解，参议员也可以观察一下莉赛特小姐是否具有表演天赋——对此他是心存疑虑的。萨拉丁夫人说，她要征询一下外甥女的意见，她本人觉得这个建议没什么不可以。

萨拉丁夫人把这个提议给莉赛特讲了，同时提到了主人的地位和名声，还告诉她，这是个重要人物，慷慨大方。年轻女子耸了耸了她那优美的肩膀，颇不以为然。

“Cette vieille carpe”①，她说道。这句话大致可以翻译为：那个老家伙！

“如果他能给你安排一个角色，他是个老家伙又有什么关系呢？”萨

---

① 原文为法语。

拉丁夫人说道。

“Et ta soeur！”莉赛特说道。

这个短语直译的话,意思是:还有你妹呢。这话尽管听起来毫无恶意，甚至答非所问，但事实上稍显粗鲁。如果由一个教养良好的年轻女子说出来，我想她只是想唬唬人罢了——它极强烈地表达了一种不信任感，要准确地翻译成本国话只能有一种译法，只是过于粗俗，没法由我这支纯洁之笔写出。

“无论如何,我们都应该去参加这场高档宴会,”萨拉丁夫人说道,“你终究不是个小孩子了。”

“他说要在哪里宴请我们？”

“马德里城堡。谁都知道那是全世界第一流的豪华饭店。”

这家饭店果然名不虚传：饭菜没的说，酒窖里都是名酒，地理位置也好。在初夏的迷人夜晚到那里吃顿饭，真是件乐事！一个非常美丽的酒窝出现在莉赛特的脸颊上，红润的大嘴上浮现出了微笑——她长着一副完美的牙齿。

“我可以从店里借套衣服。”她轻轻地说道。

几天后，参议员的机要秘书坐着出租车来接她们了，然后带着萨拉丁夫人和她的迷人的外甥女去了布洛涅森林公园。莉赛特从公司推出的最成功款式的服装中挑了一身穿上了，看上去楚楚动人；萨拉丁夫人穿着她的黑色绸缎衣服，戴着莉赛特专门为她缝制的帽子，看上去让人肃然起敬。秘书把两位女士介绍给勒·叙厄尔先生，他向她们问好，仿佛一个和善而尊贵的政治家正温文尔雅地向一个重要选民的妻女问候。这正是他的狡黠所在，因为临近餐桌上吃饭的人认识他，他觉得他们一定会这么认为。宴会在欢声笑语中进行。不到一个月的时间，莉赛特就搬进了一所精致的小型公寓，离她上班的地方不远，离参议员也不远。一个新潮的室内装潢商用现代风格把公寓装饰一新。勒·叙厄尔先生希望莉赛特继续上班，在他投身于公务的时候，她应该有些事情做，以免节外生枝。这个安排让他感到非常满意，因为他很清楚，一个整日无所事事的女人，会比职业女人花更多的钱——聪明的男人才会想到这些。

但奢侈是一种恶习，这个莉赛特还真不习惯。参议员充满柔情蜜意，又慷慨大方。莉赛特不久就学会存钱了，这让参议员感到满意。她勤俭持家，总是以批发价购买服饰。每个月都给家乡的英雄父亲汇上一笔钱。用这些钱，他购置了些小块的土地。她继续过着平静、简单的生活。勒·叙厄尔先生从看门人那里高兴地获悉，莉赛特的访客只有她的姨妈以及店里的几个女孩。女看门人有一个儿子，她希望参议员能把他安置在政府部门做事。

参议员迎来了他一生中最快乐的时光。在这个世界上，善行还是有好报的。那天下午，参议院里在讨论美国债务的时候，他陪着妻子去了那家时装公司。正是在那里，他第一次遇到了迷人的莉赛特。当然，他这样做也并非完全出于善意呦——想到这里，他感到得意起来。他对莉赛特了解越多，就越宠爱她。她是个令人称心如意的伴侣——她每天开开心心、周到体贴。她又是个冰雪聪明的女人。当他跟她谈论企业事务和国家大事的时候，她都用她的慧心倾听；当他感到疲倦的时候，她会安顿他休息；当他沮丧的时候，她会让他重展笑颜。她看到他前来便满心喜悦——他来得频繁，一般是从五点一直待到七点；当他离开时，便依依不舍。她给他的印象是，他不仅是她的情人，还是她的知己。有时候，他们在公寓里一起吃饭。丰盛的美食、亲密的抚慰，让他强烈地感受到了家的魅力。他的朋友告诉参议员，他看上去年轻了二十岁。这一点他感觉到了。他很清楚自己的好运。不过，他觉得，老老实实辛苦了一辈子，整天忙于公务，得到这些也是理所当然。

好日子持续了近两年。一个周日的清晨，在他访问完一个选区后回到了巴黎。这次访问本来是周末才能结束的，不料提前回来了。他用手里的门锁钥匙打开了公寓，然后走了进去。想到这是个休息日，莉赛特应该还没起床，但他看到她同一名年轻男子正在卧室里面对面地吃早餐——这个人他从未见过，正穿着他（参议员）的崭新睡衣。这一幕让他极为震惊。莉赛特见他回来了，很是惊讶。显然，她吓了一跳。

“天哪！”她叫道，“你从哪里蹦出来的？我以为你明天才回来。”

“内阁垮了，”他木然地应道，“我被召回来担任内务部长。”这本来根本不是他想表达的。他愤怒地看了一眼那个穿着他的睡衣的男子。“那个年轻人是谁？”他大叫道。

莉赛特红润的大嘴露出了诱人的微笑。

“我的情人。”她回答。

“你当我是傻子吗？”参议员大吼道，“我当然知道他是你的情人。”

“那你还问什么？”

勒·叙厄尔先生是个行动至上的人。他径直朝莉赛特走过去，左右开弓，狠狠地扇了她两记耳光。

“畜生！”莉赛特尖叫起来。

他转向那个年轻人——他正尴尬地看着这个暴力局面。参议员挺直了身子，乱舞着胳膊，突然用手指了指门口。

“滚出去，”他怒吼道，“滚出去！”

人们会认为，这就是参议员的威风之处，他习惯于平息那些愤怒的纳税者，只要轻轻皱下眉头就能在年度会议上控制住那些失望的股东。如此之下，那个年轻人本会夺门而去的，但他站在原地没动。尽管有些犹豫，可他仍没离去；他用求助的目光看了莉赛特一眼，微微耸了耸肩。

“你还等什么？”参议员嚷道，“你要我使用武力吗？”

“穿着睡衣，他怎么出去呀？”莉赛特说道。

“这不是他的睡衣，是我的睡衣。”

“他在等他的衣服呐。”

勒·叙厄尔先生四下里看了看，在他身后的椅子上，乱七八糟地堆着些男人的衣服。参议员鄙夷地瞥了年轻人一眼。

“你可以把你的衣服拿走了，先生。”他冷冷地、轻蔑地说道。

年轻人把衣服捡起来，抱在怀里，又从地板上把鞋子收拾过来，匆匆离开了房间。勒·叙厄尔先生颇具演讲天赋。他先前从来没这么充分地运用过他的好口才。他告诉莉赛特他对她的看法，当然并非奉承话。他用最黑的颜色把她的薄情寡义描绘出来。对莉赛特，他穷尽一切词语，极尽凌辱之能事。他召唤上天所有的神灵来见证，从来就没有一个女人会用这种恶劣的欺骗行径来回报一个诚实人对她的信赖。一句话，在愤怒、虚荣心受到伤害及失意之下，他把能想到的一切话语都说出来了。莉赛特没为自己做任何辩护，一言不发地听着，低着头，呆呆地把由于参议员的出现导致没吃完的面包卷揉成了碎屑。他恼怒地看了一眼她手里的盘子。

“我急匆匆地赶来，是想把我的好消息让你第一个知道。一下火车我就过来了。我期待着坐在你的床头，跟你共进早餐呐。”

“亲爱的，你好可怜！你还没吃早饭吗？我马上给你订些早餐。”

“我什么都不吃。”

“别胡说了。你肩负重任，当然得保持体力才行。”

她按响了电铃，女仆进来了，她让她把热咖啡端过来。咖啡上来后，莉赛特给他倒了一杯，他不愿喝。她又把黄油抹在面包卷上。他耸了耸肩，开始吃起来，边吃边数落女人的薄幸和无情，莉赛特仍沉默着。

“不管怎样，你没无耻到为自己寻找借口，这还不错。你知道，我不是谁都可以凌辱之人。谁对我好，我就会对谁宽宏大量；谁惹了我，我会毫不留情。喝完这杯咖啡，我就永远离开这个房间。”

莉赛特叹了口气。

“我现在想告诉你，我本来给你准备了一份惊喜的。为了庆祝我们相逢两周年，我决定为你存下一笔钱，万一我出了什么意外，可以保证让你基本上过上自立的生活。”

“多少钱？”

“一百万法郎。”

莉赛特又叹了口气。突然，有什么软软的东西碰到了参议员的后脑勺，他吓了一跳。

“什么东西？”他大叫道。

“他把你的睡衣还给你。”

年轻人打开了门，把睡衣扔在了参议员的头上，然后马上又关上了门。参议员把缠在他脖子上的丝绸裤子扯了下来。

“这是怎么还裤子的？你的朋友显然缺乏教养。”

“当然他没有你高贵了。”莉赛特轻声说道。

“他有我的智慧吗？”

“哦——没有。”

“他有钱吗？”

“他身无分文。”

“那你说，你到底看重了他什么？”

“他年轻啊！”莉赛特微笑道。

参议员俯下头看了看手中的盘子，一滴泪水漫出了眼眶，顺着脸颊流下来，落进了咖啡里，莉赛特温柔地看着他。

“我可怜的朋友，人的一辈子不能样样都拥有啊！”她说。

“我知道我不再年轻了。但我有地位、有财富、有活力。我想这可以作以补偿吧。有的女人倒喜欢上了年纪的男人。有些著名的女演员，她们为自己成为部长的小朋友而感到荣耀呢。我有着良好的教养，不会拿你的出身羞辱你，但你要记住一个事实：你原来仅住在一年的房租只有两千法郎的房子里，是我帮你搬了出来。这是抬举你呀！”

“我的父母虽然贫穷，但都是诚实的人。作为他们的女儿，我没有理由为我的出身感到羞耻。不能因为我在一个卑微的场所挣钱来养活自己，你就有权利谴责我。”

“你爱这个男孩子吗？”

“是的。”

“那你爱我吗？”

“我也爱你。你们两个我都爱，但爱的方式不同。我爱你是因为你是如此优秀，你的话语总是生动有趣、发人深省。我爱你还因为你是如此善良和慷慨。我爱他是因为他那双大大的眼睛、波浪般的头发，另外，他跳舞跳得极好，非常流畅自然。”

“你知道，因为我身份的缘故，我没法带你到那些能够跳舞的地方，我敢说，当他跟我一般年纪的时候，他的头发不会比我多到哪里去。”

“这个倒很可能是真的。”莉赛特认同这一点，但她觉得这无关紧要。

“你的姨母——令人尊敬的萨拉丁夫人知道你的所作所为后，会怎么说你呢？”

“她肯定不会感到惊讶的。”

“你是说那位可敬的女士认可你的行为吗？唉，真是堕落啊！这件事什么时候开始的？”

“我刚到那家时装公司时就开始了。他是里昂一家丝绸公司的推销员。一天，他带着他的样品到我们这里来。我们彼此一见倾心。”

“但你的姨母在呀，她要保护你，得让你这样的女孩抵御住巴黎城里的种种诱惑。她不会同意你跟这个年轻人有什么交往的。”

“我没有征求她的同意。”

“这会把你白发苍苍的可怜老父亲活活气死的。难道你没想过，那个受伤的英雄曾为国家做出过贡献，因而被授予销售烟草的执照？作为内务部长，烟草部门是由我管理的，你不记得了吗？由于你公然的堕落，我可以吊销你父亲的营业执照，这在我的权力范围之内。”

“我知道你是个绅士，位高权重，这种丢份子的事情您是做不出的。”

他挥了挥手，样子很感人，但未免过于造作了些。

“别担心。一个畜生做出的恶劣行径，让我从心底感到鄙视，这是我的尊严使然，但我不会因此而去报复一个备受国家尊重的人，这类事情我是不会屈身去做的。”

他继续吃早饭——早饭断断续续地一直没有吃完。莉赛特没再说话，两人陷入了沉默。不过，他的胃口得到了满足，情绪有了好转，他不再迁怒于她，而是同情起自己来。对女人的内心，他真是无知，这让人感到奇怪——他竟想着让自己变得可怜兮兮的而唤起莉赛特的懊悔之心。

"要改变久已形成的习惯是困难的。以前，我在百忙之中总是抽身到这里转一转，对我而言，这是一种放松和抚慰。你对我有些歉疚感吗，莉赛特？"

"当然有。"

他深深地叹了口气。

"我从没想到你把我骗得如此之苦！"

"欺骗让人痛苦，"她若有所思地喃喃自语道，"在这方面，男人真是滑稽。他们无法原谅自己遭到欺骗，这是因为他们的虚荣心在作祟。他们总看重那些无足轻重的东西。"

"让我亲眼看到你跟一个年轻人一起吃早餐，还穿着我的睡衣！你称之为无足轻重吗？"

"如果他是我的丈夫,而你是我的情人,你就会觉得这再自然不过了。"

"的确如此。不过如果那样,要欺骗的人是他,我的面子就能保住喽！"

"总而言之，唯有跟他结婚，才能让整个情况正常起来。"

一时间，他没有摸着头脑。但转瞬间，他聪明的脑瓜便让他明白了她的意思，他飞快地瞥了她一眼。她可爱的大眼睛在闪烁着——它们一度让他如此心醉，大大的红润的嘴上挂着似有似无的调皮的微笑。

"别忘了，我是参议院的一名成员，按照法兰西共和国的传统，我代表了公认的道德和善行典范。"

"这让你很为难喽？"

他镇静自若而又不无尊严地抚摸着他的漂亮方形胡须。

"为难个球！"他回答道——所用的措辞颇带有高卢人的粗鲁，如果让他的那些较为保守的支持者们听到了，一定会感到震惊。

“他会跟你结婚吗？”他问。

“他爱慕我。当然，他愿意娶我。如果我告诉他，我有一笔一百万法郎的嫁妆，他就更求之不得了。”

勒·叙厄尔先生又瞥了她一眼。刚才在愤激之中，他告诉她他是打算为她准备一百万法郎的，他当然是把这笔“交易”夸大了的，目的是让她看看她的背叛会让她付出多么大的代价。但他不是个喜欢赖账的人，尤其是关系到尊严的时候。

“这么多的钱，是他这个年龄阶段的年轻人想都不敢想的。如果他真的仰慕你，就应时刻陪伴在你的身边，不离不弃。”

“我没告诉过你他是个旅行推销员吗？他只能周末到巴黎来。”

“那一码归一码，”参议员说，“如果他知道他不在的时候，由我来照顾你，他自然会心满意足的。”

“是会极满意的。”莉赛特说。

为了更方便交谈，她从凳子上站起来，然后舒舒服服地坐在了参议员的膝盖上。他轻轻地摩挲着她的手。

“我很喜欢你，莉赛特，”他说，“我不希望你弄出差错。你肯定他会让你开心吗？”

“我认为是这样。”

“我要让人好好调查一番。不管你跟谁结婚，他都必须性格好、人品佳，否则我不会答应。为了我们两个人，我们必须对这个年轻人有十二分的把握，不能让他随随便便闯入到我们的生活中来。”

莉赛特没有异议。她知道，参议员做事情喜欢井井有条、讲究方法。现在，他准备要离开她了。他要把那重要消息告知勒·叙厄尔夫人，还要跟议会中他所隶属的那一派中的形形色色的人员进行联系。

“还有最后一件事，”当他跟莉赛特深情款款地告别时说道，“如果你结了婚，我一定要让你放弃自己的工作。家庭就是一名妻子的工作场所。一个已婚女子还要争抢男人的饭碗，这是违背我的原则的。”

莉赛特想，让一名身材魁伟的年轻男子穿上最新潮的时装，扭动着屁股，在房间里走来走去，真是太可笑了！但她尊重参议员的原则。

“我会如你所愿的，亲爱的。”她说。

他所做的调查令人满意。法律程序一完成，婚礼就在一个周六的上午如期举行了。内务部长勒·叙厄尔先生和萨拉丁夫人是证婚人。新郎官是一个身材修长的年轻人，长着一双美目，鼻子挺直，乌黑的鬈发直接从额头向脑后梳过去。他看起来不像个丝绸公司的推销员，更像是一名网球选手。市长为内务部长隆重出席婚礼所感动。在婚礼上，他按照法国传统，发挥了自己的好口才，做了一个精彩的演讲。他先是对新婚夫妇讲了他们早已熟悉的内容。他说，新郎的父母受人尊敬，新郎从事的是正当的职业。他祝贺他迈入了婚姻殿堂——要知道，在他这个年龄，大部分的年轻人还在寻欢作乐哪。他提醒新娘说，她的父亲是大战中的英雄。他的光荣负伤使他获得了销售烟草的特权。他还告知她，自从她来到巴黎进入时装公司以来，过的是体面的生活，该公司位居法国风味及华贵的荣耀之列。市长爱好文艺，简略提及到小说中的一些著名爱侣：罗密欧与朱丽叶——他们短暂而合法的婚姻因遭遇可叹的误解而中断；保罗和弗吉尼亚——弗吉尼亚宁愿葬身大海也不肯脱掉自己的衣服；最后还提到了达芙尼斯和克洛埃[①]——直到被合法承认，他们最终才得以完婚。市长的演讲如此动人，莉赛特不由得热泪盈盈。市长还恭维起了萨拉丁夫人，说正是她对自己年轻貌美的外甥女的示范和训诫，才使她能够免遭大都市的风险——而对于独自生活在大城市的女孩子而言，风险是常有的。演讲的最后，他祝贺这对幸福的新人有幸让内务部长做他们婚礼的证人。这样一位工业巨头和杰出政治家能够在百忙之中抽身为民众服务，这不仅证明了两位新人的正直品格，还说明部长大人有着一颗赤子之心及切切实实的责任感。他的行动表明，他重视早婚及家庭稳定的重要性，强调了对于繁衍后代的渴望，从而增强了法兰西这块公正

① 达芙尼斯和克洛埃为希腊神话中的人物。

之地的力量、影响力和重要性。真是一个不可多得的精彩演讲啊！

婚礼早餐在马德里城堡进行，这让勒·叙厄尔先生在情感上浮想联翩。前面已有提及，部长（现在我们可以这样叫了）的产业中包括一家汽车制造公司。他送给新郎的新婚礼物是一辆自己生产的双座汽车。午餐结束后，新婚夫妇坐上这辆车开始了他们的蜜月之旅。当然，蜜月只能持续一个周末，因为年轻的新郎官要回去上班——他要到马赛、土伦、尼斯去推销产品。莉赛特吻了吻她的姨母，然后吻了勒·叙厄尔先生。

“周一五点等你。”她小声对他说。

“一定到。”他回答。

汽车开走了，勒·叙厄尔先生和萨拉丁夫人对着那辆漂亮的黄色双人敞篷车看了好大一会儿。

“只要他能让她幸福就好了。”萨拉丁夫人叹了口气。她还不习惯在午饭时喝香槟，觉得有股莫名的伤感。

“如果他不能让她幸福，我饶不了他。”勒·叙厄尔先生的话让人感动。

他的车开过来了。

“再见，亲爱的夫人！你可以到德诺依大街乘坐公共汽车。”

他迈进自己的汽车。想到还有国家大事等着自己去处理，他满意地舒了口气。他的情人不应该只是个时装公司的小模特儿，而且还应该是个体体面面的已婚女子——这显然更适合他的身份。

昂蒂布的三个胖女人

有三个胖女人，一个叫里奇曼太太，是个寡妇；一个是苏利夫太太——一个离过两次婚的美国女人；还有一个叫希克森小姐，是个老姑娘。三个人都四十来岁，正值人生的大好年华，又都颇有资财。苏利夫太太有个听起来很是怪异的名字：箭头。当年，她还年轻，身材苗条，这个名字她是喜欢得不得了，而这名字也真适合她，那时人们总爱拿这个名字跟她开玩笑，但玩笑话总让人很受用。她甚至觉得，这个名字跟她的性格还很般配呢：因为它寓意着直截了当、速度奇快、目标明确。不过，现在她不那么喜欢了——她精美的五官因为脂肪的堆积而变得模糊起来了，胳膊腿儿粗粗大大的，屁股也肥大不堪，要找件称心的衣服让自己满意比登天还难。人们仍围绕她的绰号开玩笑，但都是背后偷偷地开，她心里很清楚，现在的玩笑话已经不那么中听了。人到了中年，但她绝不愿受年龄的摆布，依然喜欢穿戴蓝色服饰，以便把自己眼睛的颜色突显出来。在染发技艺的帮助下，她金色的头发仍保持着原来的光泽。她喜欢碧翠斯·里奇曼和弗兰西斯·希克森，是因为两人都比她胖得多，这让她的身材看起来很是修长，而且她们两个都比她年龄大不少，都把她看作是小妹妹。这让人感觉很棒哦！碧翠斯和弗兰西斯是性情和善的女人，爱拿她的那些求爱者寻开心。当然，她们二人对于求爱这种无聊的事情是不屑一顾的。事实上，希克森小姐在这方面连丁点儿的念头都没动过。不过，两人对她卖弄风情一点儿都不反对。可以理解，终有一天，“箭头”还会得到第三个男人的倾心的。

“亲爱的，只有你不能再胖了。”里奇曼太太说道。

“老天爷，那个人得会打桥牌才行。”希克森小姐说。

她们为她找了个五十岁左右的男人，保养良好，举止高贵，是一名退役的海军上将，高尔夫球高手，也是一个毫无牵累的鳏夫——不过，无论如何，其收入还是非常可观的。“箭头”和颜悦色地听她们说着，心里根本不去想这回事，但她把心中所想掩饰了起来。没错，她本来希望结婚的，但还是移情别恋了：先是看上了一个意大利人，后又青睐于一名西班牙人。意大利人身材颀长，皮肤黝黑，长着一双忽闪忽闪的眼睛，还有一个响当当的头衔；西班牙人出身高贵，刚满三十岁。多少次，当她在镜子里顾影自盼的时候，一点儿都不觉得自己像那个年龄的人。

希克森小姐、里奇曼太太和“箭头”苏利夫是非常要好的朋友。她们因肥胖相聚，因桥牌结盟。她们的初次相遇是在卡尔斯巴德。在那里，她们住的是同一家宾馆，看的是同一个医生，都接受了同样残忍的治疗。碧翠斯·里奇曼体形庞大，不过，她还是个端庄的女人，眼睛漂亮，脸颊红润，嘴唇涂得艳丽。她是个寡妇，但家产丰富。对此，她是心满意足的。她酷爱美食，吃面包喜欢涂上黄油，还爱吃奶酪、土豆和板油布丁。一年中的十一个月，想吃啥就放开去吃，在卡尔斯巴德的一个月就减量。一年又一年，她日趋肥胖。她斥责自己的医生，但没得到什么同情，不仅如此，他还把种种浅显的事实指给她听。

“如果喜欢的东西都不能吃，活着还有什么意思？”她为自己申辩道。

医生不满地耸了耸肩。后来，她告诉希克森小姐，她开始怀疑医生了——觉得他并没有她起初想象的那样聪明。希克森小姐大笑起来，她就是这样一个女人：声音低沉，扁平的灰黄脸，一双明亮的小眼睛熠熠发光；走路时双手插在裤兜里，一副懒洋洋的样子，如果这样还不能引起别人的注意，她就会点上一支长长的雪茄，尽力把自己收拾成一个男人的样子。

“穿上那些花里胡哨的衣服，我该是什么鬼样子？”她说，“你如果跟我一样胖，你就知道，穿得舒服一点儿就得啦！”

她穿上花呢装、重皮靴——不管什么时候，头上都光光的、不喜欢戴东西，然后到处游荡。不过，她身体强健如牛，曾扬言说，打球时没几个男人能比她投得更远。她说话直来直去，骂人的花样之多连那些搬运工也无法相媲美。尽管她的名字叫弗兰西斯，她更乐意让人叫她弗兰克。她行为专横，但为人圆滑，性情开朗，又个性突出——这使得她能够把三个人团结起来。她们一起喝矿泉水，在同一个时间洗浴，一起吃力地散步，围着网球场步履艰难地转圈——让一个专业人士来敦促她们完成，以及在同一个桌子上吃饭——食物很少，品种也有严格限制。没有什么会影响到她们的好心情，台秤除外。一旦她们中的一个体重跟前日相同，三人的内心就会阴云密布，无论是弗兰克的粗俗笑话，还是碧翠斯的天真、“箭头”的耍闹都无济于事。这时，就会采取激烈的措施了——“囚犯”们只能二十四小时躺在床上，什么都不吃，只喝医生开出的著名的蔬菜汤——味道如同浸过卷心菜的白开水。

三人好得没法再好了。如果不是打桥牌时尚需要第四个人，她们真的不会去理会其他任何人的。她们酷爱桥牌，是狂热的桥牌迷。一天的治疗一结束，她们就在桥牌桌边坐下来。“箭头”尽管娇柔十足，但在三人中桥牌玩得最好。在那些艰难的、精彩绝伦的比赛中，她毫不手软、寸土必争、不错过利用对方错误的任何机会。碧翠斯头脑冷静，值得信赖。弗兰克敢冲敢闯，一往无前，同时还是个了不起的理论家，对桥牌界的所有权威了如指掌，说起来头头是道。她们对比赛规则争论了很久，你拿卡伯特森攻击我，我拿西姆斯来反击[①]。显而易见，若找不出十五个说得过去的理由，她们是不会玩儿牌的，但从她们后面的谈话可以看出，她们有同样多的理由不该玩儿牌。如果不总是那么难于找到一个社会地位相当的牌友，生活该是多么完美的呀——即使医生那个恶臭（碧翠斯语）、可恶（弗兰克语）、恶心（“箭头”语）的台秤骗人说，她们连续两天都没有减掉一盎司的体重，而不得不二十四小时去喝污浊的蔬菜汤。

正是基于这个原因，弗兰克邀请莉娜·芬奇前来昂蒂布跟她们同住

① 卡伯特森和西姆斯都是美国著名桥牌专家。

一段时间，本故事讲的正是此事。在弗兰克的建议下，她们将在这里住上几周。每次治疗结束，碧翠斯总能减上二十磅，但随即就会捡起自己不可控制的好胃口，体重马上又恢复如初了。根据弗兰克的常识，这看起来是荒唐的。碧翠斯是个管不住自己的人，需要一个意志坚定的人来监督她的饮食。她建议说，离开卡尔斯巴德后，她们应住在昂蒂布，在这里进行大量的锻炼——每个人都知道，没有什么比游泳更能让人变得苗条了——她们应该尽量把治疗延续下去。她们有自己专门的厨师，至少可以不吃那些显然会让人变胖的食物。她们每个人应该再减上几磅，这个无需理由。真是个好主意啊！碧翠斯知道什么对自己有好处——如果诱惑没有出现在鼻子底下，她就能够抵御得了。另外，她喜欢赌一把，每周到赌场小赌上两三次不失为打发时间的好方式。“箭头”极喜欢昂蒂布，在卡尔斯巴德待上一个月，她的气色之好就会超过以往任何时候。她的择偶对象限制在年轻的意大利人、热情的西班牙人、爱献殷勤的法国人和长胳膊长腿的英国人之间——这些人整天穿着游泳裤和鲜艳的便袍招摇过市。计划执行得很顺利,她们度过了一段快乐的时光。一周两次，除了煮得过硬的鸡蛋和生西红柿外，啥东西不吃。每天早上，她们心情轻松地踏上台秤，“箭头”降到了十一英石，感觉自己跟小姑娘无异了；碧翠斯和弗朗克设法保持住了体重——刚好没有超过十三英石。她们购买的台秤是以千克计量的，但三人都是极聪明的人，转眼间就能把公斤转换成磅和盎司。

不过，打牌要找第四个人总不容易。找到一个，可能像个傻瓜；再找一个，出牌慢得让人癫狂；这个动不动就跟你吵架，那个输了牌就生气；还有一个简直就是骗子。要找到一个你所渴望的牌友非常困难，真是奇怪！

一天早上，三人穿着睡衣坐在露台上俯视海景，喝着茶（不加牛奶、不加糖），吃着胡德波特医生制作的甜面包干——保证不会让人长胖的面包干。弗兰克从信件中抬起头来。

“莉娜·芬奇要到里维埃拉来了。”她说。

“她是谁啊？”“箭头”问。

“她跟我的一个表弟结了婚。几个月前，表弟过世了，她刚刚从精神崩溃中恢复过来。让她到我们这里来住上两周怎么样？”

“会打桥牌吗？”碧翠斯问。

“当然会打，”弗兰克用她的低嗓门瓮声瓮气地说道，“而且打得贼好。我们完全不用依赖外人了。”

“她多大了？”“箭头”问。

“跟我一般大。”

“听起来还不错。”

事情就这样定了下来。做事一向果决的弗兰克吃完早饭就大踏步地出门发电报了。三天后，莉娜·芬奇便到了。弗兰克到车站去接她。丈夫最近的去世让她还沉浸在深沉的悲痛中，但并没有过度。弗兰克跟她两年没见了。她热情地亲吻她，然后好好地端详了她一番。

“你太瘦了，亲爱的。”她说。

莉娜嫣然一笑。

“我最近经历了太多的事，瘦了不少。”

弗兰克叹了口气——是对表弟媳妇不幸遭遇的同情，还是嫉妒她体重的减轻，不得而知。

不过，莉娜的悲伤做到了适可而止。快速洗了个澡后，她就收拾停当陪着弗兰克去伊顿·洛克了。弗兰克把新来者介绍给了两位好友。四人便在一个叫作“猴屋”的房子里坐下来。这是个四面用玻璃围成的房子，可以俯视海面。房子后面是酒吧，人声鼎沸，拥拥挤挤的尽是身着泳装、睡衣或便袍并坐在桌边痛饮的人们。碧翠斯那颗柔软的心对这个孤身寡妇充满了同情。在“箭头”眼里，这个女人面色苍白、相貌普通，大约四十八岁左右——心里开始喜欢上她了。一个侍者走了过来。

“亲爱的莉娜，你需要点儿什么？”弗兰克问。

“哦，我不知道你们有什么呀，要不来杯干马提尼，或者‘洁白淑女’吧。”

“箭头”和碧翠斯瞥了她一眼，每个人都知道这两种鸡尾酒太容易让人长胖啦。

“我想，你走了那么远的路，一定累了。”弗兰克充满善意地说道。

她给莉娜要了杯干马提尼，给自己和两位好友分别点了柠檬和橘子的混合果汁。

“天太热了，这时候喝酒不是太好。”她解释说。

“哦，对我没有任何影响的，”莉娜欢快地说道，“我喜欢鸡尾酒。”

“箭头”的脸颊有些泛白，尽管涂过了红胭脂（她跟碧翠斯在游泳时从不会把头钻到水里，因为她们觉得，像弗兰克这种年纪的女人还假装喜欢潜泳，真是太荒唐了），但她什么都没说。交谈轻松愉快，几个人起劲儿地聊着些平淡无奇的话题。很快，她们就溜达着回住宅吃午饭去了。

每张餐巾纸里包着两块小小的减肥面包干。莉娜把面包干放在了盘子边上，露出了灿烂的微笑。

“我能来点儿面包吗？”她问。

即使再大的无礼也没有比这更让三个女人震惊的了！十年了，她们谁都没吃过一片面包。碧翠斯尽管贪吃，对这个也毫不含糊。弗兰克是个好主人，首先恢复了正常。

“当然可以啊，亲爱的。”碧翠斯转向管家，让他拿些面包过来。

“再来点儿黄油吧。”莉娜以她轻松愉快的声调说道。

一时间，空气中满是尴尬的味道。

“不知道房间里还有没有，”弗兰克道，“不过，我问问，厨房里可能会有些。”

“我极喜欢面包抹黄油，你呢？”莉娜转过头来问碧翠斯。

碧翠斯苦笑了一下，含含糊糊地回答了她的提问。管家带来了松脆的法国长卷面包。莉娜把面包一分为二，涂上了质量极佳的黄油。然后，管家又端上来一份烤鳎鱼。

“我们在这里吃得比较简单，”弗兰克说，“我希望你不要介意。”

“不会的，不会的，我喜欢清淡的食物，”莉娜拿过黄油，抹在鱼上，说道，“只要能吃上黄油面包和奶酪土豆，我就很开心了。”

三个好朋友相互瞥了一眼。弗兰克的那张灰黄的大脸盘向下垂了垂，嫌恶地看了看自己盘子上那条干瘪、寡淡的鳎鱼。碧翠斯打圆场道：

“真讨厌，这里没有奶酪，”她说道，“在里维埃拉，有些东西是不能吃的，奶酪是其中之一。”

“太遗憾了！”莉娜说。

午餐还有羔羊肉排，脂肪精心剔除过了——这样碧翠斯就不会“误入歧途”了，另外还有水煮菠菜，最后上的是水煮梨。莉娜尝了一口梨后，看了一眼管家。管家察言观色惯了的——尽管以前的餐桌上从没上过糖粉，但此刻立马给她递上一碗。莉娜自顾自地大吃起来。其余三人假作视而不见。咖啡端来了，莉娜朝自己杯里放上三块糖。

“你很喜欢甜食哟。”“箭头”说道，语气尽量显得友好些。

“我们认为糖精更甜。”弗兰克说着，朝自己咖啡杯里放上一小块。

“难吃的东西！”莉娜道。

碧翠斯的嘴角向下撇了撇，向糖块投去渴望的眼神。

“碧翠斯！”弗兰克用严厉的、低沉的声音喊道。

碧翠斯把叹息吞回了肚子，伸手去拿糖精。

四人坐到了桥牌桌旁，弗兰克终于放心了。在她看来，“箭头”和碧翠斯显然有些气恼。她希望她们喜欢莉娜，同时热切期待莉娜能和她们一起待上两周。第一盘是“箭头”和新来者切牌。

“你怎么叫牌？范德比尔特，还是克伯森？[①]”她问莉娜。

“怎么叫都行，”莉娜洒脱地说道，“我打牌跟着感觉走。”

“我全按范德比尔特叫牌。”“箭头”不悦地说道。

---

① 范德比尔特和克伯森是桥牌的两种叫牌方法。

三个胖女人摆开了架势准备大干一场。不叫就不叫！她们要教训教训这个新来者。一到桥牌桌上，弗兰克也会六亲不认——她安坐在桌旁，跟其他两位一样，下定决心要好好修理修理坐在中间的新人。不过，莉娜有着良好的牌感，天生就是打牌的料，而且经验丰富，打牌时总是充满了想象力，出手敏捷，勇猛无畏，气定神闲。其他三人都是道中高手，很快就意识到了莉娜很有自知之明。三人都是性情和善、慷慨大方之人，也就慢慢消了气——这本来就是桥牌的意义所在啊！几个人玩得非常尽兴。“箭头”和碧翠斯对莉娜慢慢有了好感。弗兰克看到这，终于大大松了口气。胜利在望了。

几小时后，她们分了手。弗兰克和碧翠斯去打高尔夫，“箭头”要跟一位刚结识不久的叫罗凯麦尔的年轻王子去遛弯（快步行走）——一个风度翩翩的帅小伙。莉娜说自己要去休息了。

晚饭前，他们又一次聚在一起。

“你还好吧，亲爱的莉娜？”弗兰克说道，“离开你让你一个人无事可做，我觉得心里很不安。”

“哦，有什么不安的呀。我睡了个痛快觉，然后到胡安酒吧喝了杯鸡尾酒。你知道我发现什么了吗？你听了一定很开心。我看到一家可爱的小茶室，里面有最迷人的、新鲜的浓奶油。我下订单了，让他们每天送半品脱过来，算是我送给咱们这个小家的一点儿心意吧。”

她的眼睛熠熠发亮，显然期待着她们都会兴奋不已。

“你真是个大好人，”弗兰克给她的两位好友使了个眼神，把她们脸上的愤怒平息下来，说道，“不过，我们一点儿奶油不吃的。这个季节吃奶油会让人的脾气变坏。”

“那我就一个人吃好喽。”莉娜乐呵呵地说。

“你不担心你的身材吗？”“箭头”冷冷地沉思道。

“医生说我不吃不行。”

“他说你必须吃面包、黄油、土豆和奶油吗？”

“是呀。你们说要吃清淡的食物，我想就是这些东西了。”

“你会变成大肥婆的。”碧翠斯道。

莉娜哈哈大笑起来。

“不会的，我不会胖。你看，我吃什么东西都不胖，想吃啥吃啥，对我没有任何影响。”

接下来，空气陷入了死一般的安静，直到管家走了进来。

“小姐们，开饭啦。”①他大声说道。

到了深夜莉娜上床睡觉后，这个话题又在弗兰克的房间重新拾了起来。在这一刻前，她们每个人兴高采烈，彼此间友好地开着玩笑——最敏锐的观察者也会觉得这就叫作友谊。不过现在她们终于撕下了面纱，碧翠斯怏怏不乐，“箭头”愤恨难平，而弗兰克无精打采。

“我坐在那里，眼巴巴地看她吞食着我最喜爱的美食，这不太好吧？”碧翠斯伤心道。

“你本不应该让她到这里来的。”“箭头”说。

“我怎么知道她会这样呢？”弗兰克嚷道。

“我总认为，如果她真的爱自己的丈夫，就不应该吃这么多，”碧翠斯说，“他才入土两个月呢——我是说，对死者她应该有基本的尊重。”

“她为什么不能跟我们吃得一样多？”“箭头”恨恨地说，“客随主便哪。”

“哦，你没听她那么说吗？医生告诉她不吃不行。”

“那她去疗养院才对呀。”

“谁能受得了啊，弗兰克。”碧翠斯抱怨道。

“如果我受得了，你就能受得了。”

“她是你的表弟媳妇，不是我的。”“箭头”道，“十四天哪，我可不想坐在那里，看那个女人像猪一样大吃特吃。”

“把食物看得这么重真是俗气，”弗兰克低声道——声音比以往更低

① 原文为法语。

了，“无论如何，对人来说，人唯一真正重要的东西还是精神。”

“你说我俗气吗，弗兰克？”“箭头”忽闪着眼睛问。

“没有，她当然没说你。”碧翠斯插话道。

“当我们都在床上睡觉时，你一个人偷偷溜进厨房大享美味，这个我并不感到奇怪。”

弗兰克跳了起来。

“你怎么能这么说，‘箭头’！我不愿做的事情从来不会要求别人去做。这么多年，你了解我吗？你认为我会做这么差劲的事吗？”

“那么，你的体重怎么一点儿也没减轻呢？”

弗兰克长叹了一声，号啕大哭起来。

“你这样说话，真是太残忍了！我已经减了很多磅了。”

她像个孩子一样哭着，肥大的身体颤抖着，大颗大颗的泪珠散落在巍峨如山的胸部。

“亲爱的，我不是成心的。”“箭头”也哭了。

她跪下来，用圆滚滚的胳膊去搂弗兰克——搂住多少算多少。她抽泣着，睫毛油从脸颊上滑落下来。

“你是说我看起来一点儿也没瘦吗？”弗兰克呜咽道，“不管怎样，我是遭过罪了。”

“当然，亲爱的，你看起来是瘦了，”“箭头”泪眼朦胧地说，“每个人都看到了。”

碧翠斯尽管天性沉静，此时也开始嘤嘤哭泣起来。真是令人伤感！看到弗兰克这个坚强的女人把眼泪都哭出来了，如果还不能被感动，那除非是铁石心肠。不过很快，她们擦干了眼泪，喝了点儿加水的白兰地——每个医生都说，这是她们可以喝的脂肪含量最低的饮料了。喝完了，心情也好多了。三人决定，莉娜可以享用她订好的营养丰富的美食，但三人内心的平静不能受到干扰。她当然是个一流的桥牌手，再说，她只在这里停留两周而已。她们将尽自己所能，让她在此期间过得愉快。三人彼此热烈地拥吻过了，各自回去睡觉，且都感觉异常兴奋。美妙的友谊给她们的生活带来如此多的快乐，任何东西都破坏不了。

不过，人性是脆弱的，不能求之过甚。三人吃烤鱼，而莉娜吃冒着嘶嘶热气的、添加了黄油和奶酪的通心粉；她们吃烤肉排和水煮菠菜，而莉娜吃的是肥鹅肝酱饼[①]；一周两次，她们要咽下煮得硬硬的鸡蛋和生西红柿，而莉娜吃着漂着豌豆的奶油以及用各种方法烹制的香喷喷的土豆。厨师是个好厨师，不错过任何一个机会，把各种珍馐佳肴端上来——一道比一道美味、多汁、富含营养。

“可怜的吉姆，”莉娜说道——她想起了自己的丈夫，“他喜欢法国食物。”

管家透露说，他会配制六种鸡尾酒。莉娜告诉她们，医生建议她午餐时喝勃艮第，晚餐喝香槟。三个胖女人坚持着不被诱惑，她们快乐、饶舌，甚至热热闹闹（这是女人所拥有的骗人的天赋）。不过碧翠斯逐渐四肢无力、满脸愁苦起来，弗兰克低低的嗓音变得沙哑。而这些是只有在打桥牌时才会出现的呀！往常她们喜欢指手画脚地交谈，但交谈得很友好。不过现在，一点儿明显的不快掺杂了进来——有时候，她们其中一个会过于直接地指出另一人的问题，讨论就变成了争论，争论变成了争吵。有时候，到了最后，大家都气鼓鼓地，谁都不理谁。有一次，弗兰克指责“箭头”故意让她下不来台。有两三次，三人中最温柔的碧翠斯只有哇哇哭的份了。还有一次，“箭头”一气之下，把纸牌往桌上一扔，冲出了房间。每个人都火冒三丈，莉娜便充当和事老。

“打牌还吵架，我觉得太不应该了，”她说，“不管怎样，这只是场游戏。”

对她当然没什么了。她吃的是美食，喝的是香槟，另外还有惊人的好运——把她们所有的钱都赢去了！每次牌局后，得分都会记在一个本子里，她的收入一天天上涨，没有任何例外。世上有没有公平哇？三人之间相互憎恨起来。尽管她们也恨莉娜，但还是忍不住把一些秘密告诉她。

---

① 原文是法语。

每个人都是单独去找她，告诉她另外两人是多么可恶。“箭头”说，整天见到比她大那么多的女人，肯定不是好事。她很想不要自己的那份租金了，然后到威尼斯度过余下的夏天。弗兰克告诉莉娜，她有着男人般的意志，要求她对轻佻如“箭头”、愚昧如碧翠斯的女人感到满意，那是太过分了。

“跟我交谈，你必须得有智慧，”她低声道，“如果你有我这样的头脑，你就会要求你交往的对象也必须跟你一样聪明。”

碧翠斯只想安安静静地打发日子。

“我真的憎恨女人，”她说，“她们如此不可信赖，如此心怀鬼胎。”

莉娜驻留的两周快要结束的时候，三个女人几乎彼此不说话了。她们还是找莉娜聊天，莉娜不在时，就谁也不露面。她们架都懒得吵了，而且都对其他两位的存在视而不见。如果不见面不行，就彼此冷冷地客气一下。

莉娜要去意大利的里维埃拉会见朋友，弗兰克前去给她送行，要乘坐的火车正是她来时坐过的——走时，她带走了她们三人不少的钱。

“我不知道如何感激你，”莉娜走进车厢时说，“我在这里过得非常愉快。”

如果说弗兰克·希克森身上有一种特质，能让她比成为任何男人的配偶更感到骄傲的，那就是她是一名有着良好修养的女士，她的回答把尊严和亲切完美地融合了起来。

“莉娜，你在这里陪我们，我们很开心，”她说，“你的到来真的令人快乐。”

不过当她转身离开徐徐开出的火车时，她长长地松了口气——以至于脚下的月台都要晃动了。她猛地抬了抬宽厚的肩膀，大步回家去了。

“好了！”她不时吼道，“好了！”

她换上连体泳装，穿上登山帆布鞋和男式衬衣（并非胡闹），去了伊顿·洛克。午餐前还有些游泳时间。她走过“猴屋”，四下里看了看，跟所有认识的人道声早安——因为她突然间感觉到能跟他人和平相处了。

走着走着，她一下子不动了。她简直难以相信自己的眼睛：碧翠斯正坐在一张桌子旁，穿着一两天前在莫利纽克斯买的新睡衣，脖子上戴着一串珍珠。弗兰克快速瞥了她一眼，看到她刚刚把头发烫成了波浪，脸颊、眼睛和嘴唇都上了妆。尽管肥胖，甚至庞大，没有人否认，碧翠斯是个极端庄的女人。不过，她在这里干什么呢？迈着尼安德特人无精打采的步子——这是弗兰克的走路特征，她向碧翠斯走过去。身着一袭黑色泳装，弗兰克看起来像是日本人在托雷斯海峡捕到的巨大鲸鱼——也就是俗人们称作海牛的。

“碧翠斯，你忙啥呢？”她低声叫道。

仿佛远山里滚动的雷响，碧翠斯冷冷地看着她。

“吃东西。”她回答道。

“该死，我看见你吃东西啦！”

碧翠斯前面放着一盘牛角面包、一碟黄油、一罐草莓酱、咖啡和一大罐的奶油。她把黄油厚厚地涂在香喷喷、热乎乎的面包上，然后抹上草莓酱，再整个抹上一层浓稠的奶油。

“你不想活了。”弗兰克说。

“无所谓。”碧翠斯嘴里塞得满满的，嘟囔道。

“你的体重会成磅成磅地增加。”

“见鬼去吧！”

事实上，她冲着弗兰克的脸大笑起来。老天爷，面包真香啊！

“我对你太失望了，碧翠斯。我一直认为你很有意志力的。”

“是你错了，那个坏女人！是你把她请来的。十四天里，我看着她像头猪一样狼吞虎咽。是个人谁能受得了！我生气时就要大吃一顿。”

泪水盈满了弗兰克的眼眶。她突然觉得自己如此无力、如此柔弱，希望有一个强壮的男人把她抱在膝盖上，抚爱她，搂抱她，呼她的乳名。她沉默着走过去坐在碧翠斯旁边的一把椅子上。侍者走过来，她用伤感的手势指了指咖啡和牛角面包。

“来一样的。”她叹了口气。

她无精打采地伸手去拿那个圆面包，但碧翠斯突然抽走了盘子。

“不可以，你不能吃，”她说，“你的上来你再吃。”

弗兰克骂了她一句，有交情的女人之间一般不会这么骂的。过了一会儿，侍者端上来了牛角面包、黄油、果酱和咖啡。

“奶油呢，你个傻瓜？”她如一头陷入绝境的母狮子大吼道。

她开始吃起来，狼吞虎咽、风卷残云。游泳者开始聚集过来，他们在阳光下、在海边锻炼完了，到这里享用一两杯鸡尾酒。很快，“箭头”也跟罗凯麦尔王子大步走了过来。她穿着一件漂亮的丝绸外套，但用一只手扯着，以便尽可能地让身材看起来苗条些；她把头仰得高高的，这样，罗凯麦尔就看不到她的双下巴了。“箭头”开心地笑着，感觉自己如同一个小姑娘。他刚刚（用意大利语）跟她说，她的眼睛使蔚蓝色的地中海看起来变成了一碗豌豆汤。他离开了她，去男洗手间把他黑色顺滑的头发再梳理一下，他们约好五分钟后再碰头，然后去喝一杯。“箭头”去了女洗手间，往脸上又涂上些胭脂，唇上再抹上点儿口红。回来的路上，她看到了弗兰克和碧翠斯，于是停了下来。她简直难以相信自己的眼睛。

“上帝！”她叫道，“你们两个野兽、猪。”她抓过来一把椅子，“侍者。”

她把自己的约会抛到爪哇岛去了。侍者站在一旁，眨巴着眼睛。

“这两位女士吃的什么就给我上什么。”她命令道。

弗兰克从她的盘子里把她肥大的脑袋抬起来。

“给我上肥鹅肝酱饼。”她低声叫道。

“弗兰克！”碧翠斯喊。

“闭嘴。”

“那好吧，我也要。”

咖啡端上来了，热面包、奶油和肥鹅肝酱饼都上来了。她们把奶油涂在面团上吃了下去，又吞下大勺大勺的果酱。狼吞虎咽地吞食着香脆可口的面包。那么对“箭头”来说，爱意味着什么呢？就让王子独自去享用他在罗马的宫殿，还有亚平宁山区里的城堡吧。三人都没言语，做着再严肃不过的事——她们庄重地吃着，心醉神迷、热情如火地吃着。

“我有二十五年没吃土豆了。”弗兰克以悠悠的、沉思的语气说道。

“侍者，”碧翠斯喊道，“给我们三人上土豆。”

“好的，夫人。”

土豆端上来了。阿拉伯的任何香水都没有这种香气。她们用手拿着享用起来。

“给我上干马提尼。”“箭头”叫道。

“吃饭中间不可以喝干马提尼的，‘箭头’。”弗兰克道。

“不可以吗？你等着看。”

“那好吧。给我两份干马提尼。”弗兰克叫道。

“给我三份干马提尼。”碧翠斯说。

酒上来了，她们干了一大口。三个女人相互看了看，叹了一声。过去两周的误解烟消云散了，真挚的友情又回到了彼此的心里。她们曾思考过有没有终止三人友谊的可能，真是难以让人置信——要知道，这份友情给她们带来多么强烈的满足感。土豆吃完了。

“不知他们有没有奶油条酥。”碧翠斯道。

“当然有。”

当然她们又享用了奶油条酥。弗兰克把整个条酥塞进大嘴里，吞下去，又抓起一个，再次放进嘴里之前，她看了看其他两人，然后拿了把带有复仇意味的“匕首”刺进了怪物莉娜的心脏。

“你想说什么你就说，不过事实是，她打桥牌用的都是下三烂招数，真的。”

“卑鄙。”“箭头”同意道。

不过碧翠斯突然想吃混合蛋白了。